냉혈자
冷血子

冷血子
냉혈자

❷

이원호
장편소설

한결미디어
HANGYEOL MEDIA

냉^冷혈^血자^子 ❷

차례

1장
집행관

"잘 왔다."

좀처럼 웃음을 띠지 않던 남부군 총사령관 겸 남송정벌군 사령관 몽케칸의 얼굴에 웃음이 떠올랐다. 오고데이의 장남 구유크 칸이 사망한 지 다섯 달이 지났다. 김산은 엎드린 채 말을 잃었다. 수만 리 떨어진 서쪽의 끝, 예루살렘을 지척에 둔 십자군의 요새 아크레까지 침투했다가 귀환하는 길에 구유크의 사망 소식을 듣고는 이제 돌아왔다. 2년 반의 서역 원정이라고 불릴 만하다. 머리를 든 김산이 몽케를 보았다. 웃음 띤 몽케의 시선과 마주쳤다. 칭기즈칸의 막내아들 톨루이의 장남 몽케는 이제 41세, 장년이다. 그 옆에 앉은 몽케의 동생 쿠빌라이, 그리고 훌라구까지 김산을 응시하고 있다.

그때 몽케가 입을 열었다.

"김산, 이제 네 이름을 찾으라. 쿠추는 바투님의 부하인 폴란드 총독,

대장군의 이름으로 남기도록 하라."

"황공합니다."

"바투님이 네 대우를 부탁하셨다. 당연한 일인데도 그러시는 것을 보면 네 출중함이 더욱 빛난다."

이제는 김산이 머리만 숙였고 몽케의 말이 이어졌다.

"여러 왕자들도 네 공적을 인정한다. 그래서 너는 지금부터 남부군의 대장군이며 몽골제국의 집행관이다. 알았느냐?"

"예, 전하."

"너는 5만 병력을 지휘할 수 있으며 특명을 행사하는 집행관이다. 너에게 명령할 수 있는 인물은 여기 있는 두 왕자를 포함해서 나까지 셋뿐이다."

진막 안에는 병으로 은퇴한 바사크 대신으로 위사장이 된 구양천과 고문 하란시크, 1만인장급 장수 20여 명이 모여 있었는데 모두 긴장하고 있다. 그때 몽케가 쿠빌라이한테서 금으로 장식된 단검을 받더니 김산에게 내밀었다.

"집행관, 이 검을 받으라."

김산이 무릎걸음으로 다가가 단검을 받자 몽케가 결연한 표정으로 말했다.

"주인이 없는 천하에 역적과 탐관오리가 횡행하고 있다. 너는 내 명을 받아 악의 무리를 가차 없이 처단하라."

"이것이 왕보의 재물이란 말이냐?"

진막 안에 쌓인 금화와 금괴는 어른 키 높이만 했고 둘레는 대여섯 명이 손을 벌려야 닿을 만큼 되었다. 저녁 무렵이어서 밖은 어두웠지만 진막 안은 황금더미가 내는 반사광으로 환했다. 감탄한 몽케가 쌓여진 금괴 주위를 돌았고 쿠빌라이, 훌라구도 뒤를 따른다. 이윽고 걸음을 멈춘 몽케가 말했다.

"왕보가 차가타이 가문의 후광으로 거부가 되었다가 땅으로 돌아갔구나."

"이 재물이 전하를 위해 쓰일 것입니다."

김산이 말하자 쿠빌라이가 얼굴을 펴고 웃었다. 그러고는 몽케에게 말했다.

"전하, 김산에게 또 상을 줘야 되겠습니다."

진막 안에는 톨루이의 아들 3형제와 김산, 하란시크, 구양천까지 여섯이 둘러서 있다. 몽케의 시선이 김산에게로 옮겨졌다. 긴장한 표정이다.

"집행관, 이번이 몽골제국의 마지막 기회다."

김산이 머리만 숙였고 몽케의 말이 이어졌다.

"이번에 집권하지 못하면 몽골제국은 여러 개로 찢겨진다. 우리 가문은 중국 대륙의 남쪽을 떼어갈 것이며 오고데이 가문은 북쪽이다. 차가타이는 북서쪽이 될 것이나 주치 가문에게 곧 정복당할 것이다."

쓴웃음을 지은 몽케가 똑바로 김산을 보았다.

"중국 대륙에서도 곧 남북전쟁이 일어난다. 그럼 천하는 전쟁으로 뒤덮여지겠지."

다가선 몽케가 김산을 보았다. 숨결이 닿을 만큼 바짝 다가선 것이다. 한 걸음도 되지 않았으므로 김산이 몸을 굳혔다. 파격이다. 왕이 이렇게 다가선 것은 형제 같다는 의미다. 그때 몽케가 말했다.

"집행관, 너는 지금부터 천하를 암행하면서 반역자, 탐관오리, 몽골제국의 적이 될 수 있는 모든 자를 처단하라."

몽케의 목소리가 진막을 울렸다. 김산은 숨을 죽였다. 관리들 앞에서 집행관으로 공식 임명을 한 후에 이렇게 은밀한 모임을 만든 이유가 바로 이것이다. 김산이 가져온 재화를 보겠다면서 이곳에 온 것은 특명을 내리려는 것이었다.

몽케의 목소리가 낮고 굵어졌다.

"오고데이 가문에게 더 이상 천하를 맡길 수가 없다. 이것은 우리 톨루이와 주치 가문의 결의이자 제국 백성들의 소망이기도 하다."

몽케의 얼굴이 돌처럼 굳어져 있다.

집행관은 정2품의 고관이다. 대장군 격으로 평상시에는 휘하에 장군, 판관, 보좌관, 경호장 등 수십 명의 측근을 거느렸지만 김산은 특명을 받고 밀행을 떠나는 신분이다. 몽케의 배려로 남부군 소속의 1천인장인 한인 정봉과 몽골인 1천인장 카치운, 경호장 아리그타가 배치되었으며 호위군 3천 기가 집행관 직속부대로 떼어졌다. 그러나 김산은 밀행이라는 이유로 부대는 남부군에 그대로 매어놓고 집행군 2백 기를 경호장 아그리타가 이끌고 뒤를 따르도록 했다. 김산은 서역에서부터 따라온 강도 출신 부박을 시종으로, 1천인장 정봉까지 셋이 암행시찰을 떠난다. 김산 일행 셋은 몽골 상인 복장을 한 김산과 시종 둘이 되었다. 천하를 살피는 터라 모두 말을 탔고 짐 실은 말까지 열네 필이 되었는데 군자금으로 1만 냥을 실었다. 일행 뒤쪽으로 10여 리쯤 거리를 두고 집행군이 삼삼오오 따랐으나 제각기 사복으로 변장을 했다. 대상 차림도 있고 근처에 마실을 가는 농군 차림도 있었는데 모두 일당백의 전사(戰士)들이다.

　다음날 오전에 남부군 진영을 떠난 김산은 곧장 북상했다. 호남(湖南)성을 거쳐 호북(湖北)성에 닿았어도 멈추지 않고서 열흘째에는 호북성 중심부인 진강현에 닿았다. 기마군으로는 닷새가 걸리는 길이었지만 집행군과 보조를 맞추는 한편 민심을 모으느라 시간이 걸렸던 것이다. 진강 현청 근처의 여관에 투숙했을 때는 술시(오후 8시) 무렵이다.

　"이곳이 중심입니다."

　1천인장 정봉은 판관 벼슬을 살다가 남부군에 소속된 모사다. 중원(中原)의 동향에 밝은 터라 몽케가 보좌역으로 김산을 따르게 한 것이다. 40대 중반의 정봉이 정색한 얼굴로 김산을 보았다.

　"북상할수록 오고데이 가문에 대한 호감이 높아지고 있습니다."

　당연한 일이다. 4년 동안 몽케는 남부지방에 주둔하면서 남부지방 민심을 다스렸다. 전쟁 중이지만 부역을 금했고 가뭄에는 병력을 동원하여 강물을 끌어들였으며 홍수 때는 제방을 쌓았다. 북부지방을 중심으로 권력기반을 굳힌 오고데이 가문의 구유크도 마찬가지였을 것이다. 북부군총사령 겸 병부대신으로 군권을 장악한 구타이도 수시로 병력을 보내 민심을 다스렸다. 김산이 머리를 끄덕였다. 2년 동안 서역 땅을 정벌하고 폴란드 총독으로 국가를 통치해본 경륜을 쌓은 김산이다. 이제 김산의 시야도 크게 넓어졌다.

　"이곳이 남북의 중심이라면 민심의 척도가 되겠다."

　"그렇습니다. 대감."

　"이곳 현령의 정체를 아는가?"

　"예, 한인 유극봉, 오고데이칸 시절에 등용된 자로 카라코룸 궁성에서 오고데이칸께 상소문을 읽어주던 집사였다가 현령으로 낙향한 자올시다."

"구유크의 무리겠군."

"진강현은 하북성 중심으로 교통의 요지올시다. 상업이 발달해서 팔방의 장사꾼이 모이는 곳이라 민심을 만들 수 있는 곳입니다."

"그렇군, 구유크가 현령을 이곳으로 보냈나?"

"구타이가 보냈습니다."

품에서 장부를 꺼낸 정봉이 김산을 보았다.

"구타이는 요소에 심복을 박아 민심을 만들고 있습니다. 구타이가 오고데이 가문의 주춧돌이올시다."

김산은 잠자코 시선만 주었다. 구타이의 이름이 나온 순간부터 숨도 멈추고 있었지만 표정의 변화는 없다. 구타이가 누구인가? 원수다. 지금도 목에 매달고 있는 가죽주머니에는 부모와 두 동생의 머리칼이 들어있는 것이다.

그 시간에 카라코룸 궁성의 재상 영천의 집무실에서 병부대신 구타이가 입을 열었다.

"쿠릴타이는 석 달 후에 열릴 계획이오, 차가타이 가문은 모두 준비가 되었지만 톨루이와 주치 가문이 말썽이라……."

구타이가 호기 있게 말했지만 늙은 재상 영천은 눈만 끔벅였다. 영천은 칭기즈칸 시대부터 네 형제의 암투를 지켜본 노인이다. 주치와 톨루이 가문이 반대하면 결국 천하는 양분되고 이어서 조각조각으로 흩어지게 될 것이었다. 영천이 입을 열었다.

"대감, 몽케칸 측도 가만있지 않을 것 같소. 수습하려고 집행관을 출

동시켰다는 것이오."

"나도 들었습니다."

쓴웃음을 지은 구타이가 흰 수염을 손으로 쓸었다. 얼굴은 주름이 깊어진 대신 안광은 더욱 강해졌다. 구타이는 구유크 천하에서 제2인자였으나 지금은 1인자다. 4대 가문이 아니어서 황제위에는 오르지 못하지만 황제를 세울 능력까지 구비한 권력자다. 구타이가 말을 이었다.

"남부군사령부에서 몽케가 임명한 집행관은 고려인 김산이오. 구유크 칸께서 황제위에 오르시자 몽케가 바투에게로 피신시킨 고려아, 도살자 또는 냉혈자가 바로 그놈이오."

"무, 무엇이?"

놀란 영천이 눈을 치켜떴다.

"그놈이 죽었다고 들었는데……. 그것이 사실이오?"

"그렇습니다. 이제 몽케는 어쩔 테냐? 하는 듯이 김산을 정2품 집행관으로 임명하고 우리 측에 시위를 합니다."

"……."

"남부군총사령 진막에서 그놈을 집행관으로 임명한 것은 천하에 소문이 퍼져 나가도록 하려는 것이었소. 그것으로 각 지방 세력을 위축시키고 흡수하려는 의도인 것이오."

"……."

"그래서 내가 재상을 뵈려고 한 것이오."

영천의 시선을 받은 구타이가 두루마리를 펴더니 영천에게 내밀었다.

"황후의 이름으로 천하에 공포하는 국서요, 황후가 파견할 태자당 감찰관이 암행감찰을 한다는 포고문이오."

"으음."

영천이 신음했다. 오고데이 측에서도 맞불을 놓는 것이다. 두루마리에 쓰인 포고문을 내려다보는 영천에게 구타이가 말을 이었다.

"감찰관은 카사르족의 왕자 알탄, 부장은 한인 곽성과 진청이오."

다시 영천의 닫힌 입안에서 신음이 울렸다. 절묘한 인사다. 카사르족은 칭기즈칸 직계 4형제는 아니지만 방계로 가장 강력한 부족이다. 즉 칭기즈칸 동생의 가계인 것이다. 그 카사르족의 왕자 알탄은 직계군만 5만을 거느린 맹주다. 알탄이 감찰관이 되고 한인 곽성과 진청은 무림계를 평정한 양대(兩大) 파벌의 수장이다. 휘하에 수십 개의 무림 맹주와 수만 명의 무림인이 있는 것이다. 구타이는 감찰단 구성에 전력(全力)을 집중했다. 집행관 김산은 이에 비하면 범 앞의 쥐 같은 모양이 되었다.

"절묘하오."

저도 모르게 머리를 끄덕인 영천이 구타이를 보았다.

"대감은 이것으로 승부를 거시는구려."

"그렇소, 오고데이와 툴루이 가문은 감찰관과 집행관의 대결로 천하 제패의 승부를 가리는 것이오."

쓴웃음을 지은 구타이가 말을 이었다.

"전쟁을 할 수는 없지 않겠소? 그러나 이 대결의 승자가 천하를 제패하게 될 것은 분명하오."

영천이 심호흡을 했다. 오고데이의 전력이 압도적인 것이다.

청 안으로 들어선 경비장 호공이 유극봉을 보았다. 굳어진 얼굴이다.

"나리, 남부군 총사령관 소속 집행관께서 오셨습니다."

14

"무엇이?"

놀란 유극봉이 엉거주춤 자리에서 일어섰다. 오전 신시(10시) 무렵, 마악 조례를 마치고 민정시찰을 나가려던 참이었다. 청 안에 모인 관리들이 웅성대었고 유극봉이 다시 묻는다.

"남부군의 집행관이라고 하셨느냐?"

"그렇습니다. 대장군이라고도 하셨소."

"대장군이라……."

유극봉의 시선이 경비장 뒤쪽을 스치고 지났다. 아직 아무도 대문 안으로 들어오지 않았다. 머리를 돌린 유극봉이 보좌역 한주를 보았다. 한주의 얼굴도 굳어져 있다.

"무슨 일일까?"

"뻔한 일이 아니겠습니까?"

목소리를 낮춘 한주가 말을 이었다.

"쿠릴타이 전에 자파 세력을 모으려는 것입니다. 나리께서는 알겠다고만 하십시오. 나리의 배경을 알 테니 함부로는 못할 것입니다."

머리를 끄덕인 유극봉이 경비장에게 말했다.

"모셔 오너라."

유극봉은 청을 나와 계단 밑에서 기다렸다. 남부군 대장군이라면 5만인장, 집행관 역까지 맡았으니 엄청난 고위층이지만 남부군 소속일 뿐이다. 유극봉은 황제의 명을 받은 지방관이다. 남부군 관할이 아니다. 곧 대문 안으로 사복 차림의 몽골인 둘이 들어섰는데 앞장선 사내는 젊다. 장대한 체격, 눈빛이 맑고 호남이다. 허리에 찬 장검에 아무런 장식이 없는 것이 오히려 눈에 띄었다. 몽골 옷을 입었지만 콧날이 우뚝 솟

15

고 이목구비가 선명한 것이 한인 같다. 뒤를 따르는 사내는 보좌역처럼 보였다.

"어서 오십시오."

유극봉이 두 손을 모으고 인사를 했을 때 다가선 사내가 잠자코 가슴 주머니에서 상아로 만든 마패를 꺼내 내밀었다. 받아든 유극봉이 '집행관, 대장군 김산'이라는 글을 읽었다. 밑에는 남부군 총사령 몽케칸의 이름이 새겨져 있다.

"집행관님을 뵙습니다."

마패를 내밀면서 유극봉이 허리를 굽혀 절을 했다.

"어서 청으로 오르시지요."

옆으로 비켜선 유극봉이 모시겠다는 시늉을 하자 집행관이 발을 떼었다. 처음부터 표정의 변화가 없고 말 한 마디 하지 않았다.

잠시 후에 청의 상석에 앉은 김산이 앞에 앉은 유극봉과 좌우의 관리들을 둘러보았다. 청 안에는 10여 명의 관리가 현령을 옹위하듯 모여 있었지만 기침 소리 한 번 들리지 않는다. 김산의 비스듬한 뒤쪽에 앉은 정봉은 숨도 죽이고 있다. 그때 김산이 말했다.

"밀행으로 지나갈까 하다가 찾아뵈었소."

"잘 오셨습니다."

유극봉이 앉은 채로 허리를 굽혔지만 눈빛은 강하다. 50대 초반의 유극봉은 오고데이를 지척에서 모신 서사(書士) 출신인 것이다. 시선을 준 채로 유극봉이 물었다.

"집행관께서 하실 말씀이 있으십니까?"

"진강현은 중원(中原)의 중심, 이곳에서 소문이 발원하여 사방으로 퍼져 나가는 것 같소."

"그렇습니까?"

"그런데 문제는 카라코룸에서 지시한 대로 소문이 퍼져 나간다는 것인데, 가장 근래의 소문을 들어보니 몽케칸이 황제가 되면 남송정벌을 위해 세금을 두 배로 늘린다는 것이었소."

"……."

"그 소문의 발원지는 이곳, 아마도 현령 왼쪽에 앉은 사내가 그 일을 맡은 것 같소만."

왼쪽에 앉은 사내가 한주다. 한주의 얼굴이 돌덩이처럼 굳어졌지만 입을 열지는 않았다. 다시 김산의 말이 이어졌다.

"이것은 몽케칸 전하를 모함하는 반역행위요. 남부군 총사령관의 집행관인 내가 방관할 수가 있겠소?"

"대감."

입안의 침을 삼킨 유극봉의 눈동자가 흔들렸다.

"그것은 오해이십니다. 이곳 진강현에서는……."

"그대도 동조를 했지. 그대 침실의 보료 팔걸이 안에 카라코룸에서 보내온 전언이 있지 않소?"

놀란 유극봉이 숨을 들이켰다. 맞다. 어떤 소문을 퍼뜨리라는 지시가 상세하게 적혀져 있다. 발신자는 구타이, 구타이의 직접 지시를 받는 것이다.

"무슨 말씀입니까? 집행관께서는 농담도 잘하시오."

유극봉이 손까지 저었지만 목소리가 떨렸다. 그때 김산이 지그시 유극봉을 보았다.

"현령이 살아날 방법이 딱 하나 있소. 근래에 퍼뜨린 세금에 대한 소문이 지어낸 것이라고 공고를 하시오. 아울러 지금까지 구타이의 지시를 받아 몽케칸을 음해하려는 소문을 퍼뜨렸다는 사과문을 현청 앞에다 붙여놓는 것이오."

자리에서 일어선 김산이 유극봉과 관리들을 훑어보았다. 얼굴에 웃음기가 떠올라 있다.

"오늘 오후 미시(2시)까지 공고문, 사과문이 각각 10장씩 붙여져 있지 않으면 현령을 포함한 5급 이상 진강현 관리는 저자식과 함께 몰사할 것이오."

그러고는 김산이 발을 뗐고 정봉이 뒤를 따른다. 둘이 청을 나올 때까지 뒤에서 아무 소리도 나지 않았다.

진강 현청에서 북쪽으로 1리만 가면 황무지가 펼쳐진다. 황무지를 뚫고 대로가 뻗쳐져 있는데 북방로다. 말 그대로 북쪽으로 향하는 대로로 곧장 가면 하남성, 산서성, 그리고 카라코룸까지 닿는다. 물론 도중에 수많은 대로(大路)로 갈라지기도 하지만 진강현에서 나가는 북방길은 이 길뿐이다. 오전 오시(12시)가 다 되었을 때 거리 끝 쪽의 민가로 사내 하나가 뛰어 들어왔다.

"준비되었느냐?"

열려진 대문 안으로 들어선 사내가 소리쳐 부르자 집안에서 인기척이 났다.

"어서 나오너라! 밖에 마차가 있다!"

대문 밖에는 말 두 필씩이 끄는 마차 세 대가 세워져 있었는데 서둘러 왔는지 말이 콧김을 불었다. 그때 본채 모퉁이에서 사내들이 나타났으므로 소리친 사내가 실색을 했다.

"아, 아니, 너희들은……."

한 걸음 물러선 사내는 현령의 보좌관 한주다. 한주는 처자식을 이곳으로 피신시킨 후에 마차를 준비해온 것이다. 이제 마차에 태워 북방로를 달려 카라코룸으로 도망칠 참이었다. 그때 앞장서서 다가온 사내가 눈을 부릅뜨고 말했다.

"이놈, 집행관 대감의 명을 어기고 도망치려고 했겠다?"

다가선 사내가 한주의 멱살을 움켜쥐었다. 엄청난 악력이다.

"네놈 식구까지 모두 잡았다. 이놈."

잠시 후에 북방로 입구에 17개의 머리통이 창끝에 꽂혀 전시되었다. 북방로가 시작되는 대로 좌우에 목이 일렬로 꽂혀져 있었으므로, 그걸 오가며 보는 행인들은 진저리를 쳤다. 그 머리통은 노인도 있었고 아이도 셋이나 되었던 것이다. 맨 처음에 꽂혀진 한주의 머리 밑에는 다음과 같은 포고문이 매달려 있었는데 군데군데 핏방울이 묻어 있었다.

"이자는 현령 보좌관 한주다. 카라코룸의 간신과 공모하여 나쁜 소문을 유포한 자로서 죄가 탄로 나자 가족과 함께 도주하려고 했으므로 처형한다. 집행관."

한주의 탈주가 발각되어 일가족이 몰살한 후에는 아무도 현을 벗어나려고 하지 않았다. 그리고 오후 미시가 되기도 전에 현의 거리 곳곳에는 공문과 사과문이 붙여졌다. 이것은 공문이다.

"진강현에서 악한 소문이 퍼진 것을 바로 잡는다. 남부군 총사령 몽케 칸 전하는 백성을 위하시는 분이다. 세금을 더 걷는다는 소문을 낸 자는 역적이 틀림없다. 이에 바로 잡는다. 현령 유극봉."

이것은 사과문이다.

"현령 유극봉은 나쁜 소문을 방치한 죄가 있다. 카라코룸의 지시를 받은 관리가 그것을 유포하도록 협조도 했다. 이에 백성들을 혼란시킨 죄를 사죄한다. 현령 유극봉."

사과문까지 읽은 김산이 옆에 선 정봉을 보았다.

"유극봉의 벽장 안에 금화가 10자루 있었어. 1만 냥쯤 되었다."

숨을 들이켠 정봉을 향해 김산이 쓴웃음을 지어 보였다.

"왜 놀라는가?"

"유극봉은 오고데이 무리이긴 해도 청렴하다는 소문이 있었습니다."

둘은 공고판 앞에 모인 군중을 헤치고 뒤쪽의 호젓한 담장에 나란히 붙어 섰다.

김산이 말을 이었다.

"카라코룸에서 가만있지 않을 것이야."

"그렇습니다. 대감."

정봉이 김산에게로 머리를 돌렸다.

"대감, 이곳을 빠져나가시는 것이 낫지 않겠습니까?"

"아니, 기다리겠어."

놀란 정봉이 시선만 주었고 김산은 말을 이었다.

"곧 대응해올 테니 이곳에서 맞겠다."

"그, 그러시다면……."

김산의 표정을 본 정봉이 천천히 머리를 끄덕였다.

"옳습니다. 상대의 정체를 먼저 아는 것이 중요하지요."

진강 현청이 위치한 진강현의 도읍은 둘레가 8리(41km) 정도의 중급 도시였지만 번화했다. 교역의 중심지여서 유동인구가 많았으며 여관이 수십 개, 주막은 1백여 개가 넘었다. 상주인구까지 합쳐 5만 인구가 북적대었으니 하루도 잠잠한 날이 없다. 도둑, 절도, 강도, 강간 사건이 끊임없이 발생했고 살인도 열흘에 한 번은 일어났다. 그러나 이번 현령 보좌역 한주와 일가족 17명이 몰살당한 사건은 진강현이 생긴 이후로 처음이다. 소문은 화살처럼 사방으로 날아갔다.

"그, 집행관은 지금 옥보장에 묵고 있다네."

현청 앞의 주막에서 시장통 무뢰배 용마가 말했다. 수염에 묻은 술 방울을 손바닥으로 닦은 용마가 말을 이었다.

"수하 둘하고 있다지만 아마 호위군 수천 명을 주변에 숨겨놓았을 거야."

"당연하지."

맞장구를 친 용마의 동료 소강이 거들었다.

"그런데 곧 카라코룸에서 무사단이 내려온다네. 이건 조금 전에 북방로에서 내려온 상인한테서 들었어."

오후 술시(6시)경이다. 용마 주위에는 대여섯 명의 건달들이 둘러앉았는데 모두 시장통 무뢰배다. 그런데 오늘은 한주 가족이 처형당한 후라 모두 겁이 나서 시장통에 나가지 못했다. 소강이 말을 이었다.

"아마 그 소문은 위쪽 봉산현에서 나온 것 같네. 봉산현령이 북방군 총사령관 구타이의 위사 출신이었다지 않는가?"

"그렇겠군, 봉산 현령과 이곳 진강 현령은 사이가 좋았지. 둘 다 카라코룸 출신인데다 오고데이 가문에서 등용되었으니까."

다른 사내가 맞장구를 쳤을 때 문 안쪽 자리에서 사내 하나가 일어나 주막을 나왔다. 김산의 시종 부박이다. 현의 분위기를 살피려고 나온 것이다. 밖으로 나온 부박의 옆으로 사내 둘이 다가왔다. 미복한 집행군이다. 다가선 집행군에게 부박이 말했다.

"건달들이니 다른 곳으로 가세."

"예, 앞장을 서시지요."

집행군의 호위를 받고 있는 것이다. 그때 부박은 앞에서 다가오는 세 사내를 보았다. 모두 몽골인 복색을 했지만 허리에 칼을 찼고 시선이 똑바로 부박에게 향해져 있다. 이맛살을 찌푸린 부박이 숨을 가누었다. 눈빛이 심상치 않다. 그러나 뒤에 집행군 둘이 호위역으로 따르고 있는 것이다. 그 순간이다.

"으, 윽!"

뒤에서 울리는 신음에 부박은 머리를 돌렸다. 그 순간 부박은 숨을 들이켰다. 기습이다. 호위역으로 따라온 두 사내가 쓰러지는 중이다. 그들 뒤에 선 사내는 손에 검을 쥐었는데 시선이 마주쳤다.

정봉이 뛰어들어 왔을 때 김산은 서류를 보던 중이었다. 앞으로 다가선 정봉이 숨을 고르며 말했다.

"대감, 부박이 죽었습니다."

눈만 치켜뜬 김산에게 정봉의 말이 이어졌다.

"북쪽 주막 앞길에서 호위군 두 명과 같이 살해당했습니다. 현장에 주민이 많았지만 아무도 본 사람이 없다고 합니다."

김산이 자리에서 일어섰으므로 정봉은 입을 다물었다. 발을 떼어 문으로 다가가면서 김산이 말했다.

"부박 그놈은 혈연 하나 없는 놈이야."

"……."

"서역 땅에서 나 하나만 의지하고 따라온 놈인데 가엾다."

김산이 현장에 도착한 것은 잠시 후였다. 현장에는 호위대장 겸 집행군을 이끄는 아리그타도 와있었는데 김산을 보더니 분을 참는 표정을 짓고 말했다.

"무공이 깊은 놈입니다. 모두 한 칼에 베어 죽였습니다."

시체를 본 김산은 대답하지 않았다. 아리그타는 몽골 출신으로 수많은 전투를 치른 용사다. 검술에도 뛰어나 어떻게 베어졌는지도 그려낼 수 있을 것이었다. 과연 부박도 한 칼에 한쪽 어깨에서 오른쪽 허리까지 비스듬히 잘려졌는데 칼이 깊게 들어가서 내장이 다 나왔다. 끔찍한 모습이다. 부박은 미처 허리에 찼던 칼을 빼내지도 못하고 칼을 맞은 것이다. 집행군 두 명도 마찬가지였다. 뒤에서 친 칼에 하나는 목을, 또 하나는 허리를 잘렸다. 김산은 세 구의 시체를 본 순간 엄청난 검기(劍氣)를 느꼈다. 그때 뒤에서 말굽소리가 울리더니 일단의 기마군이 다가왔다. 머리를 돌린 김산이 앞장선 현령 유극봉을 보았다. 뒤에는 경호장과 20여 기의 기마군이 따르고 있다. 말에서 뛰어내린 유극봉이 김산을 향해 머리를 숙였다.

"대감, 수하가 참변을 당하셨다고 들었습니다. 소신의 불찰입니다."

김산은 시선만 주었고 유극봉이 말을 이었다.

"목격자가 없다고 하나 철저하게 수색해서 범인을 잡도록 하겠습니다."

"아니, 내가 잡겠어."

자르듯 말한 김산이 머리를 들고 주위를 둘러보았다. 살인 현장을 구경하려고 남녀노소가 무리 지어 모여 있었다. 1백 명은 넘는다. 근처 주막과 민가에서는 물론이고 멀리서도 구경하려고 달려온 군상들도 있다. 김산이 아리그타를 보았다.

"1천인장."

"예, 대감."

"지금 즉시 여기 있는 구경꾼들을 한 놈도 놓치지 말고 잡아라."

"예엣!"

명령을 받은 아리그타가 번들거리는 눈으로 주위를 둘러보았다. 아리그타는 집행군 2백을 다 몰고 왔지만 현장에 접근시키지는 않았다. 뒤쪽에 떼어놓았는데 시체 주위에 모인 구경꾼들을 포위하는 형국이다. 아리그타가 옆에 선 부관에게 지시하자 서너 명이 재빠르게 빠져나갔다.

"대감."

김산의 명령을 들은 터라 유극봉이 초조한 표정으로 부른다. 경호장도 주의를 둘러보면서 당황하고 있다. 김산의 시선을 받은 유극봉이 물었다.

"대감, 구경꾼들을 잡아 어쩌시렵니까?"

"닥쳐라."

김산이 낮게 말했지만 목소리가 서릿발이 떨어지는 것 같다. 눈을 치켜뜬 김산이 말을 이었다.

"네가 감히 대장군의 지시를 막으려느냐? 호북 성장은 물론이고 구타이도 내 앞을 막을 수 없다."

그 순간이다. 호각소리가 울리더니 사방에서 함성이 일어났다. 집행군이 사방에서 덮쳐온 것이다. 구경꾼들은 그것도 구경거리인 줄로만 알고 몸을 돌렸다가 곧 혼비백산을 했다. 집행군이 가차 없이 잡아 묶었기 때문이다. 비명과 외침에다 울음소리가 일어났지만 곧 제압되었다. 이윽고 1백여 명의 구경꾼들이 모두 묶여 땅바닥에 꿇어 앉았는데 주위는 텅 비었다.

유극봉과 경비장, 그리고 10여 기의 현 경비대는 선 채로 숨도 죽이고 있다. 그때 김산이 아리그타에게 말했다.

"하나를 끌고 오라."

"예엣."

아리그타의 눈짓을 받은 집행군 두 명이 사내 하나를 끌고 와 김산 앞에 꿇렸다. 30대쯤의 주민이다. 근처에 사는 모양으로 홑저고리에 바지 차림이다. 김산이 사내를 응시하며 물었다.

"너, 이 셋을 누가 죽였는가 보았느냐?"

목소리가 사방으로 울렸고 모두 이쪽을 주시하고 있다. 그때 사내가 말했다.

"소인은 못 보았습니다. 집이 이 근처여서 방금 나왔소이다."

"목을 쳐라."

김산이 말하자 뒤에 서 있던 집행군이 퍼뜩 시선을 들었다가 칼을 빼내었다.

"무얼 하느냐?"

김산이 버럭 소리치자 칼날이 날았고 사내의 머리가 땅바닥으로 떨어져 굴렀다.

"다음!"

김산이 소리치자 다음에 끌려온 것은 노인이다. 노인이 묻기도 전에 소리쳤다.

"소인은 못 보았소이다!"

"죽여라!"

노인은 앞에 꿇어앉기도 전에 집행군의 칼에 머리가 떨어졌다.

"다음!"

김산이 다시 소리쳤다.

"모른다는 연놈은 다 죽여라! 아이도 살려주면 안 된다!"

"대, 대감."

유극봉이 불렀을 때다. 김산이 옆에 선 경호장에게 소리쳐 물었다.

"너는 보았느냐?"

"대, 대감, 소인은……."

기가 막힌 경호장이 더듬거렸을 때다. 김산이 한 걸음 다가서면서 허리에 찬 칼을 빼내어 후려쳤다. 경호장은 머리통이 땅바닥으로 떨어졌지만 목에서 피를 뿜은 채 잠깐 동안 서 있었다. 질색을 한 유극봉이 옆으로 피하려고 했지만 발의 힘이 빠져 있었던 터라 헛디디고 넘어졌다. 땅바닥에 고인 핏물 구덩이에 엎어졌던 유극봉이 피투성이가 되어서 일어난다.

서른여섯 명을 죽였을 때 사내 하나가 소리쳤다.

"한인 차림의 사내였소! 내가 그자를 어제 국선장에서 보았습니다."

국선장은 여관이다. 다시 셋을 베어 죽였을 때 다른 정보가 나왔다. 이번에는 여자다.

"그자가 시내로 도주했습니다. 검정색 가죽신을 신었습니다."

그 후부터는 저마다 한 마디씩 했는데 쓸데없는 이야기도 많았지만 믿을 만한 자료가 다 걷혀졌다. 따라서 나머지 60여 명은 살해되지 않았다.

"30대, 장신에 한인 용모, 콧날이 곧으며 깨끗한 피부, 서생 차림이라는 것이다. 눈매가 날카롭고 허리에는 칼집 끝에 금이 박힌 장검을 찼으며 북쪽 사투리를 쓴다는 것이다."

채루옥에서 기녀 미장을 끼고 술을 마시는 것을 보았다는 여자도 나타났다. 아리그타가 부하들을 이끌고 국선장과 채루옥을 수색하려 떠났을 때 정봉이 김산에게 말했다.

"대감, 유극봉이 카라코룸에 보고를 할 것입니다."

유극봉은 이미 현청으로 떠난 후여서 김산을 시내로 발을 떼었다.

"나를 처단하려고 갖은 수단을 다 쓰겠지."

쓴웃음을 지은 김산이 말을 이었다.

"3년 전에 찾지 못한 내가 나타났으니 구타이는 전력을 다할 것이다."

"대감, 부박을 벤 것은 대감을 움직이게 하려는 시도 같습니다. 끌려들지 않도록 하셔야 됩니다."

따라 걸으며 정봉이 말하자 김산은 머리를 끄덕였다.

"알고 있다. 그래서 놈의 꼬임에 넘어간 것처럼 이곳에 더 머물 작정이다."

"놈이 현 안에 있을까요?"

"지금도 나를 응시하고 있는지도 모르겠군."

김산이 혼잣소리처럼 말하자 정봉이 주위를 둘러보는 시늉을 했다. 이미 주위는 어두워져서 먼 곳은 보이지 않는다. 김산이 말을 이었다.

"나를 아는 놈이야."

국선장과 채루옥을 수색했지만 사내는 보이지 않았다. 그러나 채루옥에서 수청을 들었던 기녀가 더 자세한 정보를 보태주었다.

"사내한테서 사향 냄새가 풍겼고 손이 여자처럼 가늘고 부드러웠으며 몸이 찼다고 합니다. 정력이 세어서 놈의 긴 물건이 들어와 꿈틀거리면 기절을 했다고 합니다."

그렇게 보고한 아리그타가 민망한지 외면했다. 아리그타는 30대 후반의 혈기왕성한 장년이다. 넓은 얼굴에 턱수염이 짙어서 몽골인이라는 표시가 백 보 앞에서도 났다. 아리그타 또한 호색한인 것이다. 김산의 얼굴에 쓴웃음이 번졌다.

"경호장, 알겠느냐? 몸에서 사향 냄새가 난다는 것은 놈이 독을 품고 다닌 지 오래되었다는 말이나 같다. 극독이 몸 냄새와 부딪치면 향내가 되어 피부에 배게 된다."

"알겠소이다."

당황한 아리그타가 머리를 숙였다. 아리그타는 한 번도 김산을 겪지 못했다. 그저 소문만 듣다가 오늘, 거리 끝에서 무자비한 살해 명령을 받고 아연했다.

몽골군의 전투 시에는 잔인한 살상이 자주 일어난다. 그러나 평시에 민간인을 이렇게 죽인 것은 처음이다. 듣지도 보지도 못했다. 그러나 집행관이면 현 주민을 몰사시켜도 추후 보고하면 그만이다. 그만큼 권한이 있는 것이다. 다시 김산의 말이 이어졌다.

"손이 여자처럼 가늘고 부드럽다는 것은 놈의 무공이 실기(實技)를 떠나 기공과 내공으로 옮긴 지가 오래되었다는 표시다. 놈은 무공이 절정에 이른 고수다."

"몸이 찬 것은 왜 그렇습니까?"

앞에 앉은 아리그타가 김산과의 대화에 빠져들어 저도 모르게 물었다. 김산이 차분한 표정으로 대답했다.

"놈은 기녀와 방사를 치를 때 기녀의 양기를 빨아들였던 것 같다. 기녀의 몸이 창백하지 않더냐?"

"누워 있었습니다."

"그놈은 아직도 이 근처에 있다."

혼잣소리처럼 말한 김산이 자리에서 일어섰다.

"그놈이 현령과 관계가 있는지 알아내야겠다."

밤이 깊었다. 가게의 등불도 거의 다 꺼졌고 여관방 몇 곳에서만 불빛이 보일 뿐이다. 새벽 인시(4시) 무렵, 진강현의 현청 거리는 적막에 덮여졌다. 인적이 뚝 끊겼고 개 한 마리 다니지 않는다. 바람이 빈 거리를 쓸고 지나면서 나뭇잎 서너 개가 날아올랐다가 떨어졌다. 바람결에 음식 쓰레기 썩는 냄새가 맡아졌다.

김산은 현청 청사의 기와지붕 위에 엎드린 채 고향을 생각하고 있다.

시간을 보내는 데는 고향 생각이 제일이다. 가슴이 아프지만 지루하지가 않은 것이다. 눈앞에 동생들이 뛰어가고 있다. 웃음소리도 들린다. 김산은 어둠 속의 동생들을 응시했다. 이곳에 엎드린 지 어느덧 두 시진 (4시간), 몸이 기왓장이 되고 숨결은 공기가 되어서 흔적도 없어졌다. 냄새도 질량도 없어진 것이다. 이것이 곧 은신의 절정이다. 마지막 사부 소천이 그렇게 가르쳤다. 김산은 눈을 치켜떴다. 자는 것도 아니며 깨어 있는 것도 아닌 이 상태, 조금 전 밤 부엉이가 김산의 머리 위에 앉았다가 부리로 깃을 다듬고 나서 날아갔다. 그때 김산은 옆쪽 지붕 위로 날아오른 물체를 보았다. 사람 그림자다. 검은 옷을 입었지만 숨결이 느껴졌다.

공기와 비슷했지만 약간 더웠다. 김산이 응시하는 사이에 잠깐 주위를 둘러보던 사내가 몸을 날려 이쪽으로 옮겨왔다.

가볍다. 마치 바람을 타고 흘러온 것 같다. 그러나 바로 옆에 엎드린 김산을 발견하지는 못했다. 김산과의 거리를 한 자(30cm)밖에 안 되는 것이다. 사내가 머리를 돌려 이쪽을 보았지만 눈동자는 곧 다른 곳으로 옮겨졌다. 사내에게서 사향 냄새가 맡아졌다. 그놈이다.

김산은 사내의 몸을 훑어보았다. 장신에 얼굴은 희다. 흰창이 많은 눈에 검은 눈동자가 박힌 것이 고양이 같다. 검은 두건을 썼고 검정색 바지저고리 차림에 소매 끝과 바지 끝은 끈으로 묶은 데다 검정색 가죽신을 신었다. 등에는 장검을 메었으며 허리춤에 검정색 비수 다섯 개를 꽂았다. 가슴속에 두 가지 독분을 품고 있었는데 하나는 마취분이고 또 하나는 한숨만 들이켜도 내장이 녹는 남방의 창천독(蒼川毒)이다. 창천(蒼

川)이라는 마을의 독초에서 생산되었다는 이 극독은 냄새가 특별하다. 여자의 체취가 풍기는 것이다. 스승 소천은 창천독 냄새를 맡게 해주면서 이 냄새로 수많은 호색한의 내장이 녹아내렸다고 했다.

그때 사내의 시선이 힐끗 이쪽으로 향해졌다. 김산과 시선이 마주친 것이다. 그러나 김산의 눈은 모두 어둠으로 덮여져 있다. 눈의 흰 창도 어둠의 위장막을 덮었고 검은 창은 보이지도 않는다. 사내가 머리를 기웃거리더니 불쑥 손을 뻗었는데 손가락 끝이 김산의 옆구리를 스치고 지나갔다. 뭔가 이상한 느낌을 받은 것 같다. 김산의 심장박동은 멈춰 있었고 혈류도 흐름을 멈춘 상태지만 뇌는 움직였다. 그래서 자연스럽게 반사작용이 만들어졌다.

김산이 입을 바늘 끝만큼 벌리고는 입 숨을 화살로 만들어 사내의 왼쪽 볼을 향해 쏘았다. 입 숨에 섞인 독침이 화살보다 빠르게 날아 사내의 볼에 박혔다.

"악!"

지붕 위에서 사내의 짧은 외침이 터졌다. 거리가 넉 자(120cm)밖에 떨어지지 않은 것이다. 입안에 머금고 있던 독은 짐승을 산 채로 잡는 광독(狂毒), 이 독을 맞으면 맞는 즉시로 사지를 뻗고 늘어진다. 그때 사내가 지붕 밑으로 떨어졌다. 높이가 20자(6m)나 되는 지붕에서 떨어지고 있다.

한 식경(30분)쯤이 지났을 때 옥보장의 김산 거실에는 김산과 정봉, 아리그타까지 모여 있었는데 중앙의 마룻바닥에 눕혀진 사내는 흑의(黑衣)의 사내였다. 사내는 반듯이 누운 채 아직 눈을 감고 있다. 상석에 앉은 김산이 웃음 띤 얼굴로 입을 열었다.

"이놈은 조금 전에 깨어났다. 숨도 죽인 채 사태 파악을 하는 중이야."

그때 정봉의 눈에도 사내의 흰 얼굴에 슬며시 핏기가 떠오르는 것이
보였다. 김산이 말을 이었다.

"허나 눈을 뜨고 말을 할 수는 있겠지만 손가락 하나 까닥할 수 없다.
내가 놈의 기혈을 찔러놓았다."

그때 사내가 눈을 떴다. 흰 창에 핏발이 배어 나와 찬 기운이 느껴지
는 용모다. 채루옥의 기녀가 말한 대로 손가락이 가늘고 길었으며 장검
도 칼집 끝에 금이 박힌 칼집을 찼다. 사내가 입을 열었다.

"분하다."

김산은 시선만 주었고 사내가 말을 이었다.

"비호수가 오늘 같은 수모는 처음 당하는구나."

"비호수라고 했느냐?"

한인 무장 정봉이 사내에게로 한 걸음 다가가 섰다. 눈을 치켜뜨고 있다.

"하북성(河北省)의 삼검(三劍) 중 하나인 비호수란 게냐?"

"그렇다."

사내의 시선이 김산에게로 옮겨졌다.

"저자가 그대의 상관인 집행관 김산인가?"

"이놈, 무엄하다."

아리그타가 발을 구르는 시늉을 하며 꾸짖었지만 사내는 흰 이를 드
러내고 웃었다.

"난 감찰관의 직접 명령을 받고 온 사람이야. 집행관 따위에게 겁먹지
않는다."

32

"감찰관? 감찰관이 누구인가?"

이번에는 정봉이 묻자 사내가 술술 대답했다.

"카사르족 왕자 알탄님이시다. 위대한 대칸 칭기즈칸 폐하의 동생 가문으로 이번에 역적 무리를 감찰하는 전권을 위임받으셨다."

"그래, 장하다."

아리그타가 비아냥거렸지만 정색한 사내는 말을 이었다.

"나는 감찰관 막하 부장 곽성의 자문관이니 몽골제국의 5품 관리이며 현령과 동급이다. 날 쉽게 대하지 못한다."

"건방진 놈, 어느 안전이라고."

눈을 치켜뜬 정봉이 비웃었다.

"무인(武人)이라는 놈이 직급을 내밀고 목숨을 구걸하는구나."

그때 김산이 물었다.

"감찰관의 명을 받고 나를 제거하려고 했느냐?"

"너는 내 몫이 아니야."

사내가 똑바로 김산을 보았다.

"내 임무는 현령의 목을 가져가는 것이라구."

"아니, 왜? 현령 유극봉은 너희들의 상전 오고데이가에 충성하는 놈이 아닌가?"

정봉이 묻자 사내는 쓴웃음을 지었다.

"유극봉 따위는 얼마든지 채워 넣을 수가 있지."

"내 수하를 백주에 거리에서 베어 죽인 이유는?"

김산이 묻자 사내의 이맛살이 찌푸려졌다.

"그게 무슨 말야? 난 그런 일 안 했다."

사내가 똑바로 김산을 올려다보았다.

"나도 소문을 들었지만 그렇게 칼질은 안 해, 마치 돼지를 잡는 것처럼 쳤더구만."

새벽녘, 이제는 셋이 둘러앉았다. 자칭 비호수라는 곽성의 자문관은 다시 혼절시켜 옆방에 묶어놓았다. 정봉이 김산에게 물었다.

"대감, 비호수의 소행이 아니란 말씀입니까?"

"아니다."

머리를 저은 김산이 반쯤 열린 창밖을 보았다. 묘시(6시)가 되어가고 있어서 밖은 이제 밝아지는 중이다.

"비호수의 흉내를 내는 다른 놈이 있어. 그놈이 부박을 죽인 것 같다."

"그런데 감찰관은 왜 현령 유극봉을 죽이라고 했을까요?"

"그것은 내가 죽인 것으로 뒤집어씌우려는 수작인 것 같다."

정색한 김산이 말을 이었다.

"그러고는 이 사건을 집행관과 감찰관, 톨루이 가문과 오고데이 가문의 싸움으로 만들어 놓겠다는 것이지."

"아아, 과연."

커다랗게 머리를 끄덕인 정봉이 김산을 보았다.

"대감, 그럼 어떻게 하시겠습니까?"

"현령 유극봉을 은밀하게 이곳으로 데려오도록."

목소리를 낮춘 김산이 말을 이었다.

"유극봉에게 비호수의 자백을 들려주겠다."

"이로써 오고데이 세력 하나를 끌어들이는 것입니까?"

"비호수를 그냥 죽이기엔 아깝지 않으냐? 그놈은 제 몫도 못했으니 나라도 써먹어야겠다."

쓴웃음을 지었던 김산이 곧 어금니를 물었다.

"부박을 죽인 놈은 예상보다 더 강적인 것 같다."

오전 진시(8시)가 되었을 때 김산의 방으로 다시 비호수가 끌려 들어왔다. 그의 두 눈에 검은 두건이 씌워졌고 손발이 묶인 채였다. 비호수는 이제 체념한 듯 반항하지 않았지만 입은 살았다. 끝없이 주절거리고 있다.

"나는 폐하의 5품 관리로 죽는다. 내 집안은 폐하로부터 유공자 대우를 받아 대를 이어 관리로 임명될 것이다."

"너에게 현령 유극봉을 죽이라고 한 것이 감찰관 알탄이냐? 아니면 곽성이냐?"

김산이 묻자 비호수가 입술을 비틀며 웃었다.

"곽성은 알탄의 명이 없으면 제 밥그릇에 붙은 쥐도 잡지 못한다."

"그럼 알탄의 계획이란 말이군."

"감찰관은 구타이님의 수족 같은 분이야. 몽골제국의 황제는 곧 구타이님이 지명한 자가 될 것이다."

그러더니 비호수의 목소리가 엄숙해졌다.

"집행관, 네 무공은 놀랍지만 곽성과 진청을 당하지 못한다. 너희들은 불구덩이로 몰려드는 나방이 꼴이 될 것이야. 자, 죽여라."

그때 김산이 머리를 돌려 뒤쪽에 선 유극봉을 보았다. 유극봉은 어금니를 물고 서 있었는데 방바닥에 누운 비호수를 응시하고는 있었지만 눈동자의 초점이 멀다.

"말씀드릴 것이 있소."

옥보장의 계단을 내려온 유극봉이 말했으므로 김산이 몸을 돌렸다.
뒤를 따르던 아리그타가 눈치를 채더니 서둘러 옆쪽으로 비켜났다. 경
호병들도 따라 물러서서 계단 밑 현관에는 둘 뿐이다. 김산의 시선을 받
은 유극봉이 심호흡을 하고 나서 말했다.

"이곳 진강현에 남송의 황실수호단이 들어와 있습니다."

숨을 들이켠 김산이 유극봉을 응시했다. 황실수호단이란 남송 황제의
근위병에서 차출된 결사대다. 국운이 위태롭자 수호단은 중원의 무인들
을 대거 영입했는데 남송정벌군을 수없이 괴롭혔지만 내륙까지 진출해
온 적은 없었던 것이다. 유극봉이 말을 이었다.

"수호단 부장 복기대가 보낸 삼관필이라는 자인데 무공이 놀랍습니다."

"만나보았느냐?"

김산이 묻자 유극봉이 어깨를 늘어뜨렸다.

"그자가 소직의 침실로 찾아왔소이다. 소직은 보지를 못하고 천장에
서 말하는 목소리만 들었소."

"……."

"곧 진강현이 전쟁터가 될 테니 소직은 시킨 대로만 하면 무사할 것이
라고 했소."

"무슨 일을 시키던가?"

"수호대가 감찰관과 집행관 양쪽을 다 칠 테니 소직은 양쪽 정보를 주
기만 하면 된다는 것이었소."

"수호대가 곧 온다고 하던가?"

"이번 구유크칸 폐하의 서거가 남송의 입지 회복에 절호의 기회라고 했습니다."

바짝 다가선 유극봉이 번들거리는 눈으로 김산을 보았다.

"더구나 양쪽 가문이 내세운 감찰대와 집행대가 중원의 복판인 이곳에서 부딪치면 천하의 이목이 모일 것이니 양쪽 세력을 격멸시키고 나서 남송군을 북진시킨다는 계책이었소."

"그렇다면,"

심호흡을 한 김산이 유극봉을 보았다.

"내 수하를 친 것이 복기대의 부하 삼관필이란 자가 아닌가?"

"비호수라는 놈이 아니라면 삼관필이 맞는 것 같습니다."

머리를 끄덕인 김산이 유극봉을 보았다.

"그대는 지금부터 몽케칸 전하께 충성하는 신하로 인정하겠다. 맞는가?"

"맞습니다."

어깨를 늘어뜨린 유극봉이 다시 번들거리는 눈으로 김산을 보았다.

"난세를 살아가려면 충절만으로는 부족하오."

"그럼 또 무엇이 있는가?"

"적응력이오."

김산의 시선을 받은 유극봉이 얼굴을 일그러뜨리며 웃었다.

"내가 살아야 현의 백성들이 제때에 양곡을 배급받고 군역을 공평하게 치르며 군벌과 악덕관리, 도둑떼로부터 보호받을 수 있을 것 아닙니까? 그러기 위해서는 시대에 적응하는 것이 우선이오."

김산이 잠자코 유극봉을 보았다. 유극봉의 사저 금고에는 금이 담긴 자루 10여 개가 쌓여 있었다. 그러나 속단하기는 아직 이르다. 사부 묘합은 인간은 겪어봐야 아는 존재라고 가르쳤다. 부처의 얼굴을 한 악귀가 있으며 악마의 탈을 쓴 부처도 있다는 것이다. 또한 인간은 모두가 각양각색이며 그 모두가 스승이라고 가르쳤다. 악인에게도 배울 점이 있다는 것이다. 김산이 천천히 머리를 끄덕였다. 유극봉에게서 배울 점이 많다. 머리를 돌린 김산이 경호장 아리그타에게 지시했다.

"모셔다 드리고 경호군으로 은밀히 경호하도록 해라."

적응력이 강한 유극봉은 이쪽의 심정을 읽었을 것이다.

눈을 뜬 비호수는 자신의 몸에 기혈이 풀려 있는 것을 알았다. 옥보장 2층의 객실 안이다. 몸은 여전히 마룻바닥에 위에 누인 채였지만 몸에 흐르고 있는 혈류를 느낄 수 있는 것이다. 마당에서 소음이 울리고 있다. 닫혀진 창의 종이막을 통해 들어오는 바람결에 고기 굽는 냄새가 맡아졌다. 햇살을 보면 오후 미시(2시)쯤 되었다. 호흡을 고른 비호수는 슬그머니 상반신을 일으켰다. 집행관의 무공은 놀랍다. 부장 곽성의 무공을 떠벌렸지만 과연 곽성이 저런 은신술과 경공, 독극물에 대한 내공을 갖추고 있을 것 같지가 않다. 강호에 나선 지 어언 8년, 35세의 나이가 될 때까지 수백 번 접전을 치렀으며 사부 안당도사로부터 12년 동안 태진 원공법을 전수받았지만 집행관의 무공 앞에서는 조족지혈이다. 첫째 기(氣)에 눌려서 그 어떤 무술도 일으켜지지가 않는 것이다.

"귀물(鬼物)이다."

몸을 일으킨 비호수가 사지를 제각기 꿈틀거리면서 혼잣소리를 했다.

이대로 나가면 위험하다. 저 열려진 창에서 몸을 솟구쳐 지붕 위로 올라가면 옆쪽 건물로 뛰어 건널 수가 있을 것이다. 비호수는 숨을 들이켰다가 뱉고 나서 발을 떼었다.

"내 이야기를 들어라."

그 순간 뒤에서 들리는 목소리에 비호수는 대경실색을 했다. 머리를 돌리지 않아도 집행관이 뒤쪽 의자에 앉아 있는 것이 느껴졌다. 도대체 어떻게 나타났는가? 뒤쪽은 벽이고 문과 창문은 비호수의 앞쪽 좌우측이다.

"거기 의자에 앉아라."

다시 뒤에서 집행관이 말하자 비호수는 몸을 돌렸다. 그러나 다시 숨을 들이켠 비호수가 눈을 치켜떴다. 없다. 사라졌다. 그때 다시 뒤쪽에서 목소리가 들렸다.

"지금 진강현에서 네 행세를 하고 다니는 놈이 있다."

몸을 돌린 비호수가 창틀에 기대선 집행관을 보았다. 집행관이 말을 이었다.

"그놈은 너하고 용모도 비슷하게 꾸몄을 뿐만 아니라 네 행세를 하고 백주에 내 수하를 죽였다."

"……."

"그런데 그놈의 정체를 알고 보니 남송 황실수호단의 삼관필이라는 괴물이다."

"……."

"수호단은 이곳 진강현에서 집행관의 집행대와 감찰관의 감찰대 사이에 전쟁을 일으키고 양쪽을 다 치려는 작전을 꾸미고 있는데 지금까지는 성공한 것 같다."

"잠깐,"

집행관의 말을 막은 비호수가 눈을 치켜뜨고 물었다.

"나한테 무슨 말을 하고 싶소?"

그렇지만 비호수는 절반 이상은 이미 짐작을 했다.

삼관필에게 변신술은 옷을 갈아입는 것이나 같았다. 여장을 하면 여자가 되었는데 어깨도 좁아졌고 목소리도 변했다. 지난번 비호수가 채루옥의 기녀 미장을 끼고 놀다가 옷을 입고 나갔을 때 삼관필은 바로 방에 들어갔던 것이다.

그러고는 비호수의 흉내를 내고 다시 미장을 품었더니 그때서야 절정에 올랐다. 미장은 비호수의 방사가 절륜한 줄로만 아는 것이다. 진강현의 주루 아상은 현의 공회당 같은 역할을 한다. 차 한 잔 시켜 마시면서 노인이나 어른 행세하는 인물들이 시정(市政)을 이야기하고 소문을 듣고 나누는 곳이다.

"현령이 사죄 공문을 붙였지만 세상 사람들은 다 알고 있는 일이여."

노인 하나가 떠들썩한 목소리로 말했다.

"양쪽 가문에서 대리인을 내세워 다투고 있는 것이라구."

"그 집행관이 무섭다고 하니 영감도 입을 다물게."

노인 하나가 말렸을 때 옆쪽 노인이 나섰다.

"표 아우의 말씀이 맞네. 양쪽 가문이 전쟁을 치르느라 또 우리 백성만 죽어 나가지 않겠는가? 엊그제 같은 난리가 수없이 일어날 걸세."

엊그제 같은 난리란 민간인 30여 명을 참살한 집행관의 광란을 말하는 것이다. 그렇게 말한 노인은 포목상 장 대인이다.

평소에 일절 몽골제국에 대한 논평을 내지 않던 현의 장로(長老)여서 모두의 공감을 얻는다. 관리도 없는 터라 주위의 수십 개 입에서 동조하는 목소리가 울렸다. 장 대인이 흰 수염을 쓸면서 말을 잇는다.

"이곳 진강현은 중원의 중심이며, 강호의 온갖 인물이 모이는 곳이지. 내가 70평생을 살면서 여러 곳을 거쳤지만 지금처럼 혼탁한 세상이 없었네."

모두 술렁였고 대부분 머리를 끄덕였지만 나서는 인물은 없다. 파격적인 발언이었기 때문이다. 그러나 대부분 동감을 했다. 장 대인이 씨를 뿌린 셈이 되었다.

아상을 나온 장 대인이 지팡이를 짚고 거리를 걷는다. 아상 앞길이 바로 시장통이어서 행인이 많다. 사람을 피해 걸으면서 장 대인은 셋에 한 명꼴로 인사를 받는다.

"아이구 어른 벌써 여기 오셨네요."

기름 가게 집사가 인사를 하더니 분주하게 지나갔다. 머리를 끄덕여 보인 장 대인이 옆쪽 골목으로 들어섰다. 그때 뒤에서 목소리가 들렸다.

"네가 삼관필이렷다."

소스라친 장 대인이 몸을 돌렸다가 다가오는 젊은 사내들을 보았다. 등에 장작을 진 사내와 양손에 술 단지를 든 사내다. 그 뒤에는 중년 부부가 채소 바구니를 들고 따른다. 숨을 들이켠 장 대인이 다시 한 발짝을 떼었을 때 두 번째 목소리가 울렸다. 바로 뒤에서 부르는 것 같다.

"곧장 현청 입구의 등나무 앞으로 가도록, 자, 뛰어라!"

다음 순간 장 대인의 왼쪽 허벅지에 날카로운 통증이 느껴졌다.

"아악!"

펄쩍 뛰어올랐던 장 대인이 지팡이를 던지더니 내달리기 시작했다. 수염이 휘날렸고 머리에 쓴 두건이 날아갔다. 도포가 깃발처럼 펄럭이며 달리는 장 대인을 이제는 사람들이 알아보지 못했다. 어느덧 수염이 떨어져 나갔고 검은 반점투성이였던 얼굴이 희게 변해져 있었기 때문이다.

"빠르다."

뒤를 따르던 김산이 내심 감탄했다. 김산은 비스름한 좌측 위쪽의 지붕을 타고 뛰었는데 난다는 표현이 맞을 것이다.

지붕 위를 한번 도약하면 30자(9m)를 날았고 높은 곳에서 내려가는 경우에는 40자(12m)까지 벌어졌다. 그러나 장 대인으로 변장한 삼관필의 달리는 속도도 만만치 않았다. 길을 달리던 삼관필이 골목으로 꺾어지더니 지붕 위로 뛰어올랐다. 그러더니 이제 거칠 것이 없는 터라 뛰는 속도가 빨라졌다. 한 번 도약에 30자, 그리고 내려가는 도약은 40자가 되었다. 김산과 속도가 같게 된 것이다. 김산의 얼굴에 웃음이 떠올랐다. 그러나 두 눈은 더욱 반짝이고 있다.

저녁 유시(6시)경, 지금 삼관필은 등나무 앞으로 가지 않고 반대 방향인 개울 쪽으로 향하고 있는 것이다. 김산은 이제 삼관필과 50보 간격을 두고 쫓는다. 삼관필이 허공으로 솟아오르면 내려앉고 내려앉았을 때 솟아올라 따르는 식이어서 눈에 띄지는 않는다. 다시 김산이 숨을 모으고는 앞쪽을 향해 말을 쏘았다.

"이놈, 어디를 가느냐? 강가의 정자 쪽으로 가는구나."

삼관필이 강가의 나루터에 도착했을 때는 숨을 서른 번쯤 쉬고 난 후였다. 한 번 호흡할 때마다 열 보쯤 날았으니 3백 보 거리가 맞다. 배가 끊긴 나루터는 적막했고 바람결에 버드나무 가지가 춤추는 기녀 머리칼처럼 흩날렸다. 이곳은 민가하고도 1백여 보 떨어진데다 숲에 가려져서 한적한 곳이다.

호흡을 고른 삼관필이 주위를 둘러보았다. 이곳은 현청 거리의 동쪽 끝이다. 괴인이 지적한 등나무 밑은 서쪽 끝인 것이다. 등나무가 선 지역은 좌우가 언덕인데다 숲으로 덮여졌다. 매복하기에 적당한 곳인 반면에 이곳은 앞이 강물로 트였고 왼쪽은 황야다. 시야가 넓어져서 얼마든지 운신이 가능하다. 그때 뒤에서 인기척이 들렸으므로 삼관필은 몸을 돌렸다. 기다리고 있었다.

"네놈이구나."

몸을 돌린 삼관필이 얼굴에 쓴웃음이 떠올랐다. 사내는 감찰대 부장의 수하 비호수였기 때문이다. 비호수는 두 손을 늘어뜨린 채 10보쯤 떨어진 풀숲에 서서 시선만 주고 있다. 한 걸음 다가선 삼관필이 말을 이었다.

"네놈이 변성(變聲)의 재주까지 있는 줄은 몰랐다."

"……."

"이제 네놈한테 정체를 들켰으니 둘 중 하나가 없어져야 되겠구나."

"……."

"그래야 채루옥의 미장을 독차지하게 될 테니까. 여러 번 부딪치게 되면 발각이 되는 법이야."

그때 뒤에서 목소리가 들렸으므로 삼관필은 펄쩍 뛰어올랐다가 제자리에 내렸다.

"누가 남는가는 내가 정한다."

목소리는 그렇게 들렸지만 삼관필에게 형상이 보이지 않았다. 그러나 땅바닥에 발을 디딘 삼관필의 얼굴이 나무토막처럼 굳어져 있다. 이 목소리가 바로 자신을 쫓아왔기 때문이다. 목소리의 주인은 비호수가 아니었다. 그때 목소리가 다시 선착장을 울렸다.

"비호수, 그놈을 잡아라."

비호수의 어깨가 치켜 올라갔다. 두 눈이 치켜떠졌고 입술이 악물려졌다. 다시 목소리가 이어졌다.

"호보(虎步)로 네 걸음 전진했다가 왼쪽으로 뛰어오르라. 그 순간 놈이 비수를 던질 테지만 빗나간다. 그놈의 왼쪽, 허벅지에 기가 부족하기 때문이다. 그때 너는 암기를 던지면 된다."

그 순간 비호수가 홀린 듯한 표정을 짓고 호보를 내딛는다. 한 걸음, 두 걸음, 그때 목소리가 덮어씌우듯 울렸다.

"놈의 가슴에 오독(烏毒)이 있으나 바람 방향이 거꾸로라 던질 수 없다."

그때 네 걸음을 전진한 비호수가 왼쪽으로 뛰어올랐고 삼관필이 던진 비수 두 자루가 날았다. 그러나 비수는 비호수가 몸을 비트는 바람에 넉넉하게 빗나갔고 그와 동시에 내던진 독침 수십 개가 바람과 함께 삼관필을 덮어씌웠다.

"아앗!"

비명 같은 기합이 삼관필의 입에서 터졌다. 독침을 맞은 것이다. 어느새 두 손에 오독이 든 봉지를 꺼내 들고 있었지만 바람 방향이 이쪽이다. 던지면 제가 뒤집어쓰게 되었다. 마치 하늘에서 연극을 지시하는 것 같다.

"으음."

두 손으로 가슴을 움켜쥔 삼관필이 눈을 부릅뜨고 비호수를 보았다. 그럴 수밖에 없는 것이 둘이 마주 보고 서 있는 좌우로 50여 보 공간 사이에는 아무도 없는 것이다. 시선이 비호수한테 갈 수밖에 없다.

"이, 이놈, 네놈은 누구냐?"

삼관필이 이 사이로 말했을 때 어디선가 사내의 웃음 띤 목소리가 울렸다.

"비호수, 속지 마라, 그놈은 독침이 박혔지만 내공으로 피를 역류시키고 있다. 그놈이 곧 입으로 검은 피를 쏟을 것이다. 그때 뛰어오르지 말고 기합을 뱉으라. 그럼 그놈은 제 독혈을 먹는다."

그때 두 걸음 다가오면서 입을 벌렸던 삼관필이 입을 다물었다. 혈류를 쏟으려다가 만 것임을 비호수도 알 수 있었다.

다시 사내의 목소리가 울렸다.

"비호수, 창천독을 뿌려라."

비호수가 홀린 것처럼 한 손을 가슴에 넣더니 붉은색 주머니를 꺼내 들었다.

"자, 뛰어라, 두 길 높이에서 뿌리면 저놈은 피할 길이 없다."

사내가 말한 순간이다.

"그만!"

두 손바닥을 편 삼관필이 털썩 땅바닥에 무릎을 꿇더니 눈을 부릅떴다.

"졌다. 이렇게 개죽음하기는 싫으니 그대 정체를 보여라!"

그러고는 두 손을 땅바닥에 짚었다. 두 눈이 번들거리고 있다.

"나는 전혀 부끄럽지도 분하지도 않다. 그대가 월등하기 때문이다."

2장
난전(亂戰)

그때 바람이 불면서 나뭇가지를 스치는 소리가 났다. 마른 잎에 어지럽게 흩날리더니 삼관필의 몸을 휩쓸고 지나갔다. 앞쪽에 서 있는 비호수의 옷자락이 펄럭였다. 무릎을 꿇은 삼관필이 눈을 치켜떴다가 바람결에 한 번 깜빡이고 나서 다시 떴다.

"아앗!"

그 순간 삼관필의 입에서 놀란 외침이 터졌다. 바로 옆쪽에 사내 하나가 서 있었기 때문이다. 그런데 이게 누구인가? 바로 자신이다. 가는 눈, 굵은 콧날, 굳게 다문 입술까지. 아, 이것이 현실인가? 10여 년 전 진당파의 검사(劍士) 길춘에게 베인 볼의 칼자국까지 그대로다. 그때 자신이 말했다.

"왜 놀라느냐?"

삼관필이 숨을 삼켰다. 자신이 듣는 제 목소리는 소름이 끼쳤기 때문이다.

"당, 당신은……."

"나는 변신하지 않았다. 바로 네 눈에만 그렇게 보일 뿐이다."

서 있던 삼관필이 빙그레 웃더니 한 걸음 다가섰다. 그러고는 손을 젓자 손에서 흙가루가 날아왔다. 흙가루를 피해 눈을 껌벅였던 삼관필은 다시 몸을 굳혔다.

눈앞에 서 있는 사내는 바로 비호수다. 그러고 보니 비호수가 둘이 서 있다. 이를 악문 삼관필이 두 손으로 땅바닥을 짚고는 머리를 숙였다.

"전설로만 듣던 백안술(百眼術)을 처음 겪소."

"네 상전은 누구냐?"

그렇게 묻는 눈앞의 사내는 이제 조금 전까지 삼관필이 행세했던 장대인의 모습이 되어 있다. 삼관필의 얼굴이 공포로 일그러졌다.

"예, 남송 황실수호단의 부장 복기대올시다."

"바로 이런 모습이렷다."

"아앗!"

다시 삼관필의 입에서 외마디 비명이 터졌다. 바로 눈앞에 복기대가 서 있는 것이다. 흰 수염을 흩날리는 복기대의 주름진 얼굴이 웃고 있다. 그때 복기대가 말했다.

"어떠냐? 심복하겠느냐?"

"제가 황실수호단에 가입한 이유는 먹고 살려는 것이었지 남송에 충성하려는 뜻은 없었소."

삼관필의 얼굴에서 땀이 흘러내리고 있다. 눈을 부릅뜬 삼관필이 말을 이었다.

"소제(小弟)가 수십 년간 강호를 횡행했으나 대형만 한 고수는 처음 뵙습니다. 당장 죽어도 여한이 없으나 아우로 부려주신다면 남은 생(生)을 모시고 살겠소."

김산이 지그시 삼관필을 보았다. 진심인 것 같다. 혈류의 운행이 빠르고 역류하지 않는다. 머리를 돌린 김산이 이제는 비호수를 보았다. 비호수는 아까부터 어리둥절한 표정이다. 왜냐하면 삼관필 앞에 선 김산의 모습이 그대로였기 때문이다. 비호수의 눈에는 김산이 김산으로만 보였던 것이다.

자, 이곳은 진강현 중심부의 옥보장이다. 김산의 방 안에는 다섯 사내가 둘러앉아 있었으니 곧 김산과 아리그타, 정봉, 비호수와 삼관필이다. 비호수와 삼관필을 이곳으로 데려온 것이다. 상석에 앉은 김산이 앞쪽의 삼관필을 턱으로 가리키며 말했다.

"저자가 부박과 집행대 둘을 참살했다."

아리그타가 이글거리는 눈으로 삼관필을 보았다. 그러나 김산 앞이어서 거친 숨만 고르고 있다. 김산이 말을 이었다.

"부박의 목숨 값을 더 크게 받으려고 하니 그리 알고 있도록."

아리그타와 정봉은 시선만 내렸으나 삼관필이 의자에서 일어나 허리를 꺾으면서 말했다.

"고수를 만나 심복하고 있습니다. 형들께서는 아우의 인사를 받으십시오."

"무엄한 놈!"

마침내 아리그타가 발로 방바닥을 구르면서 말했다. 눈을 부릅뜬 아리그타가 삼관필을 노려보았다.

"이 가소로운 놈아! 고수라니, 네가 감히 어느 분을 칭하느냐? 그분은 몽골제국군 5만인장이시며 대장군, 집행관까지 겸임하신 태대감이시다. 네놈은 우러러보지도 못할 고귀한 분이시다!"

삼관필이 숨을 들이켰다. 그로서는 몽골제국군 장군을 본 적도 없었기 때문이다. 김산이 그런 고귀한 신분인 줄은 상상도 하지 못했다. 옆쪽의 비호수도 마찬가지다. 이제야 김산의 신분을 확실하게 알게 되었다. 그때 김산이 쓴웃음을 짓고 말했다.

"어차피 내 신분을 알고 있어야 할 테니 잘 새겨두어라."

김산이 비호수와 삼관필을 번갈아 보았다.

"너희들은 감찰대와 남송 황실수호단의 암살자, 이제 이곳에 천하의 3개 조직이 다 모이게 될 것 같다."

김산이 입술도 달싹이지 않은 채 말이 이어졌다.

"너희들은 지금부터 몽골제국 남송정벌군 휘하의 집행대 소속이 되어야 한다. 승복하겠느냐?"

"하겠습니다."

비호수가 먼저 머리를 숙이며 대답했고 삼관필이 따른다.

"목숨을 바치지요."

"그럼 너희들은 지금부터 몽골군 1백인장으로 여기 있는 정봉과 아리그타의 휘하에 들라. 이들은 모두 1천인장이다."

"명을 받들겠습니다."

둘이 동시에 대답했으므로 김산이 정봉과 아리그타를 향해 머리를 끄덕여 보였다.

진강 현령 유극봉이 밀서를 보낸 것도 다음날 오전 진시(8시) 무렵이다. 경호를 맡은 10인장을 통해 김산에게 보낸 밀서의 내용은 이렇다.

"병부대신 구타이한테서 공문이 왔사온데 각 현에서 군비를 10만 냥씩 걷어 이달 말까지 카라코룸으로 수송하라고 합니다. 아직 각종 세금은 카라코룸 승상부에서 결정을 하는 터라 각 성, 각 현은 명령에 복종해야만 합니다. 이에 대하여 집행관 대감께서 남부군 총사령관 전하께 건의, 백성들의 어려움을 해소시킬 방도를 찾아주시도록 엎드려 바라나이다."

밀서를 읽고 난 김산이 마침 옆에 있던 정봉과 삼관필, 비호수에게 차례로 보여주었다. 셋이 다 읽었을 때 김산이 창밖으로 시선을 준 채 말했다.

"충신(忠臣)은 군주(君主)의 뜻대로만 행하여 따르는 자가 아니다."

셋은 시선만 주었고 김산의 말이 이어졌다.

"진정한 충신은 백성을 안돈시키고 국위를 선양시킴으로써 군주의 위상을 저절로 높이는데 기여하는 자다."

"과연."

커다랗게 머리를 끄덕인 정봉이 김산을 올려다보았다. 정봉은 40대 중반으로 판관 벼슬을 살던 문관(文官)이다. 한인 출신의 모사였으니 학문이 깊어 몽케가 김산의 참모 역할로 옆에 붙인 인물이다. 정봉이 말을 이었다.

"집행관 대감께서는 일국의 군주로 부족함이 없으시오. 과연 폴란드 총독을 겸하신 것은 허명이 아니었습니다."

"아부가 지나치다."

50

김산이 쓴웃음을 짓고 말했으나 정봉이 얼굴을 굳히고 말을 잇는다.

"속에 있는 말을 감추는 것도 신하의 도리가 아닙니다. 소직은 꾸미지 않고 말씀을 드립니다."

"앞으로 그러도록."

"예, 대감."

둘의 대담을 듣던 삼관필이 허리를 굽히면서 김산에게 묻는다.

"대감, 소직께 이 밀서를 보여주셨으니 한 말씀 올려도 됩니까?"

"들으려고 보였다. 말하라."

김산이 웃으며 말하자 삼관필이 조심스럽게 말했다.

"남송의 조정에서는 북방군 총사령부와 맥이 통하고 있다는 소문이 있었습니다. 실제로 남송정벌군이 유리한 전황을 유지할 때면 남송군은 북방군으로부터 정보를 받아 반격에 나서곤 하였습니다."

"……."

"그것이 구유크칸과 몽케칸 전하의 대립 때문이라고 했습니다."

"일리가 있다."

머리를 끄덕인 김산이 지그시 삼관필을 보았다.

"그대는 북방군 총사령부의 누가 반역행위를 했다고 생각하느냐?"

"구타이올시다."

서슴없이 말한 삼관필이 말을 이었다.

"구타이의 배후에는 구유크칸이 있었습니다."

정봉은 물론 비호수도 아연한 얼굴로 김산의 눈치만 보았다. 엄청난 사실인 것이다. 이윽고 김산이 입을 열었다.

"일리가 있는 말이야."

길게 숨을 뱉은 김산이 말을 잇는다.

"그러니 천하는 서둘러 통일이 되어야 한다. 먼저 현령의 청대로 백성들이 세금으로 고혈을 빨리지 않도록 해야겠다."

"노형은 나이가 어떻게 되오?"

불쑥 비호수가 묻자 삼관필이 어깨를 폈다. 눈가에 웃음기가 떠올라 있다.

"마흔여섯이오."

"내가 서른다섯이지만 사형이 되겠소."

비호수가 말하자 삼관필의 얼굴에서 웃음기가 지워졌다. 가는 눈이 더 가늘어졌고 굵은 입술 끝이 비틀려졌다.

"아니, 젊은 나이에 망령이 드셨나? 열한 살이나 어린 그대가 사형이라니? 나이를 거꾸로 먹는 것이오?"

"내가 대감을 먼저 모셨으니 사형이 아니오? 나이순으로 사형이 됩니까?"

"말이 되는 소릴 해야지. 실제로 우리 둘은 어제 같이 대감을 모시게 된 것이 아닌가? 거짓말을 그만하시지."

"아니, 거짓말이라구?"

눈을 치켜뜬 비호수가 헛웃음을 날렸다.

"채루옥의 기녀 미장이도 내가 먼저 안았지 않소? 그대는 내 아랫동서야."

"허어, 그렇다면 실력으로 승부를 내어서 위아래를 가리는 수밖에 없군."

마침내 삼관필이 어깨를 부풀리며 말했을 때 위에서 목소리가 들렸다.

"한족은 어른 공경을 않느냐?"

소스라친 둘은 두리번거렸지만 김산은 보이지 않는다. 둘은 지금 옥보장의 방 안에 있다. 오전 사시(10시) 무렵, 방 안에는 둘뿐인 것이다. 김산의 목소리가 이어졌다.

"고려인은 나이 많은 이를 어른으로 공경한다. 비록 배우지 못했고 가난하더라도 그렇다. 그것이 인간의 도리다. 알았느냐?"

"예."

둘이 동시에 머리를 숙이며 대답했고 김산의 목소리는 이어지지 않았다. 잠시 후에 비호수가 머리를 들고 삼관필을 보았다.

"사형, 아우 절 받으시오."

"아니, 사제, 이럴 것 없네."

삼관필이 점잖은 척 손을 저었지만 비호수가 두 손을 모으고 읍을 했더니 맞절을 했다.

"사형, 많이 가르쳐 주시오."

"사제, 내가 부족한 점이 많네. 앞으로 조심하겠네."

삼관필의 목소리에 어느덧 진심이 섞여 있는 것처럼 들렸다.

병부대신 구타이가 카라코룸의 왕궁 안에서 사내 하나와 밀담을 나누고 있다. 50대쯤의 사내는 관리 차림이었는데 구타이와 넉 자(120cm)쯤의 간격을 두고 마주앉아 있었으니 파격이다. 북부군 총사령관 겸 병부대신 구타이는 구유크 황제가 사망한 지금 카라코룸의 최고 실권자인 것이다. 황제의 위세를 떨친다고 해도 과언이 아니다. 승상 영천에게 지시를 내리는 입장인 것이다. 가끔 구유크의 미망인 오굴 카이미쉬가 설치고 있었으나 노회한 구타이의 털 하나 건드리지 못했다. 술시(오후 8시) 무렵, 청 안은 짙은 정적에 덮여있다. 넓은 청에 둘뿐인 것이다. 붉은색 기둥마다 등을 붙여서 청 안은 밝다. 이윽고 사내가 입을 열었다.

"대감, 몽케가 남송을 멸망시키면 천하의 대권은 몽케에게 옮겨집니다. 그렇게 되면 오고데이, 차가타이 가문은 멸망하게 되지요."

그리고 구타이도 마찬가지다. 구타이의 삼족도 멸망하게 된다. 사내가 말을 이었다.

"남송은 멸망 직전입니다. 겨우 황실수호단이 결사적으로 황실을 보위하고 있지만 이대로 두면 반년 안에 멸망하게 될 것이 분명합니다."

사내는 남송의 근위대장군 겸 병부대신 양청준, 친히 수하 몇 명만을 이끌고 이곳 카라코룸까지 잠행해온 것이다.

양청준이 지그시 구타이를 보았다.

"대감, 남송의 멸망은 피할 수 없는 현실입니다만 몽케에게 영예를 넘겨주시면 안 됩니다. 그렇게 되면 남송은 몽케에 의해 철저하게 살육을 당할 것이오."

"……."

"오랜 세월 동안 몽케가 남송군과 대치하다 보니 원한이 깊게 박혀서 남송 관민은 모조리 학살을 면치 못할 것입니다."

"하지만,"

구타이가 손바닥을 펴고 양청준의 말을 막았다. 얼굴에 쓴웃음이 번져 있다.

"몽케의 남송정벌군을 위로 물릴 수가 없소. 우리 북방군이나 중부군을 대체시킨다면 몽케군은 당장에 카라코룸을 차지하게 될 테니까."

그렇다. 그러면 천하는 당장에 몽케의 차지가 된다. 몽케군을 남송 전
선에 묶어두고 있는 것도 그것 때문이다. 그런데 이제 남송이 몽케군에
게 정벌당하면 몽케군은 엄청난 인적, 물적 자원을 확보하게 될 것이었
다. 이것 또한 오고데이 가문으로서는 두려운 결과다. 그때 양청준이 목
소리를 낮췄다.

"대감, 시기를 늦출 방법이 있소이다."

"무엇이오?"

구타이가 묻자 양청준이 주위를 둘러보는 시늉을 했다.

"당분간 몽케군의 전력을 약화시키는 방법이올시다."

"……."

"남송의 수호단이 몽케군의 배후를 괴롭히도록 대감께서 지원해주시
면 됩니다."

"어떻게 말인가?"

"이번에 감찰대를 편성, 몽케군의 집행대와 대적하고 계시지 않습니
까?"

"……."

"남송의 수호단을 감찰대가 지원만 해주시면 몽케군의 보급소를 차례
로 습격, 전력을 약화시킬 수가 있소이다."

"그것 참."

다시 얼굴을 일그러뜨리고 웃은 구타이가 보료에 등을 붙였다.

"내 추측으로 수호단이 집행대와 감찰대 간의 싸움을 붙이려는 공작
을 하지 않는가 했더니 이제는 연합하자는구료."

"물론 지휘관만 알도록 하는 것입니다. 대감."

"지금 호북성 진강현에서 감찰대가 집행관이 된 김산이란 놈과 부딪치고 있소."

구타이가 말을 이었다.

"그렇다면 먼저 진강현에서 몽케의 집행대를 연합하여 격멸시키고 나서 보급소를 습격하기로 하지."

청에 들어선 김산을 유극봉이 맞는다. 오후 유시(6시) 무렵, 김산은 유극봉의 친지 행세로 현청을 드나들고 있었는데 당연히 정봉은 시종 역할이다. 아리그타는 부하들과 함께 현내의 여관에 분산 투숙했다. 2백여 명의 기마군과 7백여 필의 말떼가 현내에 들어왔지만 유동인구가 많은 터라 티가 나지 않는다. 진강현은 중원(中原)의 요지인 것이다. 예부터 천하를 노리는 군웅이 가장 먼저 차지하려던 곳이다. 양자강을 긴 옥토(玉土)여서 인구밀도가 많고 곡창지대이기도 하다. 유극봉과 마주앉은 김산이 입을 열었다.

"북쪽으로 30리(11km) 지점에 감찰대 부장 곽성이 이끄는 1백여 명의 결사조가 주둔하고 있어."

긴장한 유극봉은 시선만 주었고 김산이 말을 이었다.

"비호수를 보냈는데 아직 돌아오지 않고 있어. 그놈이 나한테 심복했지만 변심이 탄로 나지 않았는지 걱정이 된다."

유극봉의 표정을 읽은 김산이 쓴웃음을 지었다.

"물론 비호수는 나를 배신하지는 않아. 다만 부장 곽성이란 자가 무공이 뛰어나다니 비호수의 심중을 읽었을지도 모른다."

"대감, 그렇다면……"

"내가 오늘 밤 감찰대가 주둔한 오현리에 다녀올 작정이야."

"집행대를 끌고 가십니까?"

"아니, 나하고 삼관필이 간다."

김산이 뒤쪽에 선 정봉을 눈으로 가리켰다.

"정봉이 그대에게 카라코룸의 징세를 기피할 방법을 알려줄 테니 상의하라."

"예, 대감 분부대로 하겠습니다."

머리를 숙여 보인 유극봉에게 김산이 말을 이었다.

"1천인장 아리그타가 그대를 지원해줄 것이다."

"심복하겠습니다."

다시 유극봉이 머리를 숙였다가 들더니 숨을 들이켰다. 앞에 앉아 있던 김산이 사라진 것이다. 유극봉이 묻는 것 같은 표정으로 정봉을 보았지만 정봉은 쓴웃음만 지었다.

"김산을 직접 보았느냐?"

곽성이 묻자 비호수는 어깨를 폈다.

"보지 못했습니다."

"그림자만 보았단 말이지?"

"그렇습니다."

진막 안에는 10여 명의 무장이 둘러서 있었지만 숨소리도 나지 않는다. 저녁 해시(10시) 무렵, 지금 곽성은 두 번째로 비호수를 불러들여 질문을 한다. 어제 오후에 도착한 지 만 하루가 지난 후에 다시 진막으로 부른 것이다. 곽성은 50대 초반쯤의 나이로 알려졌지만 정확한 신상을 아는 인물을 없다. 30여 년 전 강호를 횡행하던 무림 고수 중의 하나로 소림방장을 척살했다는 소문도 있을 만큼 거물급 무림인이다. 흰 얼굴에 흰 수염, 검은 눈동자는 마치 고양이 눈 같고 입술은 선홍빛이다. 가는 체격이지만 목소리는 우렁찼으며 성품이 잔혹해서 요즘도 직접 살육을 한다. 별명이 백귀(百鬼), 흰색을 좋아해서 옷차림도 흰색 일색이다.

곽성이 다시 묻는다.

"네 무공으로 견디기 힘들겠더냐?"

"빨랐습니다."

곽성의 시선을 받은 비호수가 말을 이었다.

"쫓았지만 흔적을 찾을 수 없었습니다."

"그래서 유극봉을 없앨 수가 없었단 말이냐?"

"돌아와 보았더니 위사들이 겹겹이 둘러싸고 있었습니다. 숨어서 빈틈을 노렸지만 뚫지 못했소."

"네 무공으로 현청 위사 따위들을 뚫지 못하다니, 안당도사의 제자가 겨우 그 정도인가?"

"소인의 사부하고는 상관이 없는 일입니다."

얼굴이 금방 붉어진 비호수가 곽성을 보았다. 두 눈이 번들거리고 있다.

"소인은 사부로부터 제대로 가르침도 받지 않았습니다."

"언제는 안당도사의 고제자(高弟子)라고 하더니, 이젠 가르침도 받지 않았다구?"

"그렇습니다."

"넌 김산을 만나 그놈한테 심복을 한 것이 맞다."

던지듯이 말한 곽성이 뒤쪽에 선 부하들에게 말했다.

"놈을 묶어라."

밤이 깊었다. 짙게 어둠이 덮인 숲속은 바람도 흐르지 않아서 풀잎도 흔들리지 않는다. 벌레 소리가 울리는 것은 주변에 동물(動物)이 없다는 표시다. 그래서 썩은 나무 등걸에 붙어 앉은 두 사내가 마치 바위덩이 같다. 김산과 삼관필이다.

방금 둘은 아래쪽 감찰대의 진지를 정탐하고 돌아온 참이었다.

"대감, 경비가 삼엄합니다."

삼관필이 말했다.

"몇 겹으로 되어 있는데다 모두 무공의 고수들입니다. 진지로 들어가면 금방 발각이 될 것 같습니다."

"몽골군의 '다섯 가닥 진'이라는 것이다."

김산이 말하자 삼관필이 숨을 죽였다. 처음 듣는 진인 것이다. 김산이 웃음 띤 얼굴로 말을 이었다.

"양 우리에 숨어 들어오는 늑대를 잡으려고 양치기들이 다섯 겹의 함정을 만들어놓은 것이다. 그것을 변형시킨 진이야."

"그렇습니까?"

"뚫고 들어가는 방법이 있다."

"어떻게 말씀입니까?"

"양이 되는 것이지."

정색한 김산이 자리에서 일어섰다.

"양이 양 우리에 들어가는 것이야."

자시(12시) 무렵, 땅바닥에 엎드려 있던 천요는 이쪽으로 다가오는 두 사내를 보았다. 순찰병이다. 그러나 암구호는 확인해야 한다.

"공산."

천요가 부르자 곧 대답이 왔다.

"마한봉."

오늘 밤의 암구호는 곽성의 고향에 있는 산과 봉우리 이름이다. 천요의 옆에 엎드린 조원(組員) 유광이 투덜거렸다.

"오늘은 순찰조가 많군."

"자문관 비호수가 첩자 혐의로 부장한테 잡혔기 때문이야."

천요가 목소리를 낮추고 말했다.

"비호수가 변심했다는 거야."

"그럴 리가."

쓴웃음을 지은 유광이 머리를 저었을 때 순찰조 둘이 다가왔다. 거침없이 다가온 둘 중 앞에 선 사내가 칼을 빼 들고 있었으므로 천요가 입맛을 다셨다. 조금 심하다는 표시다. 가끔 과장된 몸짓으로 유세를 떠는 놈들이 있는 것이다. 도대체 누구인가? 눈을 가늘게 떴던 천요는 순식간에 덮쳐오는 순찰조를 보면서 입만 딱 벌렸다. 미처 일어나고 자시고 할 여유가 없었기 때문이다.

세 번째 매복조의 초병 둘을 베어 죽이고 났을 때 눈앞에 진막이 보였다. 감찰대 부장 곽성의 진막이다. 거리는 1백여 보 정도, 지금이 30자 (9m) 정도쯤 되는 진막 안은 불이 켜져 있었는데 어른거리는 그림자로 안의 머릿수가 측정되었다. 모두 7, 8명이다. 그때 김산이 삼관필에게 말했다.

"멈춰라."

삼관필은 마악 진막을 향해 몸을 솟구치려던 순간이다. 머리만 돌린 삼관필에게 김산이 독음(獨音)으로 말했다.

"함정이다."

"예엣?"

놀란 삼관필이 숨을 죽였을 때 어둠 속에서 김산의 얼굴에 웃음이 떠올랐다.

"곽성, 이놈이 보통 놈이 아니다."

"그놈이 알고 있단 말씀입니까?"

삼관필이 다급하게 묻자 김산의 시선이 진막으로 옮겨졌다.

"놈들이 온다."

그러나 삼관필의 눈에는 보이지 않는다. 진막 안의 그림자만 여전히 어른거렸고 주위는 짙은 적막에 덮여 있을 뿐이다. 그때 김산이 다급하게 말했다.

"엎드려라!"

삼관필이 엎드린 순간이다. 뜨거운 바람이 피부를 스치고 지나는 느낌이 들더니 주위가 환해졌다. 그리고 그다음 순간이다.

"와아앗!"

요란한 함성이 울리면서 사방에서 불길이 일어났다. 몸을 솟구친 삼관필은 눈을 부릅떴다. 언제 이렇게 모였는가? 사방에 사내들이 에워싸고 있는 것이다. 그 순간 삼관필은 심장이 내려앉는 것 같은 충격을 받는다. 대감이 사라진 것이다. 언제 어디로 사라졌는가?

"이놈! 무릎을 꿇어라!"

둘러싸고 있는 사내들 중 하나가 우렁찬 목소리로 소리쳤다. 사내들은 셋 중 하나가 횃불을 치켜들고 있었는데 모두 5, 60명은 되었다. 그리고 모두 손에 병장기를 들었다. 함정에 제대로 빠진 것이다. 세 겹의 경비막을 뚫고 오면서 여섯 명의 초병을 베어 죽였다. 그 여섯 명이 미끼였단 말인가? 다시 목소리가 울렸다.

"자, 셋 셀 때까지 꿇어라!"

그때 삼관필의 귀에 김산의 독음이 울렸다.

"꿇어라."

"잡히란 말씀이오?"

이 사이로 물었을 때 대답이 들렸다.

"아니다."

그때 사내 하나가 숫자를 세었다.

"하나!"

삼관필이 주위를 둘러보았다. 모두 한인 무공 고수들이다. 이놈들이 감찰단 부장 곽성이 이끌고 온 놈들이란 말인가?

"둘!"

삼관필이 심호흡을 했을 때 사방에서 엄청난 살기가 느껴졌다. 이를 악문 삼관필이 털썩 무릎을 꿇었다. 그 순간 살기가 찬바람이 지난 것처럼 사라졌다. 그때 삼관필의 귀에 김산의 독음이 울렸다.

"자, 숨을 끊고 혈류의 이동도 멈추도록 해라."

삼관필은 눈을 부릅뜨고 숨을 죽였다. 혈류의 이동을 중지하려면 심장박동을 끊어야 한다. 이윽고 고수 삼관필은 진기(眞氣)를 머리로 끌어 올리면서 심장박동을 중지시켰다. 그 순간 삼관필의 몸이 땅바닥으로 내동댕이쳐졌다. 오감 중에 세 가지만 살아있었는데 눈에 보이고 귀로 들리며 감각이 느껴졌다.

"어엇!"

놀란 외침이 들린 것은 그 순간이다.

"아악!"

비명 소리가 일어났다.

"숨을 멈춰라!"

누군가 종이 울리는 것 같은 목소리로 밤하늘에 대고 소리쳤지만 비명이 곧 사방에서 터졌다.

"으으악!"

옆으로 쓰러진 삼관필은 꼼짝할 수 없었지만 앞쪽의 광경을 보고 온몸이 찬 기운으로 덮여졌다. 보라. 횃불을 든 사내 하나의 얼굴이 녹아내리고 있다. 녹으면서 피로 범벅이 되어서 이목구비의 형체가 없어졌다.

"아아아악!"

사방에서 비명 소리가 일어났다.

"숨을!"

그렇게 외치던 사내도 더 이상 말을 잇지 못한다. 독이다. 대감이 맹독을 뿌린 것이다. 삼관필로서는 듣지도 보지도 못했던 독풍(毒風)이다. 그때 삼관필의 귀에 목소리가 울렸다.

"숨을 돌리고 일어나라."

그러더니 덧붙였다.

"그러고는 곧장 좌측으로 뛰어라. 1보에 30자(9m)씩 여덟 번 뛰어서 진막 뒤로 간 후에 이번에는 우측으로 뛰어라."

그렇다면 돌아가는 셈이다. 그러나 삼관필은 대감의 말에 토를 달 기력도 없다. 압도당한 것이다. 삼관필은 진기를 되돌린 즉시 좌측으로 뛰어올랐다. 그때서야 아래쪽 참상이 일목요연하게 드러났는데 처참하게 녹아내린 사내가 10여 명, 나머지 10여 명은 나무토막처럼 굳어진 채 앉아 있거나 엎드렸는데 모두 숨을 끊은 상태였다. 독을 마시지 않으려고 심장을 정지시킨 것이다. 삼관필이 다섯 번을 뛰었을 때 대감의 독음이 귓속으로 파고들었다.

"곽성이 두 개의 함정을 더 파놓았다. 오늘 밤은 무리다."

부하들을 들러본 곽성이 몸서리를 쳤다. 저도 모르게 몸서리가 쳐진 것이다.

"지독한 놈."

곽성이 이 사이로 말했다. 제4진의 포위를 맡았던 25명 중 12명이 녹아 죽었다. 머리가 반쯤 녹은 부하도 있고 눈 한쪽만 녹은 부하도 있다. 그러나 극독에 닿은 12명은 다 죽었다. 유황가루에 보고 들은 적도 없는 극독을 섞어 대기에 뿌린 것이다. 독은 호흡한 즉시 몸 안의 수분과 연쇄반응을 일으켜 먼저 머리의 살과 뼈를 녹인다. 인체는 8할이 수분이다. 독은 초가 녹는 것처럼 몸을 녹였다.

"집행관 김산이다."

곽성이 둘러선 부하들에게 말했다.

"놈은 돌아갔지만 곧 다시 올 것이다."

"부장."

부하 하나가 곽성에게 다가섰다.

"놈을 맞으시렵니까?"

"그럼 내가 물러나란 말이냐?"

버럭 꾸짖는 곽성이 머리를 기울였다.

"지금까지 내 진법을 깨뜨린 자는 한 명도 없었다. 김산 그놈이 어떻게 사라졌단 말인가?"

둘러선 부하들은 입을 다물었다. 곽성이 모르는 것을 부하들이 어떻게 알겠는가? 곽성 본인이 목격한 일이었으니 자신이 풀어야 할 의문이었다. 둘을 일제히 포위했을 때 한 명이 순식간에 사라졌다. 눈을 빤히 뜨고 있던 곽성의 앞에서 종적을 감춘 것이다. 그야말로 귀신이 곡할 노릇이다. 축시(오전 12시)가 되어가고 있다. 그때 사내 하나가 나섰다. 태자당 고위벼슬에 있다가 이번에 곽성의 진에 합류한 현발이란 사내다.

"부장께 말씀드리오. 김산에 대해서 잘 아는 이가 있소이다."

곽성은 시선만 주었고 현발이 말을 이었다.

"3년 전 태자당 태위로 김산을 추적하던 채 태위가 동쪽의 안휘성 부도독으로 근무하고 있소이다."

"채화진?"

곽성의 머리가 한쪽으로 기울었다.

"많이 듣던 이름이다. 여자 아니냐?"

"그렇습니다."

"태위를 지내다가 지방 근무로 좌천을 당했다고 들었다. 맞느냐?"

"예, 그때도 김산이 조정의 관리들을 암살하고 다녔습니다. 특히 병부대신 대감의 친족들을 무참히 살해하여 천하의 공적이 되어 있었지요."

"그런데도 태자당 태위라는 작자가 헛다리만 짚었지."

머리를 끄덕인 곽성이 헛웃음을 지었다.

"안휘성 부도독이면 정4품이다. 그래도 고위직에 앉아 있구나."

"채 도독을 불러 김산에 대한 습성, 무공을 연구해두는 것이 낫지 않겠습니까?"

그러자 곽성이 시선만 준 채 대답하지 않았고 진막 안은 한동안 정적에 덮여졌다. 이윽고 곽성이 입을 열었다.

"현발 그대가 안휘성의 채 도독에게 다녀오도록 하라."

"예, 부장."

현발이 머리를 숙였을 때 곽성의 말이 이어졌다.

"채 도독은 정부의 고관으로 내가 감히 부를 수는 없으니 너를 보내는 한편으로 내가 카라코룸의 형부대신께 급보를 띄워 채 도독의 파견을 청하겠다."

"알겠소, 부장."

"형부대신은 당연히 허락하실 터, 시각을 다투는 일이라 채 도독에게 그것도 알려주도록 하라."

"채 도독도 이해할 것입니다."

"닷새면 되겠느냐?"

"닷새 후에 채 도독과 함께 오지요."

어느새 채화진 부도독은 부르기 쉽게 도독이 되어 있다. 대개 한 등급씩 올려 부르는 것이 관료 사회의 습관이기도 하다.

수호단 부장 복기대는 50대 중반이었지만 장신에 머리와 수염이 검어서 40대쯤으로밖에 보이지 않았다. 진강현 남쪽의 군봉산 골짜기에 자리 잡은 덕산사(德山寺)에서 복기대가 삼관필을 맞는다. 오전 신시(10시)쯤 되었다. 덕산사가 수호단의 본거지 역할이어서 중은 보이지 않고 살기가 등등한 무뢰배들이 붐비고 있다. 청에 앉은 복기대가 다가선 삼관필을 지그시 보았다.

"어젯밤엔 어디 갔었느냐?"

"예, 현청 지붕 위에서 잠복하고 있었습니다."

복기대의 시선을 받은 채로 삼관필이 말을 이었다.

"현령 유극봉이 침소 주변에 위사를 20여 명이나 심어놓았는데 모두 몽케칸의 집행대 고수들이었습니다. 유극봉이 집행관 김산의 심복이 된 것 같습니다."

"유극봉이 오고데이 가문의 수작을 눈치 챘단 말인가?"

"집행관 측에서 알려준 것 같습니다."

쓴웃음을 지은 복기대가 상반신을 기울여 삼관필을 보았다. 주위에 둘러앉은 수하들은 숨을 죽였고 탁 트인 청 밖의 마당도 조용해진 느낌이 들었다. 그때 복기대가 말했다.

"밀서가 왔다."

삼관필은 시선만 들었고 복기대의 말이 이어졌다.

"우리 수호단은 당분간 감찰대와 합동으로 집행대를 친다."

"감찰대하고 말씀입니까?"

"그렇다."

눈을 가늘게 뜬 복기대가 삼관필을 보았다.

"이제 몽케와 집행대는 우리들이 연합해서 격멸시켜야 할 적이다."

"알겠습니다."

"너와 마주친다던 감찰대의 비호수란 놈은 어디에 있느냐?"

"요즘 이삼 일간 보이지 않았소."

"곧 그쪽에서 연락이 올 테니 만날 수 있겠지. 이젠 그놈과 손발을 맞춰야 할 것이다."

삼관필의 시선을 받은 복기대가 붉은 얼굴을 펴고 소리 없이 웃었다.

"난세에는 어제의 적이 오늘은 동지가 되는 법이다. 그러니 적도 동지도 없는 세상이다."

"대감, 어떻게 하시렵니까?"

불안한 표정이 된 정봉이 묻자 김산의 얼굴에 웃음기가 떠올랐다.

"방 안에 쥐가 가득 차 있을 때는 생각해보라."

정봉과 아리그타가 숨을 들이키더니 눈동자만 굴렸다. 옥보장의 방 안이다. 김산이 다시 말을 이었다.

"그 쥐들을 잡으려면 혼자 있는 것이 낫다. 무슨 말인지 알겠느냐?"

정봉과 아리그타는 알아들었지만 입을 다물고 어깨를 늘어뜨렸다. 무공 수준이 같다면 둘이 있는 것이 더 도움이 될 것이며 셋은 더 유리할 것이었다. 그러나 지금 셋이 덤빈다면 오히려 걸리적거리기만 할 것이다. 김산은 아리그타와 집행대, 그리고 정봉까지 진강현에서 멀찍이 물러나라고 한 것이다. 진강현에 혼자 남아 있을 작정이었다. 김산이 엄격한 얼굴로 둘을 보았다.

"오늘 저녁에 은밀하게 철수하도록 하라. 남서쪽 1백 리 거리에 있는 마등산 골짜기가 은신하기에 아주 적당하다. 그곳에서 내 지시를 기다리도록."

"예, 대감."

집행대를 이끌고 있는 아리그타가 먼저 승복했고 정봉이 이어서 머리를 숙였다.

"대감, 존체 보중하십시오."

유극봉은 정봉의 도움을 받아 카라코룸으로 장문의 상소문을 보냈는데 징세의 어려움을 조목조목 설명했다. 재상 영천과 구유크의 미망인 오굴 카이미쉬 황후, 병부대신 구타이한테까지 보낸 것이다. 일개 현령이 이런 상소문을 보낸 전례가 없었기 때문에 당사자가 읽어보기까지는 오랜 시간이 소요될 것이었다. 이것이 관직 생활을 오래한 정봉의 술책이다. 그동안 유극봉은 조정에 올린 상소문의 처분을 기다린다는 핑계로 징세를 늦출 수가 있는 것이다.

성(省)의 징세관이나 현의 징세리는 손발이 묶인 셈이다.

"대감께선 폴란드를 점령하시고 총독까지 지내셨으니 이곳에서도 군주(君主) 대접을 받으셔야 합니다. 더구나 킵차크칸국은 몽골제국의 형님뻘 아닙니까?"

술상을 놓고 마주앉은 유극봉이 정색한 얼굴로 김산을 보았다.

"정 판관으로부터 대감의 명성을 자세히 듣고 영웅을 모신다는 생각이 들었습니다."

"과찬이야."

쓴웃음을 지은 김산이 지그시 유극봉을 보았다. 정 판관은 1천인장 정봉을 말한다. 정봉이 판관 벼슬을 살았기 때문에 그렇게 부르는 것이다. 김산이 술잔을 들더니 혼잣소리처럼 말했다.

"나는 난세에 맞는 인간이다. 허나 군주가 되고 왕이 되겠다는 생각은 추호도 없다."

유극봉이 물끄러미 김산을 보았다. 김산을 만나기 전까지 오고데이 가문의 집사 출신으로 구타이의 심복이었던 유극봉이다. 유극봉의 시선을 받은 김산은 눈빛 속에 담긴 진정(眞情)을 보았다. 진심으로 승복하고 있는 자의 눈빛이다. 그때 유극봉이 입을 열었다.

"대감, 뜻을 펴지 않으시는 이유를 듣고 싶습니다. 대감 같은 영웅께서 뜻이 없다는 것은 난세의 백성들에게 비극이올시다."

유극봉의 목소리에 열기가 띄워졌다.

"난세를 진압하여 백성을 안돈시키는 것이 영웅의 의무 아닙니까? 대감께서는 뜻을 펴셔야 되오."

술상에서 몸을 비킨 유극봉이 방바닥에 두 손을 짚고 엎드렸다. 머리를 든 유극봉의 눈이 불빛을 받아 번들거리고 있다.

"대감, 소인이 비록 현령에 머물고 있으나 오고데이 황제 측근에서 수많은 인재와 사건을 겪어 부족하나마 정세를 볼 줄 압니다. 대감 측근의 모사 정 판관과 함께라면 능히 천하대세를 논할 만하다는 생각이 듭니다. 대감께서 결심만 하신다면 소인과 정 판관이 목숨을 바쳐 군주로 일으켜 세워드릴 것입니다."

그러더니 덧붙였다.

"정 판관과는 이미 약조를 했습니다."

자시(오전 0시)쯤 되었다. 비호수는 어깨를 비틀어 상반신을 세웠다. 주위는 조용하다. 멀리서 부엉이 소리가 들렸는데 군호(群呼)다. 감찰대는 고수들의 집단이어서 짐승 울음으로 암구호를 삼기도 한다. 뒤로 묶인 쇠사슬이 팔목을 조였고 다리를 세 번이나 감아 묶었기 때문에 무릎이 펴지지도 않는다. 벌써 이틀째 이렇게 묶여진 채 하루 한 끼 식사에 한 번씩 대소변을 치르게 해줄 뿐이다. 비호수는 손을 비틀어 쇠사슬과의 간격을 넓혔다. 쇠사슬은 한 치 두께여서 무공이 아무리 높다고 해도 비틀어 깰 수는 없다. 방법은 손의 뼈를 부러뜨리거나 연골법을 써서 몸을 늘리는 방법뿐이다.

그러나 비호수는 축조술을 행사하고 있다. 어깨뼈부터 누그러뜨리면서 몸을 가늘게 만드는 것이다. 그렇다. 스승 안당도사는 곽성의 조롱감이 될 어른이 아니었다. 비록 강호에 큰 명성은 남기지 않았지만 태진원공법은 특히 방어에 뛰어났다. 그나마 안당도사가 90세의 천수를 누리고 죽은 것은 겨울이면 몸이 동자처럼 작아져서 두 달씩 동면을 했기 때문이다. 동면축조술은 양대 제자라고 불린 제자 둘만 아는 무공이었는데 그중 하나인 비호수가 그 비법을 전수받았던 것이다. 힘껏 숨을 들여마신 비호수가 길게 숨을 내뿜고 나서 온몸을 비틀었다. 그렇게 아홉 번을 했더니 몸을 감은 쇠사슬이 아래로 떨어져 내렸다.

어느덧 비호수의 몸이 10살 정도의 아이만 해져 있었기 때문이다. 자리에서 일어선 비호수의 키는 넉 자(120cm) 정도밖에 되지 않았다. 그때 밖에서 다시 부엉이 소리가 들렸다. 이번에는 가깝다.

"옳지, 나왔다."

곽성의 위사 조춘소가 입술만 달싹이며 말했다. 어둠 속에서 두 눈이 반짝였다.

"역시 부장께선 앞을 내다보신다. 허나 저놈이 어떻게 쇠사슬을 풀었을꼬?"

"형님, 저놈이 남쪽으로 뜁니다."

수하 황온이 말하자 조춘소는 숨을 들이켜더니 군호를 뱉었다.

"우우엉."

부엉이 울음소리가 조춘소의 입에서 터져 나왔다.

"우엉, 우우엉."

남쪽의 경계병에게 알리는 신호다.

"자, 가자."

몸을 일으킨 조춘소가 곧장 어둠 속으로 몸을 솟구쳤다. 이틀 밤 동안 비호수를 감시하고 있었기 때문에 오히려 생기가 일어났다. 곽성의 지시로 비호수가 탈출하면 뒤를 쫓게 되어 있는 것이다. 별도 떠 있지 않는 밤이었지만 조춘소의 눈에는 밤하늘에 솟구치며 내달리는 비호수의 모습이 선명하게 보였다. 그것은 비호수의 옷에 인광분을 뿌려놓았기 때문이다. 본인의 땀과 범벅이 된 인광분은 타인에게만 보인다. 그래서 이백 보쯤 앞에서 날듯이 달리는 비호수의 몸이 마치 반딧불 이처럼 드러났다. 숨 다섯 번 쉬고 뱉었을 때 이제 비호수를 따르는 검은 그림자는 10여 개로 늘어났다. 조춘소의 신호를 받고 도주로를 터놓았다가 뒤를 따르는 부하들이 둘씩 셋씩 추가되었기 때문이다.

"저놈이 성안으로 갑니다."

예상은 하고 있었지만 황온이 들뜬 목소리로 말했다. 비호수의 반딧

불이 몸이 성을 향해 곧장 날아가고 있는 것이다. 조춘소는 잠자코 몸을 날렸다. 빠르다. 과연 부장 곽성의 자문관 직임을 받고 단선으로 현청에 투입될 만한 재목이다. 그러나 너는 이미 끝났다. 몸을 숫구친 조춘소는 손을 품에 넣어 네 자루 비수가 들어 있는 것을 확인했다. 비호수가 집행관 김산과 맥을 통하고 있다는 것은 이제 결정적인 증거가 잡혔다.

지금 비호수는 김산을 만나려고 가는 것이다. 곽성의 예측이 다 맞았다. 비호수가 집행관 김산을 만날 때 둘을 한꺼번에 요절을 내는 것이다. 비호수의 뒤를 쫓는 그림자는 이제 20여 개로 늘어났다. 곽성이 엄선한 정예들이다.

그 시간에 곽성의 부하 현발이 안휘성의 합비군에서 부도독 채화진을 만나고 있다. 불을 밝힌 진막 안에는 가죽갑옷 차림의 채화진과 관복 차림의 현발이 마주앉았다. 현발은 종5품 아장 벼슬로 채화진과는 태자당 시절부터 안면이 있다. 채화진이 현발의 이야기를 듣고 나서 묻는다.

"부장께서 나한테 집행관 김산의 제거를 도와달라는 말씀인가?"

"그렇습니다, 나리."

쓴웃음을 지은 현발이 채화진을 보았다.

"실은 소인이 그런 제의를 했습니다. 나리께서 김산 때문에 이곳까지 밀려오신 것 아닙니까? 이번 기회에 만회하시는 것이 낫지 않겠습니까?"

"날 위한다면서 수렁으로 끌어들이는군."

"소인이 나리를 모시고 직접 전투에 참여하지는 않았으나 억울한 경우가 많았다고 들었습니다."

"무엇이 억울하다던가?"

"김산의 무공이 천하제일이라는 소문이 났지만 도독 나리와 한 번도 정면 대결을 펼친 적이 없지 않습니까?"

"……."

"김산은 암습, 독물 수단이 최절정일 뿐 검과 창, 병장기 수단에서 도독 나리를 당할 수 없을 것입니다."

"그대가 그것을 어찌 아는가?"

"나리께서 하북성 북공파의 대를 이어받은 후계자인 것을 오래전부터 알고 있었지요."

"그렇구나."

다시 쓴웃음을 지은 채화진이 현발을 보았다.

"나를 기억해준 그대를 봐서라도 감찰대에 합류하겠네. 카라코룸 승상부에도 부탁을 했다니 허락을 하시겠지."

비호수의 몸이 현청의 마당으로 떨어져 내린 순간 조춘소의 입에서 저도 모르게 낮은 탄성이 뱉어졌다. 이제 틀림없다. 비호수와 현령 유극봉, 그리고 김산 이 셋은 작당을 했다. 유극봉과 김산이 현청 안에 있다는 것은 저녁 무렵부터 세작을 통해 듣고 있었던 것이다. 그래서 곽성은 비호수의 목적지를 이곳으로 예측해놓은 터였다.

"과연 부장께선 풍우(風雨)를 부르시며 새가 오가는 시기를 짚으신다."

감탄한 조춘소가 속도를 늦추며 말했다. 이제 비호수와 김산, 유극봉은 우리 안에 든 닭이나 같다. 속도를 늦추자 주위로 검은 그림자가 몰려들었다. 모두 30여 명, 오늘 밤을 위해 준비하고 있던 정예들이다. 그때 뒤쪽에서 독음이 울렸다.

"멈춰라."

놀란 조춘소가 지붕 위로 내려앉았을 때 펄럭이는 기척이 들리더니 옆에 검은 그림자가 붙어 섰다. 머리를 돌린 조춘소가 숨을 들이켰다. 부장 곽성이다. 언제 따라 붙었는가? 부장은 진막에 있을 줄 알았던 조춘소다. 그때 곽성이 입술도 달싹이지 않고 말했다.

"모두 불러 모아라."

누구 명령이라고 토를 달겠는가? 즉시 목을 뺀 조춘소가 귀뚜라미 소리를 뱉었다.

"찌르르르."

그 소리는 2리(1km) 밖까지 퍼지지만 가까이 있거나 2리밖에 있어도 바로 근처에서 우는 소리처럼 똑같이 들린다. 그 순간 모든 그림자는 펄럭이며 사방에서 모여들었다. 비호수의 인광체는 현청 안으로 떨어진 후에 보이지 않는다. 이제 30여 쌍의 눈이 지붕 위에 선 곽성에게 모여졌다. 이곳은 현청 옆쪽의 번화한 거리 지붕 위다. 사방의 지붕 위에 30여 개의 검은 그림자가 서 있었지만 누구도 눈치채지 못한다. 깊은 밤, 저택에 드문드문 불이 켜졌지만 인적은 딱 끊겼고 가끔 집 안의 소음이 울릴 뿐이다. 그때 곽성이 독음으로 말했다. 이것은 30여 명의 부하들만 듣는 것이다.

"자, 알았느냐?"

그렇게 곽성이 묻자 모두 흰창 속의 눈동자만 굴렸을 뿐이다. 무슨 말인지 영문을 몰랐기 때문이다. 곽성이 말을 이었다.

"지금 청 안에서 한때 도살자, 또는 마물, 또는 냉혈자, 그전에는 고려아로 불리던 집행관 김산이 기다리고 있다. 그놈이 함정을 파놓고 있는 것이다."

말을 잠깐 그친 곽성이 어둠 속에 흰 이를 드러내고 웃었다.

"놈은 지금 내 말도 듣고 있을 것이다. 하지만 오늘 우리는 여기서 돌아간다."

놀란 조춘소가 곽성을 보았다.

"나리."

"돌아가자."

엄격한 표정을 지은 곽성이 다시 지시했다.

"자, 뛰어라!"

그러고는 곽성이 어둠 속으로 몸을 솟구친 순간이다.

"아아악!"

밤하늘을 갈기갈기 찢는 것 같은 비명이 울렸으므로 조춘소는 소스라쳤다. 그때 곽성이 소리쳤다.

"뒤를 보지 말고 뛰어라!"

다음 순간 조춘소는 뛰어올랐다. 곽성의 말대로 뒤도 돌아보지 않고 지붕 위로 발을 디디며 뛰어 달리기 시작했다.

"으으아악!"

또 한 번의 비명이 밤하늘을 찢었을 때 조춘소의 속력은 더욱 빨라졌다. 이것은 도망치는 것이다. 다른 조원들도 마찬가지일 것이다. 두 차례의 비명은 감찰대 조원 둘이 당했다는 것을 의미한다. 곽성의 말대로 도살자 김산은 말을 모두 들었고 그 표시로 하나씩 둘을 처단했다. 조춘소는 자신이 어떻게 현을 빠져나왔는지 기억하지 못했다. 벌판으로 뛰어들었을 때는 온몸이 땀으로 흠뻑 젖어 있었는데 40평생 이렇게 공포

심에 사로잡힌 경우는 처음이었다.

"대감, 감찰대와 수호단이 손을 잡았습니다."

바짝 다가선 삼관필이 입을 꾹 다문 채 말했다. 오전 묘시(6시)경, 삼관필은 김산과 함께 빈 청의 기둥 옆에 서 있다. 삼관필이 말을 이었다.

"소인이 직접 수호단의 부장 복기대한테서 들었습니다. 복기대는 곧 감찰대의 부장 곽성과 회합을 가질 예정입니다."

김산은 듣기만 했고 삼관필의 목소리가 낮아졌다.

"대감, 복기대의 무공은 깊고 음험합니다. 더욱이 수호단에는 남송의 무림인들을 끌어모은 터라 소인도 당해낼 수 없는 고수들이 즐비합니다."

"……."

"그놈들이 감찰대와 제휴하면 엄청난 힘을 발휘하게 될 것이오."

"어젯밤 비호수가 도망쳐 왔다."

불쑥 김산이 말하자 놀란 삼관필이 빈 청을 둘러보았다. 아직 이른 새벽이어서 청 안은 어둡다. 햇살이 아직 비치지 않았기 때문이다. 김산이 말을 이었다.

"비호수는 지금 운기 회복 중이다."

"다쳤습니까?"

"몸을 웅크렸다가 급하게 운용을 하는 바람에 혈류가 역류해서 위급해졌지만 내가 막았다. 곧 일어날 것이다."

"……."

"어젯밤 비호수의 뒤를 쫓아 곽성과 그 무리 30여 명이 뒤쫓아 왔지만 이곳이 함정인 줄을 알고 물러갔다. 곽성의 예지력과 무공이 비범하다."

"그렇습니까?"

어깨를 폈다가 늘어뜨리면서 삼관필이 길게 숨을 뱉었다.

"대감, 어찌하시렵니까?"

"내가 그래서 집행대를 다 밖으로 내보냈지 않느냐?"

"그건 잘하셨습니다. 이것은 무공을 지닌 무림인들의 대결입니다. 군사들의 전쟁이 아닙니다."

그때 청 구석에서 인기척이 나더니 곧 형체가 드러났다. 비호수가 다가오고 있다. 삼관필을 본 비호수가 두 손을 모으고 읍을 했다.

"삼 형이 오셨습니다."

"아우님, 몸은 어떠시오?"

삼관필이 묻자 비호수가 김산을 향해 머리를 숙여 보였다.

"대감 덕분으로 또 목숨을 건졌습니다."

그때 김산이 웃음 띤 얼굴로 삼관필을 보았다.

"너도 꼬리를 달고 왔구나."

눈만 크게 뜬 삼관필을 향해 김산이 눈으로 천장을 가리켜 보였다.

"조금 전에 지붕 위에 붙었다. 입에서 계피향을 내는 놈이 수호단에 있느냐?"

그 순간 삼관필이 숨을 들이켰다.

"예, 대감, 혈무자란 놈입니다."

지붕 위에 엎드린 혈무자가 소스라쳤다. 김산의 말 내용 때문이 아니다. 말의 전달방식 때문이다. 김산이 독음(獨音)으로 말을 자신의 귀에 화살처럼 박은 것이다. 바로 옆에서 한 말처럼 선명하게 들렸다. 숨을 멈춘 혈무자가 몸을 일으켰다. 들킨 이상 뛰어 달아나야 한다. 이놈은 보통 놈이 아니다. 그때 다시 말이 혈무자의 귀에 꽂혔다.

"엎드렸다가 사지에 힘을 주고 일어섰구나. 머리가 북문을 향한 채 내실 지붕을 겨누고 뛰려고 한다."

그 순간 혈무자의 어깨가 늘어졌고 입에서 숨이 뿜어 나왔다. 놀란 바람에 참았던 숨이 터진 것이다.

"이놈, 숨을 내뿜었다. 계피향이 독하다."

그때 삼관필의 목소리가 웅얼거리듯 들렸지만 내용은 알 수 없다. 공력 차이다. 혈무자가 놀라 다시 숨을 참았을 때 다시 놈의 말이 쏟아졌다.

"그놈 고환이 잔뜩 움츠러들어서 몸에 붙은 작은 두 개의 혹처럼 되었다. 간뎅이가 작은놈 같다."

"이, 이놈이."

혈무자가 눈을 치켜떴지만 앞에 보이는 내실 지붕으로 날아가지는 못했다. 놈이 예측을 하고 있는 터라 함정을 파놓았을 수도 있다. 그때 목소리가 이어졌다.

"이놈, 순순히 이 방 안으로 들어온다면 목숨을 붙여주마. 그리고 금 3백 냥을 줄 테니 네 거취를 정하거라."

혈무자(血霧子)는 말 그대로 피안개를 뿜는다는 인간으로 잔혹무도한 살인마다. 주로 밤에, 그것도 비안개가 덮어진 날씨에 출몰하여 살인을 했는데 놈이 지나간 곳에는 시체가 쌓여서 피안개가 형성되었기 때문이다. 혈무자의 특기는 경공과 은신술, 살인무기는 두 자(60cm)짜리 쌍검이었는데 날이 예리해서 살이 베어진 후에야 느껴진다고 했다. 혈무자의 쌍검은 뼈는 건드리지 않고 인간의 살만 자른다. 가장 자주 베는 곳이 경동맥이어서 피가 분수처럼 솟아올라 혈무(血霧)를 이루는 것이다.

그 혈무자 기표가 청의 복판에 무릎을 꿇고 앉아 있다. 앞쪽 의자에 앉은 김산은 심부름을 다녀온 하인을 보는 표정이었지만 좌우에 선 삼관필과 비호수의 표정은 각각이다. 삼관필은 그저 놀란 표정이었고 비호수는 눈을 치켜뜨고 혈무자를 샅샅이 훑어보는 중이다.

혈무자의 용모는 푸른색이 도는 피부에 가는 눈, 선홍빛 입술은 꾹 닫혀졌고 콧날은 곧다. 혈무자가 차분한 표정으로 김산에게 말했다.

"내 정체를 순식간에 간파한 고수의 모습을 뵙고 싶었소이다."

목소리가 낭랑했고 숨결에 계피향이 맡아졌다.

"과연 풍모를 보니 영웅이십니다."

"어디."

김산이 웃음 띤 얼굴로 혈무자를 보았다.

"너는 숨결의 계피향 속에 방금 소 다섯 마리를 죽일 만한 무독(霧毒)을 나에게 내뿜었다."

그러더니 김산이 혈무자를 향해 가볍게 숨을 뿜었다.

"자, 이것은 내 폐 속에 들어왔다가 나온 네 무독이다. 받아라."

"으으악."

다음 순간 혈무자가 두 손으로 입을 가렸지만 곧 사지를 비틀었다.

"아앗!"

놀란 삼관필이 껑충 뛰어 세 걸음이나 뒤로 물러섰고 비호수는 어느새 천장의 기둥 위에 올라가 있다. 청 안에 퍼진 독을 피하려는 것이다.

"으아아악!"

다음 순간 번쩍 머리를 든 혈무자의 얼굴이 피처럼 붉어졌다. 눈을 치켜뜨고 있었는데 어느덧 흰 창도 선홍빛이 되었고 두 눈알은 밖으로 튀어나올 것 같다.

그때 김산이 말을 이었다.

"네 몸뚱이가 터져 곧 혈무가 청 안에 뒤덮이겠지. 그동안 너는 사지를 움직일 수 없으니 뒹굴면서 몸이 부풀어 오르기까지 기다려야 될 것이다."

"사, 사람 살려!"

혈무자가 청 안을 뒹굴면서 절규했다.

"살려주시오!"

"이놈, 네놈이 순순히 기어 들어온 것은 입으로 독을 내뿜으려는 것이었다."

"살려주시오!"

그때 김산이 삼관필과 비호수에게 말했다.

"청 밖으로 피해라."

그 말이 끝나기가 무섭게 둘은 몸을 날렸고 김산이 뒤를 따른다.

"펑!"

김산의 몸이 밖으로 빠져나온 순간 청 안에서 가죽이 터지는 소리가 들렸다.

이번에는 청 안에 혈무자 자신이 뿜어낸 혈무가 가득 차있을 것이었다.

"소인이 꼬리를 붙여온 것은 소인도 의심을 받고 있다는 증거입니다. 대감."

어깨를 늘어뜨린 삼관필이 김산을 보았다.

"이제 수호단에는 돌아가지 않겠소."

"오늘 밤에 할 일이 있다."

김산의 말에 삼관필과 비호수가 머리를 들었다. 둘의 시선을 받은 김산이 말을 이었다.

"감찰대는 나에 대한 경각심이 높아졌을 터, 따라서 먼저 수호단을 쳐서 세력을 약화시켜야겠다."

"어떻게 말씀입니까?"

수호단 출신인 터라 삼관필이 긴장한 표정으로 김산을 보았다.

"대감, 그곳은 무공 고수들이 많아서 전면전은 불가능합니다."

"그렇다."

머리를 끄덕인 김산이 둘을 번갈아 보면서 말을 이었다.

"기습이다. 적의 진중에서 난전을 벌이면 소수일수록 유리하다."

밤 해시(10시)가 되었을 때 군봉산 골짜기의 덕산사에서 종이 울렸다. 사방 30리까지 퍼져 나간다는 대종(大鐘)이다. 대웅전에서 종소리를 들은 복기대가 옆에 앉은 도사 장화영에게 물었다.

"혈무자는 믿을 만한가?"

"그자는 지금까지 패한 적이 없습니다. 임무는 꼭 달성했지요. 하지만,"

장화영이 번들거리는 눈으로 복기대를 보았다.

"김산의 무공은 혈무자 열 명보다 나을 것입니다."

"발각되면 죽겠군."

"이미 삼관필도 김산에게 회유되었다고 봐도 될 것입니다."

"무엇이?"

눈을 치켜뜬 복기대를 향해 장화영이 말을 이었다.

"삼관필이나 혈무자의 무공 수준은 엇비슷합니다. 따라서 삼관필이 김산 주위에서 그토록 오래 머물 수 있었다는 것은 회유당했기 때문입니다."

"그렇겠다."

쓴웃음을 지은 복기대가 붉은 얼굴을 손바닥으로 쓸었다.

"그렇다면 김산의 다음 행동은 어떻게 나올 것 같으냐? 말해보라."

장화영은 참모다. 남송에서 수백 년 대를 이어 번영을 누린 문관(文官) 가문의 수재인 것이다. 이번에 황제 근위대에서 차출된 수호단의 모사로 임명된 것도 그 때문이다. 장화영의 부친 장유가 예부참판으로 황제의 측근인 것이다. 장화영이 말했다.

"김산은 감찰대의 비호수까지 끌어들였으니 이미 감찰대와 수호단이 동맹을 맺은 사실을 알고 있을 것이오."

"옳지."

"먼저 감찰대에 밀사를 보내 삼관필이 배신했다는 것을 알려줄 필요가 있습니다."

"그렇지."

"그다음에 김산을 협공하는 것입니다. 이제 망설일 필요가 없습니다."

"당장에 감찰대에 밀사를 보내도록 하자. 아니, 내가 직접 찾아가 머리를 맞대고 상의하는 것이 낫겠다."

복기대가 서두르며 말했다.

"말을 끌어내고 위사를 부르라. 그리고 내가 간다고 곽성에게 전령을 보내라."

"풍림(風林) 5걸(五傑)이라고 고덕, 유장, 서구, 배기정, 차경, 이 다섯 놈이 선봉대 역할을 합니다."

삼관필이 손가락을 꼽으며 말했다.

"군봉산 골짜기 입구를 지키고 있는 것도 이 다섯 놈과 수하 20여 명입니다."

이곳은 군봉산 8부 능선의 숲속, 사방은 짙은 숲이었고 어둠까지 짙게 내려앉아 있어서 마치 먹물 속 같다. 그믐밤, 그러나 어둠에 눈이 익은 세 쌍의 흰 창이 번뜩이고 있다. 삼관필이 말을 잇는다.

"골짜기 입구를 통과하면 중군(中軍)이오. 군(軍)의 본진 역할인데 복기대를 중심으로 3악(三岳)과 4천(四天)이라고 불리는 강호의 괴인들이 제각기 수하들을 이끌고 진을 쳤는데 제법 팔괘와 음양의 이치를 따져 함정을 만들고 미로를 갖춰놓았습니다."

"또 있느냐?"

김산이 묻자 삼관필이 두 눈이 번들거렸다.

"복기대의 위사진은 초질이라는 괴인이 이끌고 있는데 지금까지 복기대 외에는 얼굴을 본 적이 없소. 그런데 초질의 무공이 수백 년 전의 흑마에 버금간다는 소문입니다."

"흑마라니?"

그러자 가만히 듣기만 하던 비호수가 설명했다.

"2백여 년 전 중원에서 횡행하던 살인마로 '천하무적'이란 칭호를 얻었던 괴인입니다. 칼을 잘 썼고 수단이 혹독해서 상대를 그냥 죽이지 않고 오체를 토막 내어 죽였습니다. 얼굴이 검어서 그렇게 불렀다고 합니다."

"그럼 오늘은 흑마까지 볼 수 있겠다."

김산이 말했을 때 말굽소리가 울렸다. 산 밑의 샛길을 지나는 말굽 소리다. 삼관필과 비호수도 들었으므로 셋은 귀를 기울였다. 거리는 직선 거리로 2리(1km)쯤 되지만 숲을 지나가 닿는다. 이윽고 비호수가 먼저 말했다.

"10여 기가 됩니다."

"모두 경장 차림이오. 빈말이 없으니 가까운 거리를 가는 것 같습니다."

삼관필이 말꼬리를 붙였을 때 김산은 머리를 끄덕였다.

"맞다. 모두 12기, 전령 두 명이 1백 보 앞을 섰고 그다음에 6기, 50 보쯤 뒤를 4기가 맡았으니 대장을 모시는 진용이다. 복기대가 어디를 다녀오려는 것 같다."

기가 막힌 둘이 숨만 들이켰을 때 김산의 번들거리는 눈이 스치고 지나갔다.

"그렇다면 주인 없는 축사에 들어가 봐야 되지 않겠느냐?"

풍림 5걸 중 차경이 제일 막내였지만 완력은 가장 세었다. 한 손으로 7관(25kg)짜리 도끼를 휘둘렀는데 그 도끼에 맞으면 칼이건 방패건 다 부서졌다. 그래서 1합에 다 죽인다고 해서 차경의 별명이 '1합살'이다. 그 차경이 오늘 밤 순시를 돌다가 멈춰선 곳은 골짜기 끝 쪽의 거대한 은행나무 앞이다.

"저건 뭐냐?"

차경이 눈으로 은행나무를 가리키며 물었지만 뒤에 선 부하 둘은 눈만 껌벅였다. 칠흑 속 같은 밤이다. 바람도 없는 날이어서 은행나무는 그저 거대한 어둠 속 형체에 불과했으니 부하들이 대답할 수가 없는 노룻이다. 그때 차경이 등에 멘 도끼를 빼 들었으므로 부하들이 긴장했다.

"에잇!"

다음 순간 땅을 박차고 뛰어오른 차경이 도끼를 휘둘러 나뭇가지를 쳤다.

"쿵!"

어른 팔뚝만 한 나뭇가지가 단숨에 베어지면서 땅바닥에 잔가지와 함께 떨어졌는데 이제는 가지와 잎이 부딪치는 바람에 파도소리가 났다.

"푸스스스"

그때 차경이 떨어진 나뭇가지로 다가가 뭔가를 집어 들었다. 부하들의 시선이 그쪽으로 옮겨졌다.

"아니, 이게."

그때 놀란 차경의 목소리가 골짜기를 울렸다. 차경이 손에 든 것은 제 옷이다. 진막에 놓았던 제 가죽조끼가 나뭇가지에 걸려 있었던 것이다.

"이게 왜 나뭇가지에 걸려있는고?"

차경이 떼어낸 나뭇가지 둥치를 올려다보면서 중얼거렸을 때다. 바람이 불면서 나뭇가지가 흔들렸다. 은행잎이 바람에 흔들리자 파도소리가 났다.

"괴이하다."

손에 쥔 도끼를 고쳐 쥐면서 차경이 혼잣소리를 했다.

"은행나무에만 바람이 부는구나."

그때였다. 뒤에 섰던 부하들이 일제히 외침을 뱉었다.

"와앗!"

3장
고려귀(高麗鬼)

머리를 든 차경은 눈앞에 솟아난 사내를 보았다. 6척 장신에 검은 옷을 입었는데 얼굴만 희다. 그 흰 얼굴이 웃음을 띠고 있는 것이다.

"이놈."

그러나 차경이 누구인가? 가슴은 덜컥 내려앉았지만 35년 인생에서 단 한 번도 겁을 먹은 적이 없다. 도끼를 고쳐 쥔 차경이 한 걸음 다가서며 살기를 모았다.

"침입자군. 죽어라!"

수작을 건넬 필요가 있겠는가? 짧게 외친 차경이 그 자리에서 뛰어올랐고 사내를 향해 도끼를 옆으로 후려쳤다. 도끼 바람이 광풍을 일으켜 은행나무 가지를 허공으로 떠올렸다. 차경의 필살기, 난전에서 이 1합으로 여덟 명을 쳐죽인 적도 있는 것이다. 그러나 차경은 도끼를 절반가량 휘두른 순간에 심장이 무거워진 느낌을 받는다. 도끼가 허공을 베어가고 있었기 때문이다. 다음 순간 차경의 머릿속에 번쩍이는 영감이 떠올랐다. 인간은 몸이 움직이기 전에 수백 가지 생각이 떠오른다. 몸이 생각을 따라가지 못하는 것이다. 이놈이 어디로 사라졌는가? 눈도 깜박이지 않았는데 놈은 보이지 않는다. 그렇다면 나는 뛰어오른다.

"악!"

다음 순간 차경은 제 입에서 터져 나온 외침을 듣는다. 이어서 어깨에 뜨거운 충격을 받고는 그쪽을 보았다.

"아악!"

비명 같은 외침은 차경의 뒤쪽에서 울렸다. 부하들이다.

김산이 몸을 솟구쳐 은행나무 밑을 떠났고 그 뒤를 삼관필과 비호수가 따른다. 둘은 김산이 차경을 단 1합도 겨루지 않고 처치하는 것을 보았다. 차경이 자랑하는 벽력장으로 도끼를 휘둘렀지만 김산의 칼에 도끼를 쥔 오른쪽 팔이 어깨에서부터 잘려나간 것을 목격한 것이다. 김산은 차경과 두 부하를 그대로 놔둔 채 다시 앞으로 돌진하고 있다. 그때 10보쯤 앞에서 살기가 느껴져 김산이 빙긋 웃었다. 두 번째 관문, 골짜기 입구를 맡은 풍림 5걸 중 두 번째니 서열 4위의 배기정이 될 것이다.

"이놈!"

다음 순간 짧은 외침과 함께 단검이 날아왔다, 어둠 속에서 그것은 김산에게 공기의 파열음으로 들렸다. 단검은 보이지 않는다.

"과연."

몸을 솟구쳐 단검을 피한 김산이 멈춰 서며 입술을 비틀고 웃었다. 심장박동이 빨라지면서 온몸에서 기운이 일어났다. 바로 살기다. 김산이 옷자락에 박혀 있는 단검 한 자루를 집어들고 앞쪽을 보았다. 그 순간 어둠 속에서 5척 단신의 사내가 나타났다. 어린아이 체구였지만 머리통은 크다. 바로 배기정이다. 배기정은 5걸(五傑) 중 가장 추악하게 생겼는데 비수를 잘 던졌고 별명이 식인귀다. 상대한 적의 시신을 먹는 버릇이 있기 때문이다. 열 걸음 앞으로 다가선 배기정의 양손에는 다시 두 자루씩의 단검이 들려져 있다. 배기정이 기괴한 얼굴을 일그러뜨리며 말했다.

"잘도 피했겠다. 이번에는 추풍검을 받아라."

배기정의 몸에는 36자루의 단검이 꽂혀 있었는데 일합이 증가될 때마다 던지는 단검이 늘어난다. 맨 나중에는 12자루가 한꺼번에 쏟아진다지만 세 번째 6자루 이상을 견딘 사람이 없다고 했다 3년 전 중화산 행탁이란 고수가 배기정의 세 번째 단검 6자루 중 5자루를 피했고 나머지 한 자루가 눈에 박혀 절명한 것이 기록으로 남았다.

"자, 받아라."

외친 순간 네 자루의 단검이 그야말로 추풍(秋風)처럼 날아왔다. 추풍은 곧 가을바람이다. 중원의 가을바람은 세기도 하지만 무엇보다 갈피가 없다. 동풍이 부는가 하면 남풍으로 바뀌고 북풍이 금방 서풍이 된다. 배기정의 추풍검이 그렇게 사방에서 날아왔다. 그때 김산이 얼굴을 펴고 웃었다.

"개수작."

딱 한 마디를 뱉은 김산이 그 자리에서 그대로 선 채 아직도 손에 들고 있던 단검을 내버리듯이 배기정에게 던졌다. 뒤쪽에 서 있던 삼관필과 비호수는 숨을 죽였다.

"악!"

어둠 속에서 외마디 외침이 들리더니 앞쪽에 서 있던 배기정의 모습이 사라졌다.

"자, 가자."

어느덧 손에 네 자루의 단검을 모아 쥔 김산이 몸을 날렸고 삼관필과 비호수가 뒤를 따른다. 몸을 날리던 둘은 땅바닥에 반듯이 누운 배기정의 모습을 보았다. 살인귀 배기정은 이마 한복판에 제 단검이 박혀 있었는데 손잡이만 드러나 있다.

김산이 휘몰아치듯 골짜기 안쪽에 진입했을 때 5걸 중 나머지 3걸, 고덕, 유장, 서구는 반월형 진을 펴고 기다리는 중이었다. 고수들이어서 이백 여 보 앞쪽부터 일어난 두 차례 소동을 듣고 대비하고 있었던 것이다. 이제 양측의 전면전이 되었다. 깊은 밤, 군봉산 골짜기는 이미 피비린내로 덮여졌고 살기가 충천했다. 그러나 5걸은 셋 뒤쪽에 10여 명의 부하가, 김산은 둘을 거느리고 있다

"네가 집행관 김산이렸다."

맏형 고덕이 소리쳐 묻고는 장검을 비껴들었다. 고덕은 40대 중반으로 호북성에서 천하제일검으로 불린 검사(劍士)다. 소림사에서 20년간 수행한 후 방장이 된 사제 우경을 베어 죽이고 파문을 당한 소림사의 천적이었다.

"자, 이놈, 내 사제 둘의 한을 풀겠다."

둘째 유장이 말하며 양손에 상마장(上馬杖)이란 낫에 갈퀴를 붙인 것 같은 괴상한 흉기를 들었다. 상마장이란 지역의 농군들이 농구를 무기로 개발한 것인데 단 일합에 목을 베고 내장까지 끄집어내는 흉기다. 유

장은 50세, 몸이 크고 얼굴이 서역인처럼 윤곽이 굵다. 그때 셋 중 막내 서구가 소리쳤다.

"긴말 할 것 없소! 자!"

서구가 두 손으로 움켜쥔 장창을 꼬나 쥐더니 다리를 움츠렸다. 도약하려는 것이다, 서구의 별명은 원고, 말 그대로 원숭이처럼 재빠르게 몸을 띄웠는데 장창이 순식간에 두 자루의 창으로 변했다가 네 자루의 표창이 된다. 상대방의 혼을 빼내며 처참하게 도륙하는 것이다. 40대 후반에 무당파 당장을 지냈다지만 증인은 없다. 다만 실력이 출중하여 5걸 중 3위, 그 서구가 먼저 김산에게 덮쳐왔고 그 뒤를 고덕과 유장이 잇는다. 실로 거대한 해일이 덮쳐 오는 것 같은 기세여서 삼관필과 비호수도 앞으로 나섰다. 김산을 도우려는 것이다. 그 순간이었다.

"와앗!"

벽력 같은 외침이 김산의 입에서 터졌다. 골짜기가 울리면서 귀청이 터져나갈 것 같은 외침에 삼관필과 비호수는 놀라 움직임을 멈췄다.

"죽어라!"

다시 김산의 외침이 울렸는데 삼관필과 비호수는 아연했다. 이 기합 소리는 무슨 말인지 모르겠다. 다만 김산의 몸이 눈앞에서 사라지는 것만 알았다.

"으아악!"

처절한 외침이 울린 것도 그다음 순간이었다. 멈춰선 삼관필은 발 앞에 갑자기 무언가인가 떨어지자 기겁했다. 피비린내가 와락 풍겨왔다. 어둠 속에서 무엇인가 번들거리고 있다. 손이다. 어깨에서부터 잘린 손이 혼자 살아서 퍼덕거리고 있는 것이다.

"죽어라!"

또다시 김산의 고함 소리만 울렸을 뿐 어둠에 덮인 앞쪽은 보이지 않았다. 둘이 이해하지 못하는 것은 당연했다. 김산은 고려말로 고함을 쳤기 때문이다. 피안개가 앞에 덮여져 있다. 피비린내가 풍겨오면서 앞쪽에서 칼날 부딪히는 소리가 두 번 울리더니 다시 밤하늘을 찢는 비명 소리가 울렸다.

"아아악!"

그것으로 앞쪽의 소음이 뚝 끊겼다. 피 안개도 걷히기 시작했다. 그때서야 삼관필이 먼저 몸을 날렸고 뒤를 비호수가 따른다.

"으음."

먼저 피바다가 된 땅바닥에 내린 삼관필의 입에서 신음이 터졌다. 서구와 유장의 시체가 제각기 쓰러져 있었는데 참혹했다. 유장은 몸통이 비스듬히 잘려 내장이 다 쏟아졌고 서구는 더욱 끔찍했다. 몸이 오체로 각각 분리된 것이다. 고덕의 시체는 주저앉은 채 발견되었는데 비호수가 다가간 순간 몸통에 붙어 있던 머리통이 그때서야 땅바닥으로 떨어졌다. 깜짝 놀란 비호수가 한 걸음 뒤로 물러선 것이 뒤쪽에 늘어서 있던 10명의 부하들에게 정신을 차릴 계기가 된 것 같다. 흠칫하던 부하들이 일제히 몸을 돌리더니 도망치기 시작했다. 몸이 굳어져서 다리만 움직이는 괴상한 몸짓이다.

"놔둬라."

그것을 본 김산이 둘에게 말했다.

"오늘 밤은 이것으로 끝내자."

심호흡을 한 김산이 별을 올려다보았다가 둘에게 말했다.

"이쯤 하면 수호단의 정신이 들었을 것이다."

정신이 들 정도가 아니다. 뒤쪽에서 대기하던 4천(四天), 동천, 서천, 남천, 북천이라 자칭한 네 명의 고수 양처규, 백초, 이강문, 최산은 아연실색했다. 3악(三惡) 4천은 중군 역할로 본진의 복기대를 수호하는 역할이니 움직일 수가 없다. 더구나 중앙은 같이 방비하던 3악이 복기대를 따라 감찰대로 간 터라 본진을 비워둘 수가 없었던 것이다. 주장(主將)이 없는 본진이라도 그렇다.

"이, 이것이 집행자 김산의 것이란 말인가?"

남천 이강문이 더듬대며 말했는데 붉은 눈을 치켜뜨고 있다.

"단 1합에 끝냈어."

시체를 점검하던 북천 최산이 말했다. 목소리가 흔들리고 있다.

"도대체 이놈의 무공은 무엇인가? 고덕까지 일합에 목이 잘리다니……."

"아니야."

머리를 저은 동천 양처규가 고덕의 떨어진 머리통을 응시하며 말했다.

"고덕의 귀에서 피가 나온 것은 고막이 파열되었다는 것을 의미한다. 저기, 유장의 귀에서도 피가 흘러나왔다."

"으음."

서천 백초가 세 구의 떨어진 머리통을 집어들고 유심히 보았다.

"서구도 그렇소."

"놈은 먼저 모두의 고막을 파열시켜 중심을 흔들리게 한 것이다. 놀랍다."

양처규가 머리를 저었다. "우리 넷이 공력을 합쳐도 이놈을 당해낼지 의문이다."

"사형, 말도 안 되는 말씀이오."

이강문이 붉은 눈으로 양처규를 보았다.

"어제는 우리 넷이 모이면 천하무적이라고 하지 않으셨소?"

"귀가 먹으면 사정이 다르지."

양처구가 서구의 머리통을 들더니 부릅뜬 눈을 유심히 보고는 갑자기 몸서리를 쳤다,

"보라, 서구는 눈도 멀었다."

"예에?"

놀란 셋이 모여들어 양처규가 들고 있는 서구의 머리를 보았다. 그러나 알 수가 없다. 그때 양처규가 말했다.

"보라, 눈동자가 모아져 있지 않은가? 그것은 앞이 보이지 않았기 때문에 눈에 힘을 준 것이다."

"독을 뿌렸을까요?"

서천 백초가 묻자 양처규는 머리를 저었다.

"알 수 없다. 우리는 김산의 무공에 대해서 너무 모른다. 그놈이 고려인 출신으로 이곳저곳을 떠돌며 무술 동냥을 했다는 것 외에는."

"소천의 제자였다는 소문이 있소."

이강문이 말했고 최산이 거들었다.

"소천의 동생 묘합이라는 소문도 있소."

"아니야."

이번에는 백초가 말했다.

"여진족 사냥꾼 고수라는 소문도 있어. 그자가 독을 먹는 무공을 가르쳤다는군."

그때 주위를 돌아본 양처규가 이맛살을 찌푸렸다.

"까마귀 소리가 나는군, 자 빨리 수습하고 부장께 전령을 보내도록 하자."

복기대는 곽성 옆에 서 있는 사내를 보았다. 가죽조끼에 바지를 입었고 허리에는 장검을 했는데 눈부신 미남이다. 남색(男色) 성향의 복기대는 입안의 침을 삼키고는 헛기침을 했다. 그 순간 곽성에 대한 질투심이 부글부글 끓어올랐다. 곽성이 남색을 즐기는지 몰랐던 것이다. 몽골제국의 관리놈들은 노골적으로 임무 중에도 남색 상대와 동행하는구나. 개 같은 놈들. 그때 곽성이 복기대를 지그시 보았다.

"복 공(公), 김산이 진강현에 머무르고 있는 이유를 아십니까?"

50대로 비슷한 나이인데다 경륜은 비슷했고 둘 다 한인이다. 그러나 연합을 하기 전까지 둘은 적이었다. 곽성은 몽골제국의 앞잡이가 되었으며 복기대는 남송의 황제 근위대 소속이다. 서로 상대를 경멸하는 심보가 흉중에 도사리고 있는 것이다. 곽성의 질문을 받은 복기대가 쓴웃음부터 지었다.

"진강현이 중원의 중심이니 이곳에서 감찰대를 제압하면 몽케의 위신이 세워질 것 아닙니까?"

"과연."

머리를 끄덕인 곽성의 얼굴에도 웃음기가 떠올랐다. 그러나 다시 묻는다.

"현재 제국의 황제는 공석이오. 복 공께서는 누가 대를 이으실 것 같소?"

"당연히 구유크 황제 폐하의 후계자가 이으셔야겠지요?"

"옳지."

"대송(大宋)의 황제께서도 그것을 원하고 계십니다."

"감사하오."

그때 복기대의 시선이 다시 미모의 측근에게로 옮겨졌다.

"측근의 장수가 위엄이 대단합니다. 옆에서 모시고 있는 모습이 부럽습니다."

"아, 그렇군."

곽성이 잠깐 잊고 있었다는 표정을 짓고 상반신을 세웠다. 진막 안에 모인 10여 명의 장수들이 긴장한 채 둘을 주시했다. 복기대가 난데없이 측근 장수를 지적한 이유를 모두가 알고 있는 것이다. 시치미를 뚝 떼고 있는 위인은 두 명, 곽성과 측근의 장수다. 곽성이 말했다.

"앞으로 채 부도독이 김산과의 전략에 도움이 될 것이오."

곽성이 옆에 선 장수에게 말했다.

"부도독, 부장께 인사를 드리게."

"채화진입니다."

여자의 낭랑한 목소리가 진막을 울렸다. 채화진이 맑은 눈으로 똑바로 복기대를 보았다. 그 순간 복기대가 놀라 입을 쩍 벌렸다.

"근위대의 수호단 부장께서 절정의 무공을 갖추고 계시다고 들었는데 과연 허언이 아니었습니다."

"아, 그런가?"

복기대가 어깨를 펴고 말했지만 눈동자가 흔들렸다. 남녀 구분도 못하는 놈이 무슨 절정무공의 소유자냐고 비꼬는 말이었기 때문이다. 그때 곽성이 말했다.

"자, 작전을 협의하십시다."

그러나 다음날 오전 묘시(6시) 무렵, 군봉산 덕산사에서 달려온 전령이 양측 수뇌부를 뒤흔들었다. 배정된 진막에서 잠깐 눈을 붙이고 있던 복기대와 측근들은 물론이고 그 소식을 건네 들은 곽성의 수하 장수들도 동요했다. 이제는 동맹군이 당한 셈이 된 것이다.

"담대한 놈이다."

자다 일어난 곽성이 혼잣소리처럼 말했을 때 앞에 서 있던 채화진의 얼굴에 웃음기가 떠올랐다.

"김산은 카라코룸 궁성에도 침입한 자입니다, 부장."

"부도독이 잘 알겠군."

곽성은 한때 태자당 태위로 김산을 추적했던 채화진을 함부로 대하지 못했다. 채화진 또한 감찰대를 거느렸던 터라 곽성의 고문관 역할로 파견된 것이다. 수하가 아니다. 채화진이 말을 이었다.

"수호단 부장 복 공(公)의 기색으로 추측건대 김산을 경시하는 경향이 있습니다. 심히 염려가 됩니다."

"이곳에 데려온 수하 면면을 보니 3악이라 부르는 고수에 위사장과 위사들이 모두 절정의 고수 같았네."

쓴웃음을 지은 곽성이 지그시 채화진을 보았다.

"복기대는 군봉산 본진에 4천(天) 5걸(傑)을 배치해놓았다고 자랑하더니만 하룻밤 사이에 5걸이 5혼(魂)이 되지 않았나? 크게 당했으니 주의하겠지."

정색한 곽성이 말을 이었다.

"부도독은 내 옆을 떠나지 마시게, 나는 복기대처럼 당하기는 싫으니까."

"알겠습니다."

머리를 숙여 보인 채화진이 진막을 나왔을 때 말굽소리가 울렸다. 멀어져가는 말굽소리다. 복기대가 수하들을 이끌고 황급히 군봉산으로 돌아가는 것이다.

개울가에 닿은 기마대가 말에 물을 먹이고 있을 때 복기대 옆으로 위사장 초질이 다가와 섰다.

"부장 나리, 후위를 맡았던 천우가 없어졌습니다."

물통에 든 물을 마시던 복기대가 초질을 보았다.

"없어지다니?"

"말과 함께 실종되었지요. 맨 끝에서 따라오고 있었는데 개울가에 멈췄을 때는 보이지 않았습니다."

"무슨 말이야?"

"습격을 받은 것입니다."

숨을 들이켠 복기대를 향해 초질이 입술 끝만 올리고 웃었다.

"부장 나리, 내색하지 마십시오. 후위 위사들한테도 내색하지 말고 따르라고 했습니다."

"어떤 놈의 짓이냐?"

"김산인 것 같습니다."

"김산이?"

"놈이 어젯밤 군봉산 본진을 친 후에 바로 이곳으로 와 길목을 지키고 있는 것 같습니다."

"그렇다면 우리를 따라오고 있겠군."

"예, 나리."

개울가의 둘이 이야기를 하고 있는 모습은 한가롭게 보여서 바로 옆의 모사 장화영도 눈치 채지 못했다. 초질의 시선을 받은 복기대가 물었다.

"어떻게 할 작정이냐?"

"소인이 위사 복장으로 갈아입고 후위에 서겠습니다."

"옳지."

"나리께선 제 차림을 한 위사를 옆에 두고 모른 척하십시오."

"알았다. 당해낼 수 있겠느냐?"

"3악 가운데 비악(飛惡) 한테만 소인을 지원하라고 하겠습니다. 나머지 둘은 나리 곁을 떠나지 않을 것입니다."

"알겠다."

쓴웃음을 지은 복기대가 이 사이로 말했다.

"놈의 그물을 거꾸로 뒤집어서 놈을 잡도록 하자. 나도 직접 나설 테다."

그러나 잠시 후에 출발 신호를 보냈던 복기대 앞으로 위사 하나가 달려왔다. 말을 두고 달려오는 몸짓이 당황한 모습이다. 그래서 말에 오르려던 복기대는 물론 장화영, 2악까지 위사에게 시선을 주었다. 선발대를 맡은 위사 두 명 중 하나다.

"나리."

달려온 위사가 복기대 앞에 멈춰 서더니 가쁜 숨을 고르면서 말했다. 눈을 치켜떴고 굳어진 표정이다.

"우관이가 급살을 했소."

"무엇이?"

문관 장화영이 대신 나섰다.

"급살을 하다니? 무슨 말이냐?"

"말에 오르려다 떨어져서 죽었습니다."

"말에 오르려다?"

"예, 갑자기 땅바닥으로 떨어지더니 얼굴을 박고 숨이 끊어졌소."

"……."

"외상도 없었고 독에 맞은 것 같지도 않습니다. 갑자기 급살을 맞은 것이오!"

"가자."

복기대가 몸을 솟구쳐 말에 오르면서 말했다.

"머뭇거릴 수 없다. 떠나자!"

"신기(神技)올시다."

삼관필이 말하자 김산은 쓴웃음을 지었다.

"당치 않다. 신기, 신술이란 애당초 있을 수가 없다. 나는 숨어서 가깝게 접근한 다음에 손을 쓴 것뿐이다."

삼관필은 3백 보쯤 떨어진 선발대 중 하나를 떨어뜨린 것을 말한 것이다. 그러나 김산은 5십 보 거리까지 접근해서 독화살을 쏘았다. 길이

100

가 짧은 화살은 선발대 우관의 허리에 깊게 박혀 들어가 겉으로 보이지 않았을 뿐이다. 둘은 숲길을 나란히 전진하고 있었는데 말굽에 헝겊을 감았다. 복기대 일행의 우측 1리(500m) 정도 떨어진 지점을 평행으로 나아가고 있는 것이다.

"복기대는 이미 눈치 챘을 것이다."

김산이 말하자 삼관필이 긴장했다. 오시(오전 12시) 무렵, 비호수는 진강현으로 보낸 후에 김산과 삼관필 둘이 따르고 있는 것이다. 복기대 일행이 군봉산까지 닿으려면 앞으로 두 시진(4시간) 정도가 남았다. 그때 삼관필이 말했다.

"후위 하나를 먼저 처리했으니 후위를 보강했다가 선발대 하나까지 처리하자 당황했을 것입니다."

"이제는 중군을 찌르고 사라진다."

정색한 김산이 말을 이었다.

"10여 명의 기동대나 10만 군이나 기습 전법은 비슷하다. 복기대가 군(軍)을 지휘한 경험이 있다면 중군(中軍)을 보강했을 것이다."

"사방이 숲인 황무지올시다, 나리."

장화영이 복기대의 옆으로 바짝 붙어가면서 말했다.

"병법에서 길게 뻗은 대열의 중심은 옆에서 끊으라고 했습니다. 이번에는 중심이 위험하오."

"이건 군(軍)의 대열이 아니다."

말에 박차를 넣으면서 복기대가 대답했다. 기마대는 횡대로 갈대숲을 헤치면서 전진하고 있다. 모두 10명인데, 앞쪽 선봉엔 한 명, 그 뒤를 중군 격인 여섯 명이 따랐고 후위에는 세 명이다. 장화영이 목소리를 낮추고 물었다.

"나리, 위사장은 어디 있습니까?"

"알 것 없다."

일단 그렇게 말했지만 10명 사이에는 끼어 있을 것이었다. 앞뒤를 둘러본 복기대가 말을 이었다.

"곧 갈대숲을 벗어나면 평지다. 그때 다시 상의하기로 하자."

그때였다. 복기대 바로 앞을 가던 위사가 허리를 굽히더니 말 등에서 굴러 떨어졌다. 놀란 복기대가 말고삐를 채었을 때 말이 앞다리를 치켜들며 울부짖었다.

"히히힝!"

말이 그대로 땅바닥에 곤두박질로 넘어지는 바람에 복기대는 몸을 날려 갈대숲 위로 뛰어내렸다.

"으으악!"

갈대숲에 처절한 비명이 울렸다. 눈을 부릅뜬 복기대가 허리에 찬 칼을 빼들었지만 어느 쪽을 향해 서야 할지 갈피가 잡히지 않았다.

"문사(文士)! 문사 어디 있느냐?"

복기대가 목청껏 불렀지만 장화영은 대답하지 않았다. 방금 비명을 지르며 넘어진 것이 장화영이었던 것이다.

"부장 나리!"

눈을 치켜뜬 검악(劍惡), 천악(天惡)이 달려왔지만 이미 주위는 어수선해졌다. 진용이 엉망으로 변한 것이다. 전위는 보이지 않고 후위는 아직 다가오지 않았다. 그때였다. 어디선가 외침이 일어났다.

"불이야!"

복기대는 동시에 연기 냄새를 맡았다. 갈대숲이 탄다. 화공인 것이다.

"장 문사(文士)를 찾아라!"

칼을 빼 든 복기대가 소리쳤다. 눈을 치켜뜬 복기대는 이제 예전의 무림 시절로 되돌아왔다.

"당황하지 말고 원진을 쳐라!"

복기대가 다시 외쳤다. 그때서야 후위에 끼어 있던 위사장 초질이 달려왔다. 후위와의 거리는 1백 보 정도였지만 갈대숲에 막혀 보이지가 않았다.

"부장 나리!"

복기대의 시선을 받은 초질이 말에서 뛰어 내렸을 때 뒤쪽에서 비명이 울렸다.

"으아악!"

"나리, 소인의 말에 오르시지요! 불길이 다가오고 있습니다."

비명 소리는 개의치 않고 초질이 소리쳤다.

"빨리 이곳을 피하셔야 하오!"

불길은 좌우, 북쪽에서 다가오고 있다. 피할 길은 남쪽뿐이다. 그때 복기대가 이 사이로 말했다.

"이놈, 군(軍)의 화공(火攻)을 그대로 쓰는구나. 고려아가 군의 전략을 안단 말인가?"

복기대는 김산의 전력을 모른다.

"으아악!"

또다시 처절한 비명이 울렸지만 불길은 더 맹렬하게 타오르는 상황이다. 이를 악문 복기대가 초질이 내어준 말에 올라 박차를 넣었다. 불에 놀란 말이 미친 듯이 달리기 시작했고 양옆을 초질과 2악이 붙었다. 달릴 수 있는 방향은 남쪽뿐이었다.

"내가 앞장서겠소!"

검악(劍惡) 담채가 소리치며 내달렸다. 놀라운 경공이다. 전속력으로 내달리는 준마보다 빠른 것이다. 그러나 인간의 체력에는 한계가 있다. 아무리 공력을 쌓아도 숨 열 번 쉬고 난 후에는 쉬어야 할 것이다. 그렇지 못하면 폐가 터져서 죽는다.

"장 문사!"

아직도 장화영에게 미련이 남은 복기대가 소리쳤지만 이미 현장은 멀어졌다. 장화영의 친부(親父)가 예부참판 장유다. 복기대가 그것을 의식하지 않을 수가 없다. 1리(400m)쯤 내달려 왔을 때 갈대숲 끝이 보였다. 드문드문 좌우의 공터가 드러났고 앞쪽에서 물비린내가 풍겨왔다. 강이다. 오던 방향은 아니었지만 복기대의 심장이 안도감으로 뛰었다. 그때 옆을 달리던 초질이 뒤를 보더니 이 사이로 말했다.

"넷이 남았소."

복기대는 뒤를 돌아보지 않았지만 말뜻을 알았다. 다 죽고 넷이 남았다는 말이다. 그때 앞을 달리던 담채가 속력을 뚝 떨어뜨리더니 머리를 돌려 복기대를 보았다.

"나리! 강이오!"

과연 강이다. 넓이가 1리 정도나 되는 강이 앞쪽에 펼쳐져 있다. 곽성을 만나러 갈 때는 이쪽으로 오지 않아서 처음 접한 것이다.

"멈춰라!"

복기대가 소리치고는 말에서 뛰어내렸다. 강에는 배도 보이지 않았고 인적도 없다. 주위에 모인 면면을 본 복기대의 가슴이 미어졌다. 그렇다. 넷이다. 초질과 2악이 남았다. 문사 장화영까지 다 죽었다. 12명 중 8명이 저쪽 불길 속에, 그 뒤쪽에 시체가 되어 있는 것이다.

"강은 건넌 것 같습니다."

위사장 조춘소가 곽성에게 보고했다.

"허나 강까지 닿는 동안 7, 8명의 시체를 남겼습니다. 불에 타 식별할 수도 없는 시체였지만 그중에 복 부장은 보이지 않았습니다."

"그것 참, 안타까워해야 할지 기뻐해야 할지 모르겠군."

곽성이 말하자 주위에 둘러선 사내들의 표정도 웃어야 할지 울어야 할지 모르는 표정을 지었다. 일단은 수호단과 연합한 상태이지만 김산을 제거하고 나면 적으로 돌아가야 하는 상황이다. 몽골제국과 남송은 어느 한 곳이 멸망해야 끝이 난다. 조춘소가 다시 말을 이었다.

"복 부장의 본진도 김산에게 습격을 당했다고 하니 수호단은 이것으로 궤멸당한 것 같습니다."

그때 곽성의 시선이 옆쪽에 서 있는 채화진에게로 옮겨졌다.

"부도독, 고려아가 복 부장을 처단할 능력이 있는가?"

"알 수 없습니다."

채화진이 머리를 한쪽으로 기울였다.

"고려아의 무공이 뛰어나다고 알려져 있지만 복 부장 또한 절정의 고수인데다 수하 고수들도 여럿입니다. 속단하기 어렵습니다."

"그대는 고려아의 무공을 겪었지 않나?"

"스쳐갔을 뿐이지만 소인에게는 벅찬 상대였습니다."

"겸손하군. 그대는 정면대결을 못 했다고 들었다."

입맛을 다신 곽성이 주위를 둘러보았다. "고려아의 기습을 경계하도록. 함정을 여러 개 만들어놓는 것이 좋겠다."

진막으로 돌아온 채화진이 가죽갑옷을 벗고 허리에 찬 칼을 풀었다. 오후 술시(8시)가 되어가고 있다. 곽성의 진막에서 회의를 마치고 저녁까지 먹고 돌아온 길이다. 이곳 감찰대의 분위기도 비상상황이 되어 있다. 곽성이 직접 지휘하여 감찰대 주위에 함정을 만들고 대책을 논의하였는데 마치 전쟁준비를 하는 것 같았다. 그것을 아무도 이상하게 생각하지 않을 정도가 되었으니 그만큼 김산의 명성이 높아졌다고 봐도 맞을 것이다. 채화진이 곰 가죽이 깔린 바닥에 앉아 가죽신을 벗으려고 할 때다.

"뒤쪽 산 중턱의 바위 밑으로 오라."

귀에 꽂히는 사내의 목소리에 채화진은 가죽신을 떨어뜨렸다. 그러나 얼굴에는 쓴웃음이 떠올랐다. 김산의 목소리였던 것이다. 이 독청술은 절정의 공력을 닦아야만 시행할 수 있다. 말이 마치 화살처럼 날아가 목표물의 귀에 꽂히기 때문이다. 주위에 귀가 수백 쌍이 있어도 이 목소리는 목표물의 귀에만 박혀진다. 전설에는 이 독청술로 2리(800m) 떨어진 적의 뇌를 파열시켜 주살시켰다는 도인의 이야기가 전해져온다. 채화진이 잠자코 가죽신을 다시 신었을 때 다시 목소리가 날아왔다.

"내 공력을 시험하고 싶은가?"

"그래요."

채화진이 막사 안에서 대놓고 말했다. 자신의 목소리가 떨려 나오자 어금니를 깨물었다가 다시 풀면서 말했다.

"당신의 독청술을 확인하고 싶어요."

"뒤쪽 산 중턱을 향하여 말해보라."

채화진이 몸을 돌려 뒤쪽 산 중턱을 향해 말했다.

"내가 곽성의 초청에 응한 것은 당신을 만나기 위해서예요, 김산."

김산은 못 들은 척 대답하지 않았지만 채화진이 말을 이었다.

"여기에 오면 당신을 만날 줄 알았어요. 당신이 날 찾을 줄 알았다고요."

"내가 왜 그대를 찾는단 말인가?"

김산의 목소리가 쏟아졌다. 들은 것이다. 그러자 채화진이 웃었다.

"날 조금 전에 찾지 않았나요? 뒷산 중턱의 바위 밑으로 오라고 했잖아요?"

"내 말을 잘못 들었다. 그대를 찾는 이유를 물은 것이다."

"당연히 내가 그리웠겠지요, 김산."

"……."

"내가 당신을 그리워한 것처럼."

"……."

"난 지위도, 체면도 다 버렸어요. 당신을 그리는 여자일 뿐이에요, 김산."

"……."

"난 몽골제국도 무능한 남송도 다 싫어요. 이까짓 부도독 직은 지금이라도 벗어던질 수 있어요. 당신이 날 받아만 준다면……."

"……."

"이 세상에서 날 제압할 수 있는 남자는 당신뿐이거든요. 재상이나 황제 따위는 옷 속에 든 고깃덩이일 뿐이죠."

"……."

"김산, 듣고 있어요?"

그 순간 자리를 차고 일어선 채화진이 진막 밖으로 뛰쳐나왔다. 그러고는 경공을 펼쳐 밤하늘로 뛰어올랐다. 채화진이 날듯이 뛰는 쪽은 김산이 말한 뒷산이었다.

그 반대쪽으로 김산이 달리고 있었다. 채화진을 불러 곽성의 진과 조정의 내막을 물어볼 작정이었지만 단념했다. 채화진의 심정을 독청술로 듣고나서 마치 엄청난 고수의 공격을 받은 것처럼 목표가 상실되었기 때문이다. 채화진의 심정이 그런 줄은 전혀 예상하지 못했다. 한때 정(精)을 섞은 적이 있었지만 그것은 김산에게 한 차례 교접을 한 것이나 같았다. 그렇다. 욕정이 일어나 배설을 했을 뿐이었다. 채화진은 적이었고, 한때 사로잡았으며, 풀어주기 전에 교합을 했다. 그것으로 끝이었다. 그런데 그리워하고 있었다니, 나 또한 그러리라고 믿고 있다니. 이것은 김산에게 엄청난 무공의 고수가 압박해오는 것보다 더 큰 부담이었다. 김산이 기를 쓰자 뛰는 폭이 더 넓어졌고 채화진과의 거리는 더 멀어졌다.

가는 날이 장날이라고 했던가. 이것은 복이 저절로 찾아왔다는 뜻도 되지만 그 반대도 된다. 액운이 겹친다는 말도 되는 것이다. 복기대가 그 짝이다. 난장판이 된 군봉산 덕산사에 들어온 지 반나절도 안 되었을 때 일진의 고수들이 들이닥쳤다. 그것이 선봉이었고 수십 명의 고수들에게 둘러싸여 도착한 주장(主將)이 바로 남송제국의 근위대 장군이며 병부대신 양청준이다. 양청준은 몽골제국의 실력자 구타이와의 비밀합의를 마치고 귀국하는 중에 들른 것이다.

"협력은 잘 되고 있는가?"

양청준이 법당의 상석에 앉는 즉시 물었다. 좌우의 고수들을 시립시킨 양청준의 기세는 법당의 지붕을 뚫고 오르는 것 같다.

"예. 대감."

시선을 내린 복기대가 마루에 두 손을 짚고 엎드렸으니 수하는 오죽하겠는가? 2악 4천은 법당에도 오르지 못하고 바깥마당에 엎드려 있다. 비록 망해가고 있지만 남송제국의 제2인자인 것이다. 양청준이 두리번거리며 누구를 찾는 시늉을 했다.

"예부참판의 영식이 이곳에 문사(文士)로 따라왔다고 들었다. 어디 있느냐?"

"예. 대감."

복기대가 어깨를 펴고 대답했다.

"감찰대와 작전을 협의하느라 감찰대 진영에 남아 있소이다."

"그렇군."

머리를 끄덕인 양청준이 다시 묻는다.

"내가 도와줄 일이 있느냐?"

"없습니다, 대감."

"이번 일이 잘 성사되면 몽골과 은밀한 거래가 성립되는 셈이다. 그럼 우리가 시간을 벌 수가 있다. 무슨 말인지 알겠는가?"

"알고 있소이다."

"제국의 운명이 네 어깨에 얹혀 있다. 실로 네 임무가 막중하다."

"황공하오."

"일이 성공하면 너는 대신 반열에 들 것이며 수하들은 승급과 함께 막대한 포상을 받을 것이다. 분발하라."

"목숨을 바치겠소이다."

말을 마친 양청준이 일어서자 마당에 엎드린 누군가가 소리쳤다.

"대감 만세! 천세!"

모두 따라 소리쳤고 양청준이 손을 들며 웃음을 띠었다. 싫지 않은 표정이다.

하루를 다퉈 남진하는 길이라 양청준 일행은 곧 법당을 떠났지만 고수가 즐비한 터라 서넛이 숙덕거리더니 곧 위사장 채만호가 양청준에게 보고했다. 골짜기를 달려 내려가는 중이다.

"대감, 수하 도인 몇 명이 군봉산 골짜기에 핏자국이 여럿 깔렸고 피비린내가 배어 있다고 합니다."

양청준은 시선만 주었고 채만호가 말을 이었다.

"하루쯤 전에 살육이 일어난 현장 같다고 하온데 복기대는 시치미를 뚝 떼고 있었습니다. 이상합니다."

"혹시 개나 돼지를 잡은 것 아니냐?"

"도인들이 사람과 짐승의 피를 구분하지 못하겠습니까?"

"그렇다면 괴이하군."

"복기대가 뭔가 속이고 있는 것 같습니다, 대감."

"그놈이 목숨을 걸고 거짓말을 한단 말인가?"

눈을 가늘게 뜬 양청준이 마침내 결단을 내렸다.

"나는 바쁘니 멈출 수 없다. 위사대 부장 임파를 시켜 내막을 조사하고 내 뒤를 쫓아오라고 해라. 그렇지, 무공의 고수 10명만 추려서 임파를 수행케 해라."

"예, 대감."

말고삐를 챈 채만호가 떨어졌고 양청준은 다시 박차를 넣었다. 송제국까지는 장장 5천여 리, 10여 일의 여정인 것이다.

다음날 오후, 진강현에 나가 있던 전령이 숨 가쁘게 달려와 엎드렸으므로 곽성은 이맛살부터 찌푸렸다. 요즘은 누가 엎드릴 때마다 심장이 덜컥 내려앉는 것이다. 그래서 거친 목소리로 물었다.

"무엇이냐?"

"예, 진강 현령 유극봉이 카라코룸 승상부에 사직원을 보내고 종적을 감추었습니다."

"무어?"

눈을 치켜뜬 곽성이 한동안 전령을 내려다보았고 주위는 숨소리도 들리지 않았다. 그동안 곽성의 뇌는 맹렬하게 회전했다. 유극봉 실종에 따른 득실 계산 때문이다. 이윽고 어깨를 늘어뜨린 곽성이 입을 열었다.

"주민 동향은 어떻더냐?"

"평소와 같습니다."

"치안상태는?"

"경비군은 동요하지 않는 것 같습니다."

경비군은 유극봉의 지휘를 받지 않는 것이다. 곽성이 머리를 돌렸다가 채화진과 시선이 마주쳤다.

"부도독은 어떻게 생각하는가?"

"유극봉은 고려아의 측근이 되어 있었습니다."

채화진이 표정 없는 얼굴로 말을 이었다.

"그런 유극봉이 행방을 감췄다면 고려아의 신상에도 변화가 있을 것 같습니다."

"어떻게 말인가?"

모두의 시선을 받은 채화진이 대답했다.

"고려아도 수호단과 감찰대가 연합한 줄을 알고 있는 터에 구태여 이곳을 전장으로 삼을 필요가 없다고 생각할지도 모릅니다. 거기에다……."

채화진의 얼굴에 희미하게 웃음이 떠올랐다.

"진강현이 중원의 중심이며 소문의 전파가 쉬운 곳입니다. 이번에도 고려아는 유극봉과 함께 선수를 친 것 같습니다."

"어떻게 말인가?"

"3개 대가 전쟁을 일으키면 무고한 진강현 주민이 많이 상상될 것입니다. 그래서 고려아가 현령과 함께 현을 떠나 전장을 옮겼다는 소문이 나겠지요. 몽케칸의 덕을 드러내는 공작일 것 같습니다."

"으음."

목구멍으로 신음을 뱉은 곽성이 곧 머리를 끄덕였다.

"며칠 기다렸다가 우리도 이곳을 떠나기로 하자. 계속 뒤만 쫓게 되는

구나."

그 시간에 김산과 유극봉은 하북성 북쪽 가도에서 마주 보고 서 있었
는데 길이 두 갈래로 갈라졌다. 하나는 동쪽이요, 또 한쪽 길은 서쪽인
데 유극봉은 서쪽 길에 서 있다.

"몽케칸 치하가 되면 뵙겠습니다."

유극봉이 삿갓을 고쳐 쓰면서 말했다.

"벼슬에는 생각이 없지만 백성들께 죄를 짓고 떠나는 것 같아서 그럽
니다."

"곧 몽케칸 치하가 될 것이오."

김산이 부드러운 시선으로 유극봉을 보았다. 그동안 적지 않은 인연
을 만났지만 현령 유극봉은 유능한 관리였다. 황제뿐만 아니라 백성들
에게는 필요한 관리인 것이다. 유극봉을 배웅한 김산의 옆으로 정봉과
아리그타가 다가왔다. 그 뒤쪽으로 집행대 2백여 기가 따르고 있다.

"대감, 감찰대와 수호단이 뒤를 따를 것입니다."

정봉이 말했을 때 김산이 웃음 띤 얼굴로 머리를 끄덕였다.

"예상하고 있다."

"이렇게 도로 상으로 이동하는 것은 그들에게 흔적을 보여주시려는
의도이십니까?"

이번에는 아리그타가 묻자 김산이 다시 끄덕였다.

"그렇다. 놈들을 이끌고 동쪽으로 간다."

지휘관 둘은 더 이상 묻지 않았다. 김산을 마음으로부터 심복하기 때
문이다. 그동안 짧지 않은 기간 동안 김산을 겪은 둘이다. 김산의 무공

113

과 지략, 그리고 성품에 압도당한 것이다. 머리를 든 김산이 둘에게 말했다.

"비호수와 삼관필이 뒤를 따르고 있어. 그들이 감찰대와 수호대의 동향을 수시로 알려줄 것이다."

"제가 쫓겠습니다."

진막으로 들어온 채화진이 불쑥 말했지만 곽성은 금방 알아들었다. 저녁 유시(6시) 무렵, 진막 안에는 둘뿐이다. 곽성이 지그시 채화진을 보았다.

"부도독, 쫓을 수 있겠는가?"

"고려아를 여러 번 겪었습니다. 이제는 대강 어디로 뛰는지 짐작할 수가 있습니다."

"과연."

정색한 곽성이 다시 물었다.

"고수를 몇 명 전령으로 붙여 줄 테니 부리겠는가?"

"수호대의 기습당한 사연을 들으면 약한 부분부터 허물어서 전체를 무너뜨렸습니다. 저 혼자가 낫습니다."

"그럼 여기서 기다릴 테니 바로 연락을 주게."

그러고는 곽성이 덧붙였다.

"수호대도 오전에 추적조를 보냈다고 하네. 모두 3개 조라는 군."

채화진의 시선을 받은 곽성이 말을 이었다.

"우리도 3개 조의 추적조를 파견했으니 곧 놈의 흔적이 잡힐 것이네."

혼자서 감찰대에 편입된 터라 진막에 돌아온 채화진이 간단한 등짐만 꾸려 메고는 훌쩍 출발했다. 일단 방향을 잡은 곳은 북쪽이다. 몸을 날려 어둠 속을 뛰면서 채화진은 김산이 자취를 감춘 것은 자신 때문이라는 심증을 굳힌다. 지난번 뒷산 중턱의 바위 밑으로 오라고 해놓고는 사라져버린 것이 그 증거다.

그러고 나서 현령 유극봉과 함께 진강현에서조차 떠난 것이다. 밤공기를 가르며 뛰는 채화진의 머릿속에는 김산을 만나겠다는 일념뿐이었다. 김산의 목소리를 들은 순간 가슴속에 축적되어 있던 욕망이 터졌다고 봐야 옳다. 그전에는 자신도 알지 못했던 욕망, 그것이 처음으로 갖는 욕망이어서 더욱 그렇다. 그러나 이제는 실체를 알았고 그 실체가 눈앞에 있다. 채화진의 경공은 더욱 빨라졌다.

삼관필이 찾아왔을 때는 밤 자시(12시)가 되어갈 무렵이다. 말을 달려온 삼관필은 몸에 하얗게 묻은 먼지를 털지도 않고 다가와 머리를 숙였다.

"나리, 밤늦게 뵙습니다."

"너도 충신 다 되었다."

쓴웃음을 지은 김산이 자리를 권하면서 물었다. 산기슭에 설치한 진막 안이다.

"밤늦게 무슨 급한 일이냐?"

"진강현에 잠입한 수호단 첩자를 만났는데 남송 황제의 근위대 장군 겸 병부대신 양청준의 위사였습니다."

"……."

"양청준이 군봉산 덕산사에 들러 복기대를 만나고 갔다는 것입니다."

"……."

"양청준 위사는 수호단의 실상을 조사하려고 진강현까지 들어왔다가 제 손에 잡힌 것이지요."

삼관필의 얼굴에 쓴웃음이 번졌다.

"그놈은 남송에 있을 적에 몇 번 얼굴을 익힌 놈이었습니다."

"그놈은 어디 있느냐?"

"제가 복기대를 배신한 줄 모르고 다 털어놓고 나서 죽었습니다."

김산은 외면했다. 죽였을 것이다. 삼관필이 말을 이었다.

"대감, 놈이 양청준의 귀국길을 모두 털어놓았습니다. 어떻게 하시렵니까?"

오고데이 황제의 맏아들 구유크는 황제 재위 3년째인 1248년에 병사했으나 재위 2년째인 1247년 고려를 침공하여 막대한 피해를 입혔다. 이른바 몽골의 고려 제4차 침공이다. 구유크가 급사함으로써 몽골군은 물러갔지만 당시 고려의 실권자 최이는 그 다음해인 1249년 병사하고 뒤를 아들 최항이 이었다. 그것이 작년이다. 지금 몽골제국은 3년째 황제가 공석인 상황이 되어 있다. 구유크파와 몽케파, 즉 오고데이 가문과 톨루이 가문 간의 황제위 쟁탈전은 극심해서 정국은 일촉즉발의 상태였지만 내란은 일어나지 않았다. 그것은 양측 가문이 서로 거대한 군사력을 보유하고 있어서 감히 다른 세력이 일어날 엄두도 내지 못했기 때문이다. 칭기즈칸의 아들 간 권력투쟁이다. 칭기즈칸의 네 아들 중 셋째 오고데이가 먼저 황제가 되었으며 그 뒤를 오고데이의 아들 구유크가 이었지만, 이제 넷째 아들 톨루이의 아들 몽케가 강력하게 차기 황제로 부상하고 있다. 네 아들은 두 패로 나뉘었으니 장남 주치의 아들 바투는 몽케 편에, 차남 차가타이 측은 오고데이에게 붙었다.

카라코룸의 궁성 안, 병부대신 겸 북방군 총사령관 구타이가 앞에 앉은 장수 두 명을 내려다보고 있다. 술리만과 아지부카, 둘은 재작년에 고려를 침입한 장수들이다.

"그래, 이번에는 개경까지 갈 것도 없다. 평양 근처까지만 가도 될 것이다."

구타이가 말하자 술리만이 두 손으로 청을 짚었다.

"대감, 그럼 20일 후에 출진하겠습니다."

"이번 출정은 군수품 획득이니 수레 준비만 단단히 하면 될 것이야."

"예, 대감."

구타이의 시선이 아지부카에게로 옮겨졌다.

"아지부카, 너는 왜 말이 없느냐?"

아지부카는 이번 원정군의 감독관 역할이다. 주장(主將) 술리만을 보좌하면서 조정의 명령이 잘 시행되는가를 감독하는 것이다. 아지부카가 대답했다.

"대감, 이번 원정을 몽케칸 측에서 알게 되면 틀림없이 시비를 걸어올 것입니다."

"그러니까 은밀하게 움직이라고 하지 않았느냐? 만일 소문이 퍼지게 된다면……."

구타이의 눈이 가늘어졌다.

"고려군이 도발했다는 이유를 붙일 테니 걱정할 것 없다."

"예."

"될 수 있는 한 어린 계집애를 많이 잡아오는 것이 낫다. 그것이 사내 두 놈보다 더 값이 나간다."

이번에는 구타이의 얼굴에 웃음이 떠올랐다. 이번 원정은 고려인 포로 획득이 목적이다. 그래서 수레를 많이 준비해가는 것이다. 포로를 잡아 시장이나 서역 상인에게 팔면 소녀 하나의 몸값이 금화 열 냥까지 치솟았다. 1천 명이면 1만 냥이다. 소녀 1천 명으로 군사 5천 명을 양성할 수가 있는 것이다. 구타이의 웃는 모습을 본 아지부카가 어깨를 늘어뜨렸다. 이것은 구타이의 명령이었다. 황제가 공석인 터라 병부대신 구타이가 병권을 독단으로 휘두르는 것이다. 구유크의 미망인 오굴 카이미쉬나 오고데이의 자손들도 구타이를 막지 못한다. 오히려 몽케칸 측의 시비가 더 귀찮을 뿐이다.

"좋아, 출정 때 보도록 하라."

구타이가 말하자 둘은 몸을 일으켰다.

이제 20일 후에 몽골군 3만기가 고려로 떠나는 것이다.

"날 따라왔나?"

갑자기 바위 뒤에서 모습을 드러낸 사내가 말했으므로 비호수는 풀썩 웃었다. 사내는 여자였던 것이다. 가죽조끼에 바지저고리를 입었고 등짐을 멘데다 머리에는 상제가 쓰는 모자를 썼지만 여자다. 목소리가 낭랑했고 얼굴은 그림으로 그린 듯 매끄럽다. 다가선 비호수가 여자의 위아래를 훑어보았다.

"미색이군. 어딜 가는가?"

"내가 어딜 가든 말든 네가 무슨 상관이냐?"

대뜸 반말을 한 여자가 허리에 찬 칼자루를 손으로 두드렸다.

"혼이 나기 전에 돌아가라."

"난 이 길로 가야 돼."

비호수가 웃음 띤 얼굴로 말을 이었다.

"동행하자."

"넌 집행대 소속인가?"

불쑥 여자가 물었으므로 비호수는 숨을 들이켰다. 놀란 것이다.

"집행대라니? 짐꾼들의 모임이냐?"

놀란 김에 그렇게 되물었더니 여자가 한 걸음 다가섰다. 쌍방 간의 거리가 세 걸음 간격으로 좁혀졌다.

"집행대라면 살려주마. 내가 집행관 김산님을 만나러 가는 중이니까."

"넌 누군가?"

차츰 긴장한 비호수가 여자를 주시했다. 이제는 여자의 무게가 느껴졌다. 공력이 드러나지 않고 있지만 마치 뱀이 든 바구니를 보는 것 같다. 그때 여자가 말했다.

"나는 한때 감찰대 태위였던 채화진, 그대가 집행대라면 들어보았을 것이다."

"……."

"지금 다시 감찰대에 불려와 보좌역을 맡고 있지만 김산님을 찾아가는 중이다."

"왜?"

마침내 비호수가 그렇게 물었더니 채화진이 이를 드러내며 물었다.

"흠모하고 있으니까."

양청준은 남송의 명문가 출신이었지만 남송의 수도 임안(臨安)에서 거부(巨富)로 명성을 떨쳤다. 황실보다 재물이 많다고 소문이 났는데 실제로 물 위에 떠 있는 양씨 대저택은 궁궐 못지않았다. 그래서인지 양청준은 재물을 부릴 줄 알았고 계산이 빨랐다. 또한 성격도 과감했는데, 이번 밀행에서처럼 목숨을 걸고 적지를 횡단하여 적장과 담판을 하고 돌아가는 것이 그 예다.

남하(南下) 7일째, 황하를 건넌 일행이 하남성의 조그만 사찰에서 휴식을 취하고 있다. 양청준이 이끄는 일행은 1백여 명, 모두 뛰어난 무공 고수들만으로 구성된 집단이며 양청준의 보좌역인 문사(文士)는 대여섯 명뿐이다. 사찰의 방 안에서 양청준이 방금 도착한 수하를 맞는다. 위사대 부장 임파다. 임파가 밀행으로 복기대의 주변을 탐색하고 돌아온 것이다. 임파가 먼지투성이의 얼굴을 들고 양청준을 보았다.

"복기대의 수하 하나를 잡아 상급을 준다고 회유하고 나서 내막을 알아냈소이다."

"말하라."

양청준이 무표정한 얼굴이었지만 주위에 둘러선 간부들은 긴장했다. 임파의 목소리가 방을 울렸다.

"복기대는 감찰대를 만나고 오는 길에 고려아의 기습을 받아 문사 장화영을 비롯한 10여 명이 살해당했다고 하오."

"뭐 장화영이 살해돼?"

놀란 양청준이 되묻자 임파가 대답했다.

"예, 그뿐만 아니라 덕산사의 본진도 기습당하여 풍림 5걸마저 몰살했는데도 복기대는 대감을 속이고 보고를 하지 않았습니다."

120

"……."

"지금 복기대를 이끄는 수호단은 껍질만 남은 상황이며 사기가 저하되어 군율이 먹히지가 않는 형편입니다."

"이런 망신이 있나?"

양청준이 이 사이로 말했는데 두 눈이 부릅떠져 있다. 주위를 둘러본 양청준이 말을 이었다.

"구타이와 협의하여 맺은 감찰대와 수호단의 협동작전이 웃음거리가된 것이 아닌가? 구타이가 안다면 송(宋)을 어떻게 볼 것인가?"

"대감, 고정하시지요."

위사장 채만호가 나섰다. 50대 초반의 채만호는 남송의 대장군, 지용을 겸비한 장수였고 양청준의 최측근이다.

"대감, 지금 수호단을 증가시키기에는 이미 늦었습니다. 복기대에게 대감을 속인 죄를 공개적으로 묻기에도 시기가 좋지 않습니다. 복기대가 배신할 염려가 있으며 몽골제국 측에 내분으로 비칠 우려가 있기 때문입니다."

구구절절 맞는 말이었지만 양청준은 분을 삭이지 못했다. 그래서 눈을 부릅뜬 채 호흡만 조정했고 채만호의 말이 이어졌다.

"이번 행차에 제가 강남의 무인 중 특별한 둘을 참가시켰는데 마침 잘되었습니다. 이 둘을 밀파하여 고려아를 척살시키도록 하시지요."

"그 둘이 누군가?"

양청준의 관심이 다른 곳으로 옮겨졌고 둘러선 수하들의 어깨가 늘어졌다. 그러자 채만호가 말했다.

"둘은 위사들 사이에 넣어서 남의 눈에 드러나지 않도록 했습니다. 그러니 좌우를 물리쳐주십시오."

그러자 양청준의 관심은 완전히 이쪽으로 모여졌다. 머리를 끄덕인 양청준이 손을 들어 모두 물러나라는 표시를 했다.

한 시진(두 시간)이 지났을 때 마침내 비호수가 두 손을 늘어뜨리고 말했다.

"그만두겠다."

저녁 술시(8시) 무렵, 둘은 황무지에서 산골짜기로, 다시 바위투성이의 황무지로 장소를 옮겨가며 승부를 겨누었다. 그렇다. 승부를 겨눈 것이지 사생(死生)을 건 싸움이 아니었다. 비호수의 입장에서 보면 채화진의 1합, 1초식에 살기(殺氣)가 섞여 있지 않았던 것이다. 그러니 이쪽 기운마저 무디어졌고 진이 빠졌다. 서로 칼을 쥐었지만 도장에서 우열을 가리는 것이나 같았던 것이다. 그렇지만 실제로 우열은 처음 3합에서 판명이 났다. 채화진의 검기(劍氣)가 비호수를 압도하면서 3합째에 급소를 스치고 지나간 것이다. 그것은 채화진이 일부러 스치게 한 것이 드러났으므로 비호수가 격분하여 맹공을 퍼부은 것이 벌써 한 시진, 채화진을 피하기만 했고 비호수는 지쳤다. 숨을 고른 비호수가 채화진을 노려보았다.

"넌 나에게 계속해서 모욕을 주었다. 잔인한 년 같으니, 당장 나를 죽여라."

"네 호각탈법(虎脚脫法), 용비투법은 내가 다가갔다면 꼼짝하지 못하고 당했을 것이다. 그러니 이번 승부는 비겼다."

"닥쳐라!"

다시 분이 치솟은 비호수가 발을 굴렀다. 눈에 눈물이 고였고 이를 악물고 있었다. 그때 채화진이 한 걸음 다가섰다.

"그대는 내가 여자라서 더 분한 건가?"

시선만 보내는 비호수를 향해 채화진이 말을 이었다.

"그렇다면 여자인 내가 수치를 무릅쓰고 김산님을 흠모하기 때문에 찾아가고 있다고 했을 때 그 심정을 가늠해보기라도 했는가?"

이제는 채화진의 목소리가 떨렸고 치켜뜬 눈이 번들거렸다. 눈물 때문이다.

"나는 김산님께 몸을 바친 여자다. 꼭 그래서 찾아가는 것은 아니지만 만나서 언질이라도 한 마디 받고 싶어서 그대에게 이렇게 매달리는 것이다."

이미 주위는 어두워서 밤하늘을 바쁘게 날아가는 산새 소리만 들린다.

"태호자(太虎子)와 태영(太影)입니다."

채만호가 나란히 꿇어앉은 둘을 눈으로 가리키며 말했다. 이제 산사(山寺)의 청 안에는 양청준까지 넷뿐이다. 양청준이 등불에 비친 둘을 내려다보았다. 20자(6m)쯤 떨어져 있는 터라 윤곽이 흐리다.

"가까이 오라."

양청준이 말하자 둘은 일어나 세 걸음 간격으로 좁혀 앉았다. 그때 채만호가 말했다.

"둘은 강서성 회창 출신으로 비술(秘術)에 능합니다. 그리고 남매 사이지요."

이미 둘의 얼굴을 본 양청준은 하나가 여자인 것을 알았다. 남장을 하고 있었지만 얼굴이 빼어난 미모였기 때문이다. 채만호가 말을 이었다.

"여동생 태영은 특히 암기를 잘 써서 암살에 한 번도 실패해본 적이 없습니다. 두 남매가 살해한 무림고수가 1백 명이 넘는다는 소문이고요."

그러더니 덧붙였다.

"강호에서는 이들을 쌍귀(双鬼)라고 부르지요."

"나도 들었다."

머리를 끄덕인 양청준의 시선이 태영에게서 떼어지지 않았다. 양청준이 채만호에게 물었다.

"저런 미모로 어떻게 위사대에 끼었단 말인가? 그런데도 내 눈에 띄지 않다니 이상하다."

그러자 채만호가 쓴웃음을 지었다.

"인피가죽을 쓰고 있었기 때문입니다."

머리를 돌린 채만호가 태영에게 지시했다.

"가면을 써보아라."

"네."

맑고 고운 목소리로 대답한 태영이 머리를 숙이더니 두 손으로 얼굴을 만졌다. 그러고는 숨 두 번 쉬고 나서 머리를 들었는데 양청준은 물론 채만호까지 숨을 들이켰다. 콧수염까지 난 사내 모습이 되어있는 것이다.

"에이, 벗어라."

양청준이 말하자 태영은 머리를 숙였다가 이번에는 숨 한번 쉬고 나서 미녀 모습이 되었다. 쓴웃음을 지은 양청준이 입을 열었다.

"잘 듣거라. 너희들에게 대임을 맡기겠다. 성공하면 금 1천 냥을 주마."

1백여 명의 인원인데다 이미 삼관필로부터 귀국 행로를 들어 알고 있던 터라 김산은 추적 나흘 만에 양청준의 꼬리를 잡았다. 이곳은 하남성 운도현, 양청준의 일행이 숙소로 삼은 산사(山寺)에서 10리쯤 떨어진 마을 안이다. 객주에 여장을 푼 김산이 늦은 저녁을 먹고 났을 때는 해시(10시) 무렵, 객주의 식당은 소란스러웠다. 술 손님 때문이다. 저녁들을 먹고 술을 마시는 것이다. 이곳은 황하를 건넌 교통 요지여서 장사꾼 행색이 대부분이었지만 밀정이 넷이나 끼어 있었다. 일행 둘하고 각각 하나씩 따로 앉았는데 모두 품 안에 비수와 암기, 독분을 숨겨 넣었고 한 놈은 금화를 30냥 가깝게 지니고 있다. 제각기 용무가 다른 놈들이다. 김산은 하인에게 돼지고기와 백주를 다시 시켜놓고 느긋하게 주위를 둘러보았다. 김산은 한족 여행자 차림으로 수염을 붙여서 40대로 위장했다. 그때 옆쪽 식탁에서 사내 하나가 말했다.

"사천, 귀주, 호남, 강서, 절강의 인구만 해도 남송의 인구는 몽골의 두 배는 될 것이야. 비록 황하 유역은 빼앗겼지만 양자강 이남의 남송 인구와 재력은 아직도 버틸 만해."

술에 취한 한인이다. 주위에 몽골인이 하나도 없었으므로 사내가 거침없이 말을 잇는다.

"그리고 몽골제국은 황제 자리를 갖고 벌써 몇 년째 다투고 있어. 앞으로 남송은 1백 년은 너끈하게 버틸 걸세."

이것이 바로 민심이다. 시간이 지나면 백성들도 다 아는 것이다. 오히려 백성들의 판단이 더 정확할지도 모른다는 생각이 들었으므로 김산은 한 모금에 백주를 삼켰다. 그때 김산의 우측 방향에 앉아있던 30대쯤의 사내가 입술을 달싹였다. 독음(獨音)이다. 거리가 20자(6m) 정도였고 소음으로 가득 차 있었지만 김산은 사내가 옆으로 보내는 독음을 들을 수 있었다.

"한 식경(30분) 후에 주방에다 불을 지르도록 해. 알았나?"

그때 앞쪽에 혼자 앉아 있던 사내가 술잔을 든 채 머리를 끄덕였다. 사내와의 거리는 20자(6m), 소음 속에서 독음을 들은 것을 보면 높은 공력이다. 김산의 시선이 마주앉은 두 사내에게로 옮겨졌다. 둘은 흰 수염이 난 50대 상인 차림이었지만 위장했다. 아교로 붙인 수염이 땀에 젖어 악취가 맡아졌다. 둘은 머리를 맞대고 이야기를 하는 중이다.

"소두(小頭), 내일 일찍 증원군 50명이 온다니까 그때까지만 조심하도록 하라."

사내 하나가 정색하고 말을 이었다.

"황하만 건너면 산서성이야. 무장현 경비대가 군사 5백을 이끌고 나오기로 했어. 오늘 밤만 지나면 된다."

"대두(大頭), 경비병 둘이 앓아누워서 현재 병력은 20명이 안 됩니다. 불안하오."

"자, 다 마셨으니 올라가, 태감께서 기다리시겠다."

그 순간 김산이 숨을 삼켰다. 태감이란 고위직이다. 황실에서 황제의 가족을 보위하는 환관인 것이다. 환관이 이곳까지 웬일이란 말인가? 지금 이 시점에서 황제 구유크가 병사한 터라 환관은 구유크의 미망인 오굴 카이미쉬 황후에 의해서만 움직일 것이었다. 김산의 시선이 독음을 나누던 두 사내에게로 옮겨졌다. 그때 우측에 앉아 있던 30대 사내가 자리에서 일어서더니 식당을 나갔다. 그러면 한 식경 후에 주방에 불을 지를 사내만 남았다.

"말에 실린 것이 고려인삼이었다구?"

누군가의 목소리가 들렸으므로 김산이 몸을 굳혔다. 그쪽으로 청각을 집중시켰더니 더 선명하게 들렸다.

"그럼, 말 20필에 실렸으니 엄청난 재물이지. 고려인삼 한 뿌리가 그만한 크기의 금덩이 값이라고 하지 않는가?"

"난 본 적도 없다."

다른 사내의 목소리다.

"그 인삼을 어디서 가져가는가?"

"남송의 임안으로 실려 온 것을 카라코룸의 황실에서 가져가는 모양이다. 모두 사복을 했지만 황궁 사람들 같았어."

"어허, 그런데 왜 행상 차림으로 객주에 투숙했을까?"

"이 사람아, 남송과 몽케칸의 남부군이 대치하고 있지 않는가? 카라코룸의 황실에서 남부군 몰래 남송의 뇌물을 받아가는 것이지."

"그렇군."

"카라코룸의 지금 심정은 남송군이 몽케군을 격멸시켜주었으면 하고 바랄 걸세. 적의 적은 우군이란 말도 있잖은가?"

김산은 길게 숨을 뱉었다. 이것이 역사다. 백성들은 다 알고 있다.

4장
귀녀(鬼女)의 정(情)

고려인삼이란 말을 들은 순간부터 김산의 가슴은 뜨거워졌다. 7살 때 고려 땅을 떠난 지 어언 19년, 고려말, 고려 땅은 잊은 적이 없지만 고려인삼은 기억이 나지 않는다. 아버지가 별장(別將)으로 부족하지 않은 집안에서 자랐지만 인삼은 그때도 귀물이었던 것 같다. 그 인삼을 말 20필에 실어 가다니, 남송의 수도 임안은 해상무역의 중심지다. 고려는 몽골의 4차 침입까지 받아 전 국토가 폐허가 되다시피 했지만 남은 백성이 남송과의 무역을 끈질기게 이어가고 있단 말인가? 강화도 조정에서 내보낸 귀물인지도 모른다. 백주를 다시 한 모금에 삼킨 김산이 식당 안을 둘러보았다. 식당은 더욱 떠들썩해졌다. 김산 앞에 남은 밀정, 즉 괴인은 한 명, 이곳 관보장의 주방에 불을 지를 임무를 맡은 자만이 남았다.

이제 윤곽이 드러났다. 소두(小頭), 대두(大頭), 태감으로 불린 일행 20여 명은 고려인삼을 싣고 이곳 관보장에 투숙했다. 내일 아침에 근처현에서 증원군 50명이 올 것이며, 황하를 건너면 다시 경비대 5백 명이 충원될 것이었다. 그런데 그 전에 괴한들이 이곳 주방에 불이 나는 것을 신호로 인삼 수송대를 습격할 예정인 것이다. 그런데 이 습격자들의 정체는 무엇인가? 김산의 시선이 앞쪽에 앉은 사내에게로 옮겨졌다. 이제 일각이 다 되어간다. 김산은 가슴에 손을 넣었다가 곧 입술을 만졌다. 그 사이에 독침 하나가 김산의 입 안으로 들어갔다. 김산이 사내를 향해 머리를 돌렸는데 입술만 조금 모아졌을 뿐이다. 그 순간 날아간 독침이 사내의 목 경동맥에 맞았고 벌레에 쏘인 것처럼 그쪽을 손바닥으로 탁 쳤던 사내가 그대로 식탁 위에 엎드렸다. 옆쪽 식탁에 앉아 있던 사내들이 제각기 쓴웃음을 짓거나 잔소리를 했다. 술에 취해 엎드린 것 같았기 때문이다.

"석도 이놈이 어떻게 된 거야?"

버럭 소리친 담기풍이 주위를 둘러보았다. 담기풍의 시선이 조홍에게 옮겨졌다.

"일각이 넘었지 않느냐?"

"예, 두령."

입맛을 다신 조홍이 벽에 붙였던 등을 떼었다.

"제가 다시 가보고 오겠습니다만,"

조홍의 눈이 어둠 속에서 번들거렸다.

"만에 하나라도 석도가 잡혔거나 사고가 생겼을 경우에는 습격을 보류시켜야 될 것입니다."

"개 같은."

성질이 불덩이 같은 담기풍이 대답 대신 욕질을 했다. 관보장 뒤쪽 골목 안이다. 이곳은 마구간 뒤쪽이라 말똥 냄새가 진동을 했고 오줌이 빠지지 않아서 모두의 발은 질퍽하게 젖었다. 대륜산 대두령이라고 자칭하는 담기풍의 발이라고 날개가 붙어 있겠는가? 똥까지 밟아서 담기풍의 분위기는 최악이다. 조홍이 어둠 속으로 사라지자 담기풍이 부하들에게 말했다.

"준비해라. 석도 놈한테 무슨 일이 있어도 습격한다."

지금 골목 안에는 담기풍이 이끈 본대 병력 40여 명이, 그리고 좌측 골목에는 부두령 요공이 이끄는 20여 명, 나중에 정문으로 들어와 말과 인삼을 가져갈 후속대 20여 명은 건너편 옥구장 옆 골목에 배치되어 있는 것이다. 그야말로 물샐 틈도 없는 장치다. 관보장 주방에서 불길이 솟으면 객주 손님들은 모두 대피하게 마련이다. 그때 본대가 밀고 들어가 고려인삼 수송대를 치는 것이다. 그다음에 요공이 뒤를 받치면 습격은 끝난다. 그때였다. 골목 안으로 조홍이 달려 들어왔다.

"두령! 석도가 식당 안에서 급살을 당했소! 지금 사람들이 석도 시체 주위에 모여 있소이다!"

"어, 어째서?"

놀란 담기풍이 묻자 조홍이 바짝 다가와 섰다.

"아무래도 심상치 않소. 두령, 돌아갑시다!"

"이 겁쟁이 놈, 닥쳐라!"

이를 드러내고 웃은 담기풍이 허리에 찬 장광도를 쓰윽 빼들었다.

"이왕 빼든 칼, 휘두른다. 자 가자!"

담기풍이 소리치면서 앞장서 뛰었다.

"요공에게도 알려라!"

마구간 지붕 위에 앉은 김산이 담기풍의 말을 듣고는 쓴웃음을 지었다. 석도를 죽여 일단 시간을 벌고 나서 주변을 훑었더니 과연 관보장 객주를 포위하고 있는 도적단을 만난 것이다. 이제는 알겠다. 그렇다고 고려인삼을 호송하는 환관 무리를 지원할 생각은 추호도 없는 터라 당분간은 흘러가는 대로 놔둘 작정이다. 도적단은 훈련이 잘 되었다. 40여 명이 무리로 내달려 가는데도 큰 발자국 소리 하나 들리지 않는다.

마을은 전쟁을 치른 것 같다. 운집한 병사, 주민들 때문에 길이 막혀졌고 입구는 아예 통행이 차단되었다. 민가가 2백 호 정도의 작은 마을이었지만 황하가 10리밖에 떨어지지 않는데다 대로변이어서 교통의 요지다. 2백 호 중 1백여 호가 상점, 객주, 식당이었으니 물자가 풍성했고 통행인이 주민의 다섯 배가 넘었다. 그런데 어젯밤 난리가 난 것이다. 관보장에 투숙했던 대상이 습격을 받아 20여 명이 몰사를 했고 짐을 몽땅 약탈당한 것이다. 그런데 그 대상이 카라코룸 황궁에서 온 환관 일행이라니 경악할 만했다. 거기에다 탈취당한 짐이 이곳 백성들은 듣기만 하고 본 적이 없는 귀물(貴物) 중의 귀물 고려인삼이라는 것이었다. 그것도 20마리 말 등에 실린 분량이었다니 상상도 하지 못할 재물이었다.

"오라버니, 이것 좀 봐요."

태영의 목소리가 들렸으므로 태호자가 몸을 돌렸다. 마을 안 관보장의 마당에는 20여 구의 시체가 나란히 놓여 있는데 현에서 나온 관리가 일일이 확인을 하는 중이다. 관리는 화공과 검시관, 객주의 집사와 하인

셋까지 거느리고 다니는 터라 마치 대신의 행차 같지만 시체 하나 앞에
서서 꾸물거리는 시간이 일다경(15분)이 넘는다. 화공이 용모파기를 그
리면 검시관이 검시를 하고 나서 사인을 적고 관리는 집사나 하인에게
윗사람인지 아랫것인지를 확인하는 식이다. 그래서 구경꾼이 득시글거
리는데도 경비하는 군사들은 지쳐 막지 않았다.

아침 일찍 시작한 검시가 신시(10시)가 다 되는데도 끝나지 않았다. 태
영이 서 있는 시체 앞으로 다가간 태호자가 숨을 들이켰다. 시체는 다른
시체에 비교해서 깨끗했다. 그런데 얼굴이 부었고 눈을 뜨고 있는 것이
마치 산 사람 같다. 급사했기 때문이다. 그리고 독을 맞았다. 검시관은
상처 자국을 찾으려고 옷을 다 벗겼지만 반듯이 눕혀진 몸은 깨끗했다.

"이 시체만 다른 곳에서 당했어요."

태영이 입술만 달싹여 말했다.

"독을 맞았구요."

"그렇구나."

머리를 끄덕인 태호자는 맨 얼굴 그대로다. 깨끗한 피부에 가는 눈,
굵은 콧날에 얇은 입술이 단정한 분위기를 풍기는 호남이다. 6척 장신
에 문사(文士) 복색이어서 관리나 병사들도 함부로 하지 못하고 있다.
그 옆에 선 태영은 한 뼘쯤 키가 작고 가는 체격이었지만 짧은 턱수염을
기른 30대 사내가 되어 있다. 역시 회색빛 장삼을 걸친 문사의 모습, 그
때 태호자가 말했다.

"손톱 끝이 시커멓게 죽어있는 것을 보면 오독(烏毒)에 천갑산의 화사
초(火死草)를 섞은 것 같다."

"아니, 오독에 호레즘에서 나오는 화독을 섞은 것입니다."

132

태영이 시체에 시선을 준 채로 말했다. 둘은 독음(獨音)을 나누고 있어서 입술도 달싹이지 않는다. 태영이 말을 이었다.

"그리고 이곳, 목의 경동맥에 독을 넣었어요."

태영의 시선을 따라 시체의 목을 본 태호자가 머리를 끄덕였다.

"과연, 그렇구나."

시체의 목에 뚫린 바늘구멍은 땀구멍보다 작지만 다르다. 둘의 눈에는 그 바늘구멍이 보이는 것이다.

"이것을 어떻게 넣었을까?"

이맛살을 찌푸린 태호자가 물었을 때 태영이 숨을 들이켰다.

"이자는 제 목을 제 손바닥으로 쳤어요. 그래서 바늘이 더 깊게 들어가 버렸지요."

태영이 시선을 준 채로 말을 잇는다.

"손바닥 자국이 보여요."

"그럼 바늘을 어떻게 넣었지?"

"대롱으로 불었겠죠."

머리를 든 태영이 길게 숨을 뱉었다.

"고수예요. 오라버니."

구경꾼 사이에 선 김산이 태영의 말을 듣고는 희미하게 웃었다. 김산은 40대 중반의 마을주민 차림이었는데 잘 어울렸다. 집에서 막 나온 것처럼 홑저고리에 바지를 입었다. 이곳은 양청준이 머물고 있는 사찰에서 멀지 않은 곳이다. 양청준은 아직 출발하지 않고 있었으므로 가까운 마을에서 일어난 이 사건을 모를 리가 없을 것이었다. 따라서 남송의 수도 임안에서 실려 온 고려인삼이 강탈당한 것에 대해서 어떤 반응이 나올지가 궁금했다. 그래서 약탈 현장에서 머물고 있었던 것이다.

그때 둘이 구경꾼 사이에서 빠지더니 마을 안쪽으로 걸음을 옮겼다. 둘은 남매간으로 지금까지 김산이 겪은 무공 고수 중 가장 독특했다. 음과 양의 조화다. 그런데 누이가 음이 되면 오빠가 양이고 또 그 반대로도 된다. 가만히 있어도 서로 음양이 바뀌는 것이다. 둘이 조금 떨어져 있을 때는 눈에 띄지 않다가 가까이 붙으면 마치 주위가 환해지는 것 같다. 이것도 물론 김산의 눈에만 보이는 것이다. 뒤를 천천히 따르면서 김산은 그 이유를 궁리했다. 둘이 함께 단련을 한 것만은 확실하였다. 그러나 그 내막은 모르겠다.

황천수(黃天手) 담기풍의 43년 인생에서 오늘 같은 대복(大福)이 터진 것은 처음이다. 대륜산의 산채에서 황천수는 수하 80여 명을 모아놓고 잔치를 벌였다. 아침에 돌아와 잠도 자지 않고 잔치를 한 것이다. 산채에서 기르던 돼지 5마리, 소 한 마리를 잡고 아껴두었던 술을 다 꺼냈더니 17동이나 되었다. 마구간에는 끌고 온 말이 20여 필이 들어 있는데다 담기풍의 안채에 옮겨놓은 상자 40여 개에는 고려인삼이 가득 담겨 있는 것이다. 담기풍도 고려인삼은 처음 보았다. 한 개가 어린애 팔뚝만 했는데 모두 붉은색 비단으로 쌓여졌고 그윽한 향내가 풍겨왔다. 상자 하나에 인삼 20개씩이 들었으니까 인삼 800여 개가 쌓여져 있는 셈이다. 인삼 크기만 한 황금으로 값을 쳐준다니 황금 10만 냥은 될 것이다.

"으핫핫핫핫"

술잔을 든 담기풍이 마당이 떠나갈 것처럼 소리 내어 웃었다. 이제 술시(오후 8시)가 되어가고 있다. 오전 신시(10시)부터 시작한 잔치는 절정으로 치닫고 있다.

"이제 너희들도 거부가 되었다. 내가 금 한 상자씩 나눠주마. 알았느냐?"

금 한 상자면 3백 냥쯤 들어간다. 그러면 집 한 채와 소 10마리, 한 해 20석(石) 소출이 되는 땅을 살 수가 있는 것이다. 한 모금 술을 삼킨 담기풍이 술잔을 마당에 던졌다.

"그래, 고려에서 잡혀 온 고려년도 한 년 살 수가 있을 것이다. 그래서 자식들 쑥쑥 낳고 살거라."

신이 난 부하들이 떠들썩하게 맞장구를 치면서 떠들었다. 마당 복판에 쌓아놓은 모닥불이 기세롭게 타오르고 있다. 담기풍의 시선이 구석에 앉아 있는 조홍에게 옮겨졌다.

"조홍, 금 한 상자를 받으면 뭘 하겠느냐?"

담기풍은 금 한 상자를 아까부터 강조하고 있다. 배당을 그렇게 정해놓은 것이다. 그래서 못을 박으려는 의도다. 조홍이 머리를 들었다.

"예, 배를 한 척 사겠습니다."

"무어? 배를?"

주위의 시선이 조홍에게로 모여졌다. 그때 조홍이 웃으며 말했다.

"고려에 가서 다시 인삼을 가져오려고 합니다."

"으핫핫핫핫"

술에 취한 담기풍이 다시 목젖을 드러내며 웃었다.

"저놈이 좀 답답한 놈이야. 가져오면 빼앗는 게 수월한데 말이야!"

밤이 깊었다. 대류산 산채는 이제야 적막으로 눌려져 있다. 군데군데 피워놓은 모닥불은 불씨만 남아 있었고 나무 밑, 10여 채의 민가 담벼락 밑에까지 술에 취한 도적들이 널브러져 있다. 본래 대류산 산채는 산 중턱에 위치한 작은 산사(山寺)에 중 서너 명이 살던 곳을 도적들이 강탈, 증축한 것이다. 따라서 부처를 모신 법당이 두목 황천수 담기풍의 거처가 되었다. 담기풍의 거처 안에도 코 고는 소리만 요란했고 깨어 있는 기척은 없다. 그 왼쪽 민가의 방에 누워 있던 조홍이 이마에 서늘한 느낌을 받고는 눈만 떴다. 그때 귀에 화살로 꽂히는 것 같은 독음이 울렸다.

"네가 관보장 진입을 만류했던 놈이구나."

귀에 입을 대고 말하는 것 같다. 몸을 굳혔던 조홍이 상반신을 일으키려고 어깨를 비틀었을 때 다시 말이 꽂혔다.

"그대로 누워서 들어라."

조홍은 어금니를 물었다. 방 안에는 코 고는 소리가 가득 덮여져 있다. 오늘은 다섯 놈이 쓰러져 잔다. 술 냄새와 악취가 진동을 하고 있었지만 놈들은 이 소리를 듣지 못한다. 조홍에게만 꽂히는 독음이기 때문이다. 조홍은 움직이지 않았다. 독음만으로도 상대의 엄청난 공력을 알 수 있었기 때문이다. 이 정도의 공력이면 이미 자신의 목을 떼어갈 수도 있었을 것이다. 그때 사내가 말했다.

"내가 고려인삼을 가져가야겠는데 몇 놈만 죽이면 되겠느냐?"

"귀공은 누구시오?"

마침내 조홍이 벽에 대고 독음으로 물었는데 이것은 상대를 시험한 것이다. 독음이 벽에 부딪히면 효력이 9할이나 줄어들어 방 안에서도 알아듣지 못한다. 그때 사내가 웃음 띤 목소리로 말했다.

"이놈, 일부러 벽에 대고 말하는구나. 내가 누군지 알아서 뭐 하려느냐?"

조홍이 놀랐지만 대답을 했다.

"누군지는 알고 따라야 하지 않겠소?"

"고려아."

짧게 대답한 사내가 말을 이었다.

"고려귀가 낫겠다."

황천수 담기풍은 무림 고수로 누런 손바닥에서 뿜어 나오는 악력이 천하제일이라는 소문도 있었지만, 자다가 머리와 몸통이 분리되었다. 그대로 머리가 떼어졌으니 죄업을 많이 쌓은 위인치고는 편안하게 저승으로 간 셈이었다. 부두령 요공은 마침 소변을 보려고 일어나 앉았다가 머리가 잘렸는데 상반신이 벽에 기대지는 바람에 머리 없는 몸뚱이가 방안에 앉아 있는 꼴이 되었다.

"내 수하 네 놈만 살려주면 고려인삼은 실어낼 수 있소이다."

어둠 속에 대고 조홍이 말했는데 이제는 심복하는 태도다. 조홍은 산채 한복판에 서 있었지만 아직 고려귀의 모습도 보지 못했다. 담기풍과 요공의 거처만 말해주었을 뿐이다. 허공에 대고 독음을 쏘았는데도 답이 돌아왔다.

"그놈들은 어디 있느냐?"

"뒤쪽 말 우리 옆이 그놈들 거처올시다."

대답이 들리지 않자 조홍은 숨을 죽였다. 고려귀의 명성은 들었으나 강호의 소문 9할은 허언이며 과장되었다고 믿었던 조홍이다. 고려귀라고 칭한 사내의 공력을 측정할 수가 없다. 그때 눈앞에 검은 그림자가 나타났고 조홍은 정신이 들었다. 다가선 그림자의 형체가 보였다. 사내다. 장신에 호남, 눈빛이 강하다. 조홍의 시선을 받은 사내가 말했다.

"네 부하들을 깨워 말에 인삼을 싣도록 해라."

"예에."

건성으로 대답한 조홍이 주위를 둘러보았다. 갑자기 산채 안의 적막이 더 무거워진 느낌이 들었기 때문이다. 그때 사내가 말했다.

"네가 말해준 말 우리 옆 막사만 빼고 나머지 무리는 다 죽었다."

"예엣?"

"이제 이곳은 시체로 덮인 묘지가 될 테니 어서 떠나는 게 낫다. 부하들을 깨워라."

"어, 어디로 갑니까?"

"삭도현의 강가."

사내가 한 걸음 조홍 앞으로 다가섰다.

"네가 배를 사서 고려로 간다는 이야기도 들었다. 두령 놈은 탐욕에 대한 네 비난을 알아듣지도 못하더구나."

"예에."

조홍의 어깨가 늘어졌다. 도대체 이자의 공력 깊이는 어디까지인가?

부하들을 깨우자 영문도 모르는 부하들이 일어났는데 아직 술이 덜 깨서 모두 어리둥절한 모습이다. 이제 날이 밝아오고 있다.

"아앗!"

말 우리로 다가서던 부하 입에서 놀란 외침이 터지더니 곧 이곳저곳에서 이어졌다. 사방이 시체로 덮여 있는 것이다.

"대형, 방 안에 두령이 목이 잘린 채 누워 있소!"

인삼 상자를 가지러 갔던 부하가 소리치더니 곧 옆쪽에서도 외침 소리가 들렸다.

"이곳은 방 안에 있는 놈들도 모두 죽었소! 얼굴이 시커멓게 되어 있는 것이 독살당한 것 같소!

"부두목 요공이 앉은 채로 목이 잘렸소!"

과연 다 죽었다. 조홍이 주위를 둘러보았을 때 귀 속으로 독음이 파고들었다.

"말에 인삼을 실으면 곧장 출발하라. 네 부하들에게 금자 세 상자씩을 준다고 해라."

고려귀의 목소리에 웃음기가 띠어 있다. 다시 고려귀가 말을 이었다.

"너에게는 열 상자를 주마."

"그 인삼은 고대풍의 무역선이 가져온 것이야."

쓴웃음을 지은 양청준이 임파에게 말했다. 사찰의 청 안이다. 출발 준비를 하던 양청준이 방금 태호자가 보낸 첩자의 보고를 들은 것이다. 고대풍은 임안의 무역상으로 양청준의 양가(梁家)와 더불어 2대 무역상인 것이다.

"그 인삼이 이곳까지 와서 강탈을 당하고, 수송을 맡은 환관 일행도 몰살을 당한 것이니 차라리 잘 되었다."

양청준의 시선이 위사장 채만호에게로 옮겨졌다.

"살아서 카라코룸에 돌아간다고 해도 강탈당한 죄로 모두 참형을 받을 테니까 말이다."

"대감, 황궁의 귀물까지 백주에 강탈당하는 상황이니 몽골제국이 흔들리고 있다는 증거가 되지 않겠습니까?"

"과연 그렇다."

양청준이 얼굴을 펴고 웃었다.

"그 인삼은 황실에서 사용할 용도였는데 감히 도적떼가 강탈해가다니, 제대로 된 나라라면 생각할 수도 없는 일이야."

자리에서 일어난 양청준의 얼굴에 생기가 띠어졌다.

"조상의 음덕으로 남송의 운명이 밝아질 것 같다. 자, 빨리 떠나도록 하자."

이번 밀행은 몽골제국 황실의 후계 다툼을 생생하게 겪었을 뿐만 아니라, 내부 치안의 허술함까지 알게 된 것이다. 그야말로 남송의 백년대계에 도움이 될 밀행이었다.

저녁 무렵이 되었을 때 채화진이 비호수에게 물었다.

"저녁은 어떻게 먹소?"

채화진의 시선을 받은 비호수가 쓴웃음을 짓더니 되물었다

"저녁 생각이 나는 모양이지?"

"당연하지. 오늘 낮에 국수 한 그릇밖에 먹지 못했지 않소?"

이곳은 황화 중류에 위치한 하남성 삭도현이다. 둘은 나루터가 내려다보이는 구릉 중턱의 바위틈에 앉아 있었는데 유시(오후 6시)가 되어서 주위는 어둑해졌다. 그때 자리에서 일어선 비호수가 말했다.

"내가 나루터 주막에서 식은 떡이라도 가져오리다."

"술도 한 병 사오시오."

채화진이 허리춤에 찬 주머니에서 금화 한 냥을 꺼내 비호수에게 던졌다. 거리가 10보쯤 떨어져 있었지만 정확하게 날아간 금화가 비호수의 손바닥에 떨어졌다. 금화를 받아 쥔 비호수가 몸을 돌렸다. 비호수의 뒷모습을 보면서 채화진이 소리 죽여 숨을 뱉었다. 이곳이 김산과 만나기로 한 장소라는 것이다. 비호수와는 이틀째 동행하고 있었는데 거짓말인 것 같지는 않다. 아직 미시(오후 2시)가 못 되었지만 이곳에 도착한 후로 무작정하고 기다리고만 있는 터라 시간이 지날수록 채화진은 초조해졌다. 장소만 정했지 시간을 정하지는 않았다는 말에 애까지 닳았다. 비호수의 모습이 멀어졌을 때 채화진은 이제는 길게 숨을 뱉었다. 그때 옆에서 인기척이 나 채화진은 소스라쳤다. 옆에 다가선 사내는 김산이다. 가죽조끼에 바지 차림의 김산이 차분한 시선으로 채화진을 보았다. 세 걸음 간격이었는데 김산은 뒤쪽에서 다가온 것 같다. 놀란 채화진이 입을 딱 벌렸다가 다음 순간 숨을 죽였을 때 얼굴이 붉게 달아올랐다. 그러나 어두워지고 있어서 붉은 얼굴은 드러나지 않았다. 김산이 입을 열었다.

"감찰대에서 빠져나왔는가?"

"예."

호흡을 고른 채화진이 마음을 가라앉히고 나서 말을 이었다.

"나리를 쫓겠다는 구실을 대고 빠져나왔습니다."

"그래서 비호수를 설득했군."

한 걸음 더 다가선 김산이 채화진을 보았다.

"그대는 구유크 치하의 몽골제국에 충성을 맹세하지 않았는가?"

"물론 그랬습니다."

채화진도 똑바로 김산을 보았다.

"허나 몽케칸 전하의 몽골제국에도 충성을 바칠 수 있습니다."

"편리한 생각이군."

"저는 한족이지만 제 조상은 금(金)에 의해 역적으로 몰려 죽었습니다. 따라서 금을 멸망시킨 몽골제국의 황제가 누구건 저를 인정해주는 분께 충성하면 된다고 생각합니다."

"몽케칸께 충성하겠다는 이유를 대라."

"낭군께서 계시기 때문이오."

이제 주위가 어두워져 채화진의 두 눈이 더욱 번들거렸다. 채화진이 말을 이었다.

"낭군을 따르겠다는 말씀이오."

"난 여자에게 얽매인 인생이 아니야."

"압니다."

"낭군이라고 불릴 자격도 없어."

"부르는 사람 마음입니다."

"나는 장래를 약속한 여인이 있어."

"하나 더 만드시지요."

"그 약속이 집안을 일으킨다는 약속이 아니야."

"저도 그런 약속 필요 없습니다. 어차피 칼을 쥐고 전장을 떠도는 팔자니까요."

"끈질기고 말이 많군."

"낭군은 제 몸을 가지신 첫 남자올시다."

"몸만 먼저 가지면 첫 남자냐?"

"마음도 가지셨소."

어느덧 채화진의 눈에 가득 눈물이 고였고 목소리는 떨렸다. 그래서 마침내 김산이 입을 다물었다.

잠시 후에 떡과 고기, 술병까지 싸들고 온 비호수가 채화진이 있던 자리에서 돌로 고여진 편지를 보았다. 가죽조끼를 찢어 칼끝으로 쓴 글이다.

"비호수, 곧 삼관필도 이곳으로 올 것이다. 그리고 조홍이라 부르는 도적이 관보장에서 강탈한 고려인삼을 말 20필에 싣고 올 것이다. 너희들은 그들을 인솔하여 영천리에서 주둔하고 있는 집행대로 돌아가도록 해라. 집행대와 함께 몽케칸 전하의 본진으로 돌아가 대기하도록."

그리고 추신이 이어졌다.

"고려인삼을 빼앗은 경위를 몽케칸께 알려드리고 선물로 올려라. 내가 곧 돌아가겠다."

편지를 다 읽었을 때 날카로운 휘파람 소리가 들리더니 거대한 새처럼 도포를 펄럭이며 허공에서 삼관필이 떨어져 내렸다. 비호수와 시선이 마주친 삼관필이 아래쪽을 눈으로 가리키며 말했다.

"이보게, 아우. 아래쪽에 말 20필에 짐을 싣고 다섯 놈이 이쪽으로 오고 있네. 그런데 말에 실린 상자가 귀물(貴物)처럼 보이네."

칠흑처럼 어두운 황야를 두 덩어리의 깃발이 흘러가고 있다. 흔히 인영(人影)이라고 쉽게 부르는 인간들이 있으나 검은 어둠 속에 인영, 사람 그림자가 비칠 리가 있겠는가? 옷을 입은 채로 힘껏 내달리니 옷이 깃발처럼 나부끼며 흘러간다는 표현이 겨우 맞다. 공력, 즉 내공을 닦은 두 고수의 내달림은 나는 것 같다고 표현해도 될 것이다. 바로 김산과 채화진이 어둠 속을 날고 있다. 산야를 지나고 황무지도 건넜다. 작은 강도 줄기를 따라 달리다가 좁은 바닥을 찾아 뛰어 건넜으며 인간이 만든 가도는 횡단했다. 그렇다. 목표는 서쪽, 황하의 발원지 쪽을 향하여 벌써 두 시진(네 시간)째 달리고 있다. 김산이 앞장서다가 나중에는 채화진과 속도를 맞췄는데 둘은 단 한 마디의 말도 뱉지 않았다. 황야를 달릴 때는 놀란 짐승과 함께 뛰었으며 나중에는 새들과 같이 날았다. 이윽고 김산이 발을 멈춘 곳은 역시 강변이 내려다보이는 산 중턱의 암자, 그러나 폐허가 되어 방 안까지 잡초가 무성한 폐사(廢寺)다. 마당에 멈춰선 김산이 호흡을 고르자 채화진은 폐사 문지방에 앉아 가쁜 숨을 뱉는다. 그믐밤이다. 날씨도 흐려서 별도 없고 달도 없다. 사방에서 울리던 풀벌레 소리가 뚝 그쳤기 때문에 열 걸음 밖에 앉아 있는 채화진의 숨소리가 크게 들렸다.

"내가 사냥을 해올 테니까 그대는 불을 피워놓도록 해."

김산이 말하자 채화진이 자리에서 일어섰다.

"자시(12시)가 넘었어요. 짐승이 모두 제 소굴로 들어가 있을 텐데요."

"그러니까 더 잡기 쉬운 거네."

김산이 얼굴에 웃음이 떠올랐다.

"이 근처에 멧돼지하고 새끼들이 있어, 내가 새끼 두 마리만 잡아오겠네."

"낭군께선 어찌 그리 잘 아시오?"

채화진의 얼굴에도 웃음기가 떠올랐다.

"이보게, 더 말해줄까? 좌측 1리(400m) 밖에는 범과 새끼 두 마리가 있고 그 옆쪽으로는 늑대의 소굴이 있네."

김산의 시선이 채화진이 서 있는 폐사의 검은 어둠 속으로 옮겨졌다.

"그대 뒤쪽에 10자(3m)가 넘는 구렁이가 똬리를 틀고 있었는데 지금 뒤로 물러나는 중이네."

김산의 말이 끝나기도 전에 채화진이 펄쩍 뛰어 김산의 앞으로 다가왔다. 놀란 표정이 되었다가 곧 눈의 흰 창이 많아졌다. 흘긴 것이다.

"거짓말이죠?"

"아니야."

김산이 손을 뻗어 채화진의 허리를 당겨 안았다. 채화진이 무너지듯 김산의 품에 안기더니 얼굴을 가슴에 묻는다.

"그대는 이제 여자가 되었구만."

힘주어 안은 김산이 말하자 채화진이 가슴에 볼을 비볐다.

"언제는 여자 아니었나요?"

"감찰대 태위답지 않군."

김산이 채화진의 볼에 입술을 붙였다가 떼고는 한 걸음 물러섰다.

"돼지새끼를 가져올 테니 불을 지펴놓도록."

"알았습니다. 그런데 방안에 뱀이 있었나요?"

채화진이 묻자 김산이 이를 드러내고 웃었다.

"이미 멀리 도망쳤어. 그놈도 후각이 예민해서 내가 지닌 독 냄새를 맡으면 견디지 못해."

그러더니 김산의 몸이 어둠 속으로 사라졌다.

새벽이 되면서 모닥불이 사그라지기 시작했다. 방안에 마른 풀잎을 가득 쌓아놓고 마당의 모닥불 온기를 끌어들인 터라 채화진이 김산의 가슴으로 파고들었다. 더운 입김이 김산의 목덜미를 스쳤고 알몸이 된 하반신이 엉켜졌다.

"추워요."

채화진이 숨 가쁜 목소리로 말했을 때 김산은 다시 몸 위로 올랐다. 몇 번째인지도 모른다. 뜨거운 열풍이 방안 가득히 덮여졌다가 가라앉았고 또다시 뜨거워지기를 계속해온 것이다. 채화진이 김산의 어깨를 두 손으로 움켜쥐면서 말했다.

"날이 밝지 않았으면 좋겠어."

다음 순간 태화진의 입에서 신음이 터졌다. 열락으로 오르는 신호음이다.

"아아아."

비명 같은 탄성이 다시 터져 오르기 시작했고 두 쌍의 사지가 격렬하게 몸부림을 친다. 김산은 채화진의 뜨거운 동굴 안이 용암으로 넘쳐흐르는 것을 느낀다. 채화진 또한 동굴 안을 가득 채우는 불기둥을 받으면서 환호했다. 근처의 짐승 무리는 혼비백산을 하고 멀리 흩어졌다. 벌레까지도 땅속으로 파고들어 숨을 죽이고 있다. 두 인간, 두 남녀의 격렬한 정사는 산을 울리고 땅을 진동시키는 것이다. 이윽고 채화진이 다시 폭발했고 김산도 함께 솟아올랐다. 둘의 탄성이 한꺼번에 울렸을 때 마당에서 죽어가던 모닥불 불씨가 번쩍이며 불꽃을 하늘로 올렸다. 위쪽 하늘의 어둠이 걷히고 있었다. 두 남녀의 탄성 때문인 것 같다.

"웬일이시오?"

1천인장 정봉이 비호수와 삼관필에게 물었지만 시선은 뒤쪽의 말떼에게로 향해져 있다. 또 한 명의 1천인장으로 대장군이며 집행관의 경호장인 아리그타는 아예 그쪽을 향하고 서 있다. 이곳은 태장현의 영천리, 진강현에서 350여 리나 떨어진 한적한 마을이다. 그때 연상으로 사형 행세를 하는 삼관필이 나섰다.

"대감의 지시요."

요령이 있는 터라 일단 그렇게 말해서 눌러놓고 삼관필이 말을 이었다.

"대감께서 저기 말 20필에 실린 짐을 도둑떼한테서 탈취하셨소. 저기 서 있는 다섯 놈은 그 도둑떼의 일당이지만 대감께 심복하고 말 부리는 하인으로 따라왔습니다."

아리그타가 헛기침을 했을 때 정봉이 팔을 슬쩍 건드렸다. 끝까지 듣자는 시늉이다. 삼관필의 말이 이어졌다.

"저 말과 짐은 카라코룸의 환관인 태감 일행이 남송의 왕성인 임안의 무역상으로부터 수만금을 주고 산 고려인삼이오. 고려인삼이 무려 40상자나 들어 있단 말이외다."

그때서야 놀란 1천인장 둘이 다시 아래쪽 말떼를 내려다보았다. 그때 삼관필이 말했다.

"대감께서는 저 고려인삼을 몽케칸 전하께 올리라고 하셨소. 물론 우리가 저 고려인삼을 호송하고 전하께 가야만 하오. 그것이 대감의 지시요."

그러자 비호수가 가죽에 칼끝으로 적힌 김산의 편지를 정봉에게 내밀었다. 그러고는 조홍을 턱으로 가리키며 말했다.

"저 도적놈들도 같이 데려가야 되우. 운반해온 값으로 대감께서 금화

1천 냥씩을 준다고 약속하셨다고 합니다."

입맛을 다신 정봉이 아리그타를 보았다. 누구 말이라고 거역하겠는가? 아리그타가 먼저 말했다.

"자 한 시진 내로 떠납시다."

"이게 몇 놈 짓인 것 같아?

손으로 코를 막는 시늉을 하면서 태영이 묻자 태호자가 바로 대답했다.

"다섯 아니면 여섯."

"왜?"

숨을 참던 태호자가 머리를 다른 쪽으로 돌리더니 말을 이었다.

"독을 뿌린 놈, 방 안에 들어가 칼을 휘두른 놈, 그리고 말 떼를 몰고 나간 자국이 있다. 다섯 놈이 끌고 갔어."

"과연."

머리를 끄덕인 태영이 맑은 눈으로 태호자를 보았다. 태영은 오늘 인 피가면을 쓰지 않았다. 산 생명체가 둘뿐이었으니 가면을 쓸 필요도 없는 것이다. 둘은 지금 대륜산 산채에 들어와 있는 것이다. 산채는 70여 구의 시체가 썩어가는 중이어서 악취가 진동을 했다. 까마귀 떼가 덮여 져 있다가 태호자가 던진 돌에 수십 마리가 몰사를 하더니 영악한 까마 귀떼는 순식간에 사라졌다. 태호자가 머리를 돌려 태영을 보았다.

"넌 내 생각과 다르구나, 누이."

"그래, 오라버니가 또 틀렸어."

"나는 항상 틀리지."

"한 명이야. 오라버니."

그러다 놀란 태호자가 시선만 주었다.

둘은 악취를 피해 마구간 쪽으로 나와 섰다. 이쪽에 시체가 적었기 때문이다. 태영이 손으로 안쪽을 가리켰다.

"한 명이 칼을 썼고 독을 풀었어. 나는 그자의 냄새를 관보장에서도 맡았어. 그리고 다시 이곳에서 맡은 거야."

"한 놈이라……. 고수이겠구나?"

"그자가 우리도 보았을 거야."

"응? 어디서 말이냐?"

"관보장에서."

"아니, 그때는 우리가 변장하고 있었지 않아?"

"그자는 우리를 알아채고 있었을 거야. 하지만,"

태영의 얼굴에 희미한 웃음기가 떠올랐다.

"이제는 나도 그자를 동시에 알아채게 될 거야."

이곳까지 추적해온 것도 태영의 덕분이다. 태영은 말떼의 흔적을 찾았는데 말과 고려인삼의 냄새를 추적했다. 냄새는 끊겼다 이어졌다 했지만 대륜산에 도적떼가 있다는 것은 주민들에게 알려져 있었던 사실이다. 말떼의 방향이 대륜산 쪽으로 향해져 있었으니 찾기가 쉬웠던 것이다.

"그렇다면 그놈이 다섯 명 부하를 데리고 와서 고려인삼을 빼앗아 갔단 말인가?"

말떼가 나간 자국을 응시하며 태화자가 혼잣소리를 하자 태영이 발을 떼며 말했다.

"쫓으면 알 수 있겠지."

사흘째 되는 날 저녁, 노루고기로 저녁을 먹은 김산과 채화진이 모닥불을 피워놓고 불가에 앉아 있다. 사람 손길이 닿은 폐가는 잡초가 치워졌고 안방의 덜렁거렸던 문짝도 고쳐졌다. 뒤쪽에 김산의 저고리가 널려 있었는데 채화진이 빨아놓은 것이다. 김산이 모닥불에 나무를 던져넣으면서 말했다.

"화진, 감찰대로 돌아가는 것이 낫겠어. 그것이 날 돕는 길이야."

채화진이 잠자코 불꽃만 보았고 김산은 말을 이었다.

"집행대가 몽케칸 전하께로 돌아간 이상 감찰대는 해산될 것이니 그대도 원래 직책으로 돌아갈 것 아닌가? 돌아가서 날 기다려주게."

"모든 것을 버리고 낭군을 따라가면 안 될까요?"

불꽃을 응시한 채 채화진이 물었으나 김산은 대답하지 않았다. 잠시 침묵이 흐른 후에 채화진이 다시 말했다.

"난 태자당으로 복귀할 것입니다. 그러면 다시 감찰대를 지휘할 수 있게 되겠지요. 난 아직도 승상 영천의 신임을 받고 있으니까요."

"……."

"지금까지는 몽골제국의 신하로서 시킨 일만 했지만 앞으로는 적극적으로 일을 하고 싶습니다."

채화진이 똑바로 김산을 보았다.

"나한테 돌아가서 기다리라는 말씀이 곧 그런 뜻이 아닙니까? 구유크 측 내부에 나 같은 동조자가 필요한 것이지요?"

"몽케칸께 말씀드리겠네."

"저하고 낭군과의 관계까지요?"

그러면서 웃는 채화진의 얼굴에 교태가 번졌다. 사흘 동안 붙어 있으

면서 밤낮으로 서로의 몸을 탐한 터라 이제는 눈빛만 보아도 서로의 욕
망을 안다. 채화진이 번들거리는 눈으로 김산을 보았다.

"다만 한 가지 조건이 있어요."

김산은 시선만 주었고 채화진이 말을 이었다.

"난 다 필요 없습니다. 오직 낭군이 저한테 주시는 정표가 필요해요.
그것을 보면서 낭군을 생각할 테니까요."

그러자 김산이 허리에 찬 단검을 빼내더니 긴 머리칼의 끝 부분을 잘
랐다. 그러고는 그것을 채화진에게 내밀었다.

"이것이면 되겠나?"

머리칼을 받은 채화진이 옷자락을 찢어 싸놓더니 단검을 빼내 제 머
리칼을 잘라 내밀었다.

"나도 내 몸을 드립니다."

"이건 따로 간직하겠네."

김산이 채화진의 머리칼 뭉치를 옷자락으로 감싸면서 웃었다.

"살아 있는 연인의 머리칼이니 말이야."

김산의 목에는 이미 부모형제의 머리칼이 19년이나 걸려 있는 것이
다. 머리칼을 간수한 김산이 일어나 채화진에게 손을 내밀었다. 그것을
본 채화진이 눈을 흘기더니 다가와 손을 잡는다.

"벌써요?"

그러나 방 쪽으로는 채화진이 먼저 발을 떼었다.

"술리만과 아지부카라고 하네."

황하를 건너 동남쪽으로 1백여 리쯤 넘어간 방지현의 현청 사거리,

이곳은 산동성과 가까운 지역이다. 번화한 거리의 주점에 앉아 있던 김산이 안쪽 사내의 말에 귀를 기울였다.

"기마군으로만 3만, 말 10만여 필에 마차가 2천 량이야. 그런데 그 마차가 무엇인지 아는가?"

"마차가 무엇이라니?"

안쪽 사내가 묻자 사내는 웃음 띤 목소리로 대답했다.

"빈 마차다. 군량을 실은 마차가 아냐."

"빈 마차를 끌고 가?"

"돌아올 때 가득 채워 오겠지."

그 순간 김산의 얼굴이 굳어졌다. 가득 채울 것이 무엇인지 알았기 때문이다. 포로다. 고려인 포로를 싣고 온다. 19년 전에 자신은 걸어서 왔지만 마차에 가득 싣고 남았기 때문이다. 다시 사내의 말이 이어졌다.

"뭘 채운다는 거야?"

"둔한 놈, 고려인 포로다. 여기 와서 팔면 재물이 되거든. 어린 계집애 한 마리에 금화 열 냥이야."

머리를 든 김산이 그렇게 말하는 사내를 보았다. 30대쯤의 서생(書生) 차림으로 염소수염을 길렀다. 흰 도포를 입고 마른 몸을 흔들며 말하는 것이 병든 염소 같다. 심호흡을 한 김산의 귀에 다시 사내의 목소리가 이어졌다.

"열흘 후에 카라코룸에서 바로 고려 땅으로 달려간다네. 포로 획득이 목적이어서 내륙까지 깊숙이 들어가지는 않을 모양이야. 그래서 말떼만 징발하고 있어."

사내는 관(官)에서 부리는 집사인 것 같다.

사내에게서 시선을 뗀 김산이 자리에서 일어섰다. 열흘 후라면 서둘러야 한다. 채화진을 만나는 바람에 만 사흘을 움직이지 못하고 있었으니 양청준은 양자강 근처까지 닿았을 것이었다.

"이곳에서 대군(大軍)과 만났어."

태장현 영천리의 한적한 마을 앞에 선 태영이 태호자에게 말했다. 주위를 둘러본 태호자가 머리를 끄덕였다.

"말똥 냄새가 아직도 나는군. 떠난 지 세 시진(6시간)쯤 되었다."

"그런데 그 냄새는 나지 않아."

태영이 눈썹이 조금 찌푸려졌다.

"말 냄새에 섞여서 언제 사라졌는지 모르겠어."

"그 냄새라니?"

"대륜산을 덮었던 냄새."

몸을 날려 옆쪽 바위 위에 오른 태영이 사방을 둘러보았다. 유시(오후 6시) 무렵이다.

서풍이 불면서 태영의 도포 자락이 흔들렸다. 옷자락이 몸에 붙으면서 태영의 몸매가 드러났다. 서쪽을 응시한 채 태영이 말을 잇는다.

"오라버니, 기마군은 2백여 기야. 저쪽에 말고삐 조각이 떨어져 있는데 몽골군 기병단에서 박아낸 관제품이야. 그것은 뭘 뜻하겠어?"

"몽골군이 여기 있었단 말이냐?"

"맞아."

"몽골군이 고려인삼을 실은 말 20필을 끌고 갔어?"

"그런 셈이지."

2장(6m)이나 높은 바위 위에서 사뿐하게 뛰어내린 태영이 태호자를 향해 얼굴을 펴고 웃었다.

"이제 알았어. 오라버니."

"뭘 알았다는 거냐?"

"고려귀 김산이야."

태호자는 숨을 죽였고 태영이 눈으로 남쪽을 가리켰다.

"김산이 끌고 온 집행대가 고려인삼을 가져갔어. 대륜산의 학살자는 고려귀 김산이야."

태호자는 눈만 껌벅이고 있다.

삼관필로부터 양청준의 귀환 통로를 들은 터라 김산의 질주는 거침없다. 인간의 경공은 한계가 있는 법이다. 제아무리 경공의 초인 경지라고 해도 질주하는 말을 당해내지 못한다. 그래서 선인(先人)들은 짧은 거리를 가장 빠르게 가장 변화 있게 뛰는 경공술을 연마했다. 지금 김산은 다섯 필의 말을 끌고 질주하는 중이다. 금화를 아낌없이 주고 지친 말은 새 준마와 바꿨다. 말 바꿀 곳이 없는 곳에서는 지친 말은 길가 농가나 주막에 맡겼다. 달리면서 잠을 잤으니 사흘 밤낮으로 남하한 셈이다. 도중에 말 두 마리는 지쳐 죽었고 지금은 민가도 없는 황야를 횡단하는 중이라 지친 말은 황야에 버리고 새 말을 갈아탄다. 이제 1백 리(40km) 앞이 양청준의 여섯 번째 숙박지인 여통사(寺)다. 시각은 밤 술시(8시) 무렵, 오늘 밤만 지나면 양청준 일행은 양자강을 건너 임안으로 들어가는 것이다.

탄 말이 거친 호흡을 내뿜었으므로 김산이 몸을 비틀어 뒤쪽을 따라

오는 말 한 마리의 고삐를 당겼다. 그러고는 달려가면서 엉덩이 밑의 곰 가죽 안장을 끌어 올렸다.

뒤쪽 말을 더 당긴 김산이 등에 곰 가죽을 깔고는 몸을 날려 말에 옮겨 탔다. 모두 화살처럼 내달리면서 이루어진 동작이다. 고삐가 놓인 앞 말이 속력을 뚝 떨어뜨리더니 곧 어둠 속으로 멀어져갔다. 이제 뒤에 끌려오는 말은 네 필이다. 황무지에 다섯 필의 말굽소리가 울리고 있다.

"아우, 저기 오른쪽의 바위가 보이는가?"

삼관필이 묻자 비호수는 그의 시선 끝이 가리키는 곳을 보았다. 술시가 지난 시간이어서 저녁을 마친 집행대 기마군은 제각기 진막에 자리 잡았고 초병과 순찰조만 드러나 있다.

"글쎄, 어두워서……."

눈을 끔벅인 비호수가 1백 보쯤 아래쪽의 바위 더미를 보았다. 어둠 속에 묻힌 바위는 주위의 나무숲과 구분이 되지 않는다. 그때 삼관필이 입술도 달싹이지 않고 비호수의 귀에 대고 말했다.

"오른쪽 가장 큰 바위의 왼쪽에 거머리가 하나 붙었네."

숨을 삼킨 비호수가 몸을 굳혔다. 귀에 입술을 붙이고 독음(獨音)을 할 정도이니 삼관필이 무섭게 경계하고 있다는 표시다. 둘은 지금 막사 앞에 앉아 이야기를 하던 중이었다.

"하마터면 그냥 지나칠 뻔했어."

"누굴까요? 혹시 감찰대나 수호단이 아닐까요?"

"글쎄, 수호단의 고수 면면은 뻔한데 저런 기물(奇物)이 있을 것 같지가 않군."

둘은 얼굴을 바짝 붙인 채 독음을 나누고 있다.

"산새가 날다가 갑자기 방향을 바꾸는 바람에 내가 눈치 챘네."

"감찰대의 고수도 제가 다 압니다. 그런데 바위에 붙어 있어도 전혀 온기가 전해지지 않는군요."

"그러니까 내가 기물(奇物)이라고 하지. 주위에 일행은 없네. 저놈 하나야."

"잡아야 되지 않겠습니까?"

머리를 끄덕인 삼관필이 눈짓을 했다.

진막 안으로 들어가자는 표시다.

둘이 진막 안으로 들어갔을 때 태호자의 귀에 태영의 목소리가 꽂혔다.

"오라버니, 저 둘이 오라버니를 보았어."

"날 보다니?"

놀란 태호자가 바위에서 몸을 떼었다.

"내 밀착술은 한 번도 발각된 적이 없다. 너도 알지 않느냐?"

그때 태영이 다가와 옆에 섰다. 소리 없이 날아왔기 때문에 태호자도 놀라 숨을 죽였다.

"넌 어디 있었느냐?"

"새가 날아간 쪽 나무 위에."

목소리를 낮춘 태영이 위쪽의 진막을 노려보며 말했다.

"오라버니는 산새가 놀라 피해 가는 바람에 발각되었어. 저기 있는 놈들도 보통 고수가 아냐."

"저놈들이 날 찾아낸 건 네가 어떻게 알아?"

"갑자기 독음을 주고받는데다……,"

태영의 얼굴에 희미하게 웃음기가 떠올랐다.

"살기(殺氣)까지 띠더군. 난 1백 보 정도 떨어져 있어도 살기는 알아차릴 수가 있어."

"저놈들이 진막 안으로 들어간 건 무엇 때문이냐?"

"그건 반대쪽으로 나와서 오라버니를 협공하려는 거야"

그러고는 태영이 어둠 속에서 흰 이를 드러내며 소리 없이 웃었다.

"아차!"

두 자루의 단검을 양곡술(兩谷術)로 날린 비호수가 던지자마자 탄식했다. 양곡술은 단검 두 자루가 비스듬히 날아 서로 교차하면서 표적에 꽂히는 것이다. 그래서 표적과의 거리가 정해지기만 하면 살상 범위가 넓어진다. 빗나갈 염려가 없는 것이다. 교차 지점만 벗어나면 표적에 맞는 것이다. 그런데 이번에는 던지는 순간 표적이 이동했다. 갑자기 멀어지는 바람에 단검은 목표의 위아래로 지나갔다. 이것은 놈이 대비하고 있었다는 증거다. 그러나 그것으로 손을 놓을 비호수가 아니다. 탄식과 함께 몸을 솟구쳐서 덮쳐갔다. 이미 손에는 4척(1.2m)의 장검이 쥐어져 있다.

"엣!"

어둠 속에 짧은 기합이 터졌다. 바위 등걸 옆으로 물러간 사내를 향해 검광이 뻗쳐간다. 허공에 떠 있는 찰나 같은 그 순간 비호수의 가슴이 환희로 벅차올랐다. 심장 박동은 한 번도 채 안 울렸지만 머릿속 감정 교차는 수십 회나 이루어진다.

"야압!"

그때서야 괴물의 입에서 낮은 외침이 울렸다. 괴물의 신장은 6척, 검은 옷에 두건을 써서 눈만 드러냈다. 괴물이 바위 옆을 타고 주르르 뒤로 물러났을 때 비호수의 초식은 세 번을 이어졌다. 베고, 찌르고, 찍는다.

"아앗!"

세 번 다 피한 괴물의 손에는 어느덧 장검이 들려져 있다. 바위를 밟고 몸을 솟구친 괴물이 무시무시한 검광을 일으키며 비호수의 허리를 후려졌다.

"챙강!"

날카로운 쇳소리가 울리면서 불똥이 뛰었고 맞받아친 두 장검이 떼어지면서 둘은 한 발짝씩 뒤로 뛰어 물러났다. 그때였다.

"아앗!"

놀란 괴물의 외침, 비호수의 얼굴에 웃음이 떠올랐다. 뒤쪽으로 다가간 삼관필이 쌍검으로 후려갈긴 것이다. 삼관필의 쌍검 위력은 엄청나다. 광풍이 몰아치면서 위아래, 좌우로 휘몰아친 검날에 괴물의 몸통이 조각으로 흩어질 터, 그때였다. 괴물이 몸을 솟구쳤으므로 이제는 비호수가 뛰어올랐다. 삼관필의 쌍검이 다시 뒤쪽을 친다. 이제 괴물은 앞뒤의 공격을 받아 피할 수 없다. 그 순간,

"으윽!"

등을 스치고 지난 뜨거운 느낌에 비호수는 혼비백산을 했다.

"무엇인가?"

검기(劍氣)가 순식간에 달아난 비호수가 곤두박질로 떨어졌고 앞쪽 괴물이 그 빈틈을 노려 장검을 휘둘렀지만 삼관필의 칼날에 막혔다.

"쨍강!"

삼관필의 도움이 없었다면 비호수는 정면에서 괴물의 칼날을 받았을 것이었다. 비호수는 땅바닥에 어깨를 부딪치며 떨어졌다. 뒤가 급하다. 뒤에는 과연 무엇이 있단 말인가?

"이아앗!"

그 순간 날카로운 비명이 터지더니 괴물은 둘이 되었다. 이미 비호수는 기력을 잃었고 삼관필이 혼자 남은 상태, 그때 삼관필이 훌쩍 뒤로 물러났고 한 쌍의 괴물이 같은 속도로 따른다. 그때였다.

밤하늘에서 종소리가 울리더니 수십 개의 불화살이 쏘아 올려졌다. 순식간에 주위가 대낮같이 밝아지면서 괴물 둘의 정체가 드러났다. 둘 다 검은 옷에 눈만 보이도록 두건을 썼다,

"쏘아라!"

그때 벽력 같은 외침과 함께 1백여 개의 화살이 사방에서 날아왔다. 이 화살은 피하지 못한다. 형체가 없는 귀신이라면 모를까 칼로 쳐내고 장풍으로 흩어지게 한다는 것은 연극에서나 가능하다. 그런 말을 하면 강호의 어린애도 다 웃는다.

그때는 이미 삼관필이 비호수를 일으켜 10보쯤 옆으로 물러난 상태, 괴물을 기습하기 전에 이미 정봉과 아리그타에게 협공을 부탁하고 왔기 때문이다. 대낮같이 환해진 바위 옆으로 화살이 날아왔다. 두 괴물을 향해 쏟아지는 화살은 마치 빗줄기 같다.

그 순간이다.

"펑!"

폭음과 함께 괴물의 옆에서 검은 구름이 뿜어졌다. 그러고는 순식간에 주변을 덮더니 괴인 둘의 형체가 보이지 않았다.

"아뿔싸!"

삼관필이 발을 굴렀을 때 옆에 쓰러져 있던 비호수가 말했다.

"형님, 흑무(黑霧)요. 내가 말로만 들었던 흑무를 오늘 처음 보는구려."

"아우, 등은 어떤가?"

걱정이 된 삼관필이 묻자 비호수가 얼굴을 찡그렸다.

"한 자쯤 베인 것 같소. 상처가 깊지 않아서 약을 바르면 아물 거요."

둘이 이야기를 주고받으면서도 흑무를 주시했다. 흑무는 사방 30자 폭으로 퍼져 있었는데 더 확산되지도 줄어들지도 않았다. 아직도 밤하늘에 불화살이 쏘아 올려졌고 수십 대의 화살이 계속해서 흑무 속으로 날아들고 있다. 삼관필은 비호수를 부축하고 더 옆쪽으로 물러났다. 이제 흑무와의 거리는 30보가 되었다.

"이미 놈들은 사라졌소."

비호수가 이 사이로 말했다.

"뒤쪽 어둠 속으로 달아났을 것이오."

사방은 짙은 어둠에 덮여있었지만 밝은 불빛이 있으면 당연히 그 반대쪽은 어둠이다. 흑무를 일으킨 괴물이 그것을 모를 리가 없는 것이다.

"기병 2백 기도 모두 공력을 갖춘 놈들이야."

옷자락에 박힌 화살을 빼내면서 태호자가 혀를 찼다. 이곳은 진(陳)에서 2리(800m)쯤 떨어진 숲속이다. 흑무를 빠져나와 이곳까지 왔지만 태호자의 옷자락에는 화살이 네 대나 꽂혀 있다.

"그놈들이 기마군과 연합하고 있을 줄은 예상하지 못했다."

"오라버니, 한 놈은 곧 등이 썩어갈 거야. 닷새만 지나면 걷지 못하고 죽을 걸?"

나뭇가지에 걸터앉은 태영이 번들거리는 눈으로 태호자를 보았다.

"지금은 얕게 베인 줄로만 알겠지. 하지만 칼에 묻힌 산독(散毒)은 처방약이 없어. 그놈은 이제 죽은 목숨이야."

"뒤를 따라가면서 하나둘씩 잡아 죽이기로 하지."

태호자가 웃음 띤 얼굴로 말을 이었다.

"그러고는 고려인삼을 빼앗는 거다. 그 고려라는 놈 대신으로 가져가는 거야."

깊은 밤. 앞쪽 마을은 무거운 정적에 덮여져 있다. 바람결에 물비린내가 맡아지는 것은 마을 앞이 양자강이기 때문이다. 강폭이 3리(1.2km)나 되어서 강가를 때리는 물결이 파도소리를 낸다. 김산은 지붕 위에 앉아 주변을 꼼꼼히 훑어보고 있다. 거리는 1백 보쯤 떨어졌지만 민가에 흩어진 놈들의 머릿수는 이미 다 헤아렸다. 양청준의 수행원은 모두 1백여 명, 말은 3백여 필이었으니 작은 마을을 꽉 채울 만했다. 20여 호 정도의 이 마을 주민은 나루터 주변의 주막과 여관, 가게로 먹고산다. 지금은 주민보다 양청준 일행의 머릿수가 더 많을 것이다. 밤 축시(2시)가 되어가고 있다. 대부분 잠이 들었고 양청준의 초병, 순찰병만 마을 곳곳에 배치되어 있을 뿐이다. 그러나 삼엄한 경비다. 초병도 무예의 고수급이어서 만만히 볼 수 없는 상대다. 이윽고 김산이 몸을 일으켰다. 이곳, 방진현의 단홍마을이 양청준의 마지막 숙박지인 것이다. 내일 아침에 일행이 양자강만 건너면 잡기는 어려워진다. 내일 저녁 무렵에 양청준은 임안으로 들어갈 예정이기 때문이다.

위사장 채만호는 마을에 있는 두 개 여관 중에서 그중 나은 '명성관'의 다실에 앉아 있다. 채만호 앞에 앉은 사내는 부장 임파, 양청준의 개인 경호역인 진강도인 현소다.

"내일 저녁에는 임안에 들어갈 테니 오늘 밤만 고생하면 되겠습니다."

임파가 말하자 채만호의 얼굴이 쓴웃음이 번졌다.

"이제는 하룻밤이 무사히 지나기를 바라는구나. 나는 두 달의 여정이 꿈속 같다."

채만호가 머리를 돌려 현소를 보았다.

"도인은 감상이 어떠시오?"

그러자 현소가 임파에게 물었다.

"이곳 마을의 이름이 무어라 했소?"

"단홍(丹紅)이오."

"그래서 민가 지붕이 붉은색이군."

머리를 끄덕인 현소가 이제는 채만호에게 말했다.

"대답이 늦어서 죄송하오. 나는 조금 전에 운세를 점(占)으로 보던 중이어서……."

현소는 50대쯤의 마른 체격이었는데 중처럼 머리를 밀었고 잿빛 도포를 입었다. 마른 얼굴에 피부가 거칠어서 보잘것없는 풍모였지만 눈이 맑고 안광이 강하다. 양청준의 가문이 세운 진국사(眞國寺)는 임안에서 가장 큰 사찰에 속한다. 그 진국사의 천왕승(天王僧)이 현소인 것이다.

천왕승이란 무법(武法)의 주승(主僧)을 말한다. 현소는 검법과 비술의 명인으로 당대에서 천하무적이란 명성을 얻었지만 채만호는 실제로 본 적은 없다.

"무슨 점을 말이오?"

채만호가 묻자 현소는 입술을 꾹 닫은 채 대답했다. 입안에서 만들어진 말이 콧숨을 통해서 날아왔다.

"대감의 명운을 보았소."

"어떻소?"

"앞으로 20년은 걱정 없소."

"난 어떻습니까?"

채만호가 건성으로 물었지만 현소는 지그시 시선을 주었다.

"위사장의 출생시기가 언제요?" "축시(오전 2시)요."

"그렇다면 10년은 더 사시겠소."

"10년이면 길지."

쓴웃음을 지은 채만호가 지그시 현소를 보았다.

"도인께선 어떠시오?"

"내 이름이 이곳 단홍과 맞지 않는 것 같소."

입맛을 다신 현소가 머리를 저었다.

"이곳 이름 위에 내 이름이 둥둥 떠다니는 모양이라 알 도리가 없소."

"저는 순찰을 나가야 되어서."

그러면서 임파가 일어서자 셋의 잡담이 끝났다.

"나는 여기 있을 테니 도인께서 올라가 보시지요?"

채만호가 말하자 현소도 몸을 일으켰다. 2층 계단 옆방에 양청준이 묵고 있는 것이다.

김산이 지붕 위에 엎드려 앞쪽 객사에서 풍겨오는 강한 기운을 느꼈다. 지금까지 수백 명을 겪었지만 가장 강한 기운이다. 마치 객잔이 투명한 기운으로 덮여져 있는 것 같다. 숨을 멈춘 김산은 머리끝으로 뻗쳐지는 투지를 느꼈다. 전의(戰意)라고 표현해도 될 것이다. 객잔 안에는 50여 명의 인원이 있었는데 모두 2층 계단 옆방을 중심으로 차곡차곡 겹쳐진 형국이다. 바로 그곳, 계단 옆방에 양청준이 묵고 있는 것이다. 엄중한 경호 체제다. 마치 10여 개의 담장을 두른 것 같다. 카라코룸의 황궁 안도 이렇게 봉쇄되지 않았다. 이곳은 면적이 좁았기 때문에 쇳덩어리처럼 보여졌다. 빈틈이 없는 것이다. 귀를 그쪽으로 기울인 김산이 발자국 소리를 듣는다. 한 사내가 객잔의 현관을 나오고 있다. 조금 전까지 다실에서 이야기를 하던 놈이다. 순찰을 나오는 것이다. 또 하나는 다실에 남아 있고 다른 하나는 기척이 없다. 바로 그놈이다. 독음(獨音)으로 이야기를 하던 놈, 도인이라 불린 위인한테서 강한 기운이 풍겨져 나오고 있는 것이다. 그놈이 2층으로 올라가더니 곧 객잔에 투명한 막이 드리워졌다.

퍼뜩 시선을 든 현소가 숨을 죽이고 움직이지 않았다. 2층 계단 옆의 첫 번째 방안, 창가에 의자를 놓고 정좌한 현소의 입술 끝이 조금 올라갔다. 바로 옆쪽 방에 양청준이 들어가 있다. 양청준은 세상 모르고 잠이 들어 있을 것이다. 그러나 바로 옆방의 창가에 앉은 현소는 온몸에 얼음덩이가 덮여 있는 것 같다. 바로 옆쪽 창에서 들려오는 양청준의 코고는 소리가 마치 우레가 울리는 것처럼 들린다.

"이것이 과연 무엇인가?"

현소가 궁리했지만 머릿속에 떠오르는 생각이 없다. 이 무겁고 찬 기운, 마치 얼음덩이가 천천히 쌓이는 것 같은 이 기운은 무엇인가? 처음에는 강가에 찬 안개가 덮이는 것 같았다. 아래층 다실에 있을 때는 느끼지 못했던 압력이다. 이것은 살기(殺氣)도 아니고 그렇다고 대기도 아니다. 어금니를 물었던 현소는 마침내 참지 못했다. 그래서 허공에 대고 돌팔매를 날리는 심정이 되어 독음(獨音)을 뿌렸다.

"누구냐?"

이것은 미끼다. 그러나 미끼를 달지 않고 곧은 바늘만 매달아 던진 것 같다. 왜냐하면 현소의 독음은 파장이 굵고 높아서 초인(超人)이어야 알아들을 것이기 때문이다, 아래층의 채만호도 듣지 못한다. 숨을 죽인 현소는 귀에 아무 소리도 들리지 않는 것을 확인했다. 독음은 사방 1리(400m)까지 뻗어 나갔을 것이지만 초인 이외에는 아무도 듣지 못한다. 현소의 얼굴이 일그러진 웃음이 떠올랐다. 초인의 자존심을 시험한 것이다. 절정무공의 초인이라면 이따위 술책에 넘어갈 리가 없다. 그러나 현소가 다시 소리쳤다.

"네놈은 감히 접근할 수도 없을 것이다. 네가, 남송의 천파도(天破道)를 아느냐? 내가 바로 천파도주, 천왕승 현소니라."

그때 현소는 숨을 들이켰다가 기겁을 했다. 목구멍 안으로 개구리가 들어간 것 같았기 때문이다, 엉겁결에 손으로 목을 움켜쥔 현소의 귀에 낮은 목소리가 울렸다.

"더러운 중놈. 색을 꽤 밝히는 놈이군."

이제는 눈만 부릅뜬 현소의 귀에 사내의 목소리가 이어졌다.

"네놈이 기고만장해서 고함을 치느라 숨결에 독(毒)이 들어갔다. 지금쯤 독이 폐에 닿았을 테니 어디, 빼내보아라."

그 순간 현소가 벌떡 일어났다. 그러고는 두 손으로 방바닥을 짚고 거꾸로 물구나무를 섰다. 온몸의 피가 급격히 거꾸로 돌면서 입에서 검은 핏줄기가 뿜어졌다. 됐다. 독을 빼내었다. 그 순간이다. 거꾸로 서 있는 현소의 눈앞에 사내 하나가 나타났다. 그때 현소가 얼굴을 펴고 웃었다.

"왔느냐."

현소가 웃는 순간 김산의 눈썹이 치켜 올라갔다. 입에 검은 피를 묻힌 채 거꾸로 서 있는 현소의 몰골은 기괴했다. 그러나 그 눈빛은 독을 마시고 겨우 회생한 자의 눈빛이 아니었다."

"아차."

김산은 온몸으로 스쳐 지나는 전율을 느끼고는 반사적으로 웃었다. 이것은 저도 모르게 느낀 위급함, 그리고 도전에 대한 기쁨의 표현이다. 김산을 전사(戰士)로 단련시킨 몽골인 스승 호율태가 말했었다.

"전사는 강한 상대와 싸워 죽을 때가 가장 행복한 것이다."

그것을 지금 느끼고 있는 것이다. 그때 현소가 몸을 솟구치면서 다리를 땅에 디뎠는데 그 모습이 전광석화 같다. 김산이 반응하려고 뛰었지만 그 순간 가슴이 내려앉았다. 다리가 땅에 박힌 것처럼 움직이지 않는 것이다. 그때 3보 앞에 선 현소가 검은 피가 가득 번진 입을 벌리며 웃었다.

"내가 빈 낚싯줄만 던졌을 것 같으냐? 나는 네가 던진 독을 일부러 마시고 널 끌어들였다. 내 몸을 미끼로 삼은 것이다."

김산의 시선을 받은 현소가 어깨를 부풀리며 말을 잇는다.

"넌 방에 들어오는 순간 내가 뿜은 천독(天毒)을 마셨다. 그 독은 사지를 굳히고 천천히 오장을 녹아내리게 한다."

"……."

"네놈이 바로 고려아렷다."

한 걸음 다가선 현소가 김산의 위아래를 훑어보았다.

"가상하구나. 내가 여색을 탐한다는 것을 어떻게 알았느냐? 냄새가 나더냐?"

현소가 손을 뻗어 김산의 어깨 한쪽을 쥐었다. 강한 악력이다.

"건방진 놈. 오장이 녹아내리는 한편으로 네 바깥 몸의 살과 뼈를 하나씩 분리해주마. 끔찍한 고통을 맛 보거라."

현소의 다른 쪽 손이 김산의 목을 움켜쥐었다. 눈을 치켜떴지만 현소의 입은 웃는다. 맑았던 눈동자에 붉은 핏발이 가득 번져 야차 같다.

5장
제국의 투사

김산은 숨을 참았다. 눈앞에 떠 있는 현소의 얼굴이 야차처럼 느껴졌다. 눈 깜빡하는 순간이었지만 머릿속에 수많은 영상이 스치고 지나갔다. 그때 두 번째 스승 묘합의 얼굴이 떠올랐다.

"기(氣)를 내뿜어라. 역(逆)으로 나서는 놈에게는 정도(正道)가 독(毒)이다."

목이 끊어지는 것 같은 고통이 몰려왔고 어깨는 이미 근육이 늘어진 것 같았다. 그 순간 김산이 빙그레 웃었다. 이미 얼굴에 피가 몰려 핏빛이 되어 있던 김산의 웃는 모습은 처절했고 그것을 본 현소의 얼굴은 더욱 포악해졌다. 그때 김산이 현소의 팔목을 잡았다. 목을 움켜쥔 팔목이었다. 그러고는 눈을 감으면서 온몸의 기를 뿜었다. 뱃속에 뭉쳐 있던 일맥의 기운이 수만 가닥의 세포를 타고 번갯불처럼 뻗어 오르면서 김산은 온몸이 텅 빈 느낌을 받는다. 그 순간 김산이 눈을 감은 채 다시 빙그레 웃었다.

"아악!"

처절한 비명이 터져 나온 것은 그 순간이다. 눈을 뜬 김산은 현소의 얼굴이 일그러져 있는 것을 보았다. 김산의 목을 쥔 현소의 손은 어느덧 풀려져 있었다. 김산의 기(氣)가 손끝으로 모이면서 현소의 팔을 두부를 움켜쥐듯 몸통에서 분리해낸 것이다. 다음 동작은 마치 춤을 추듯이 자연스럽게 이어졌다. 김산의 다른 손이 현소의 다른 쪽 어깨 밑을 밀어올려 팔 하나를 겨드랑이에서부터 떼었고 이어서 내려쳐진 손바닥이 현소의 머리통을 수박 부수듯 한 덩어리의 오물로 만들었다. 두 번 다시 비명도 뱉지 못한 현소가 쓰러지자 김산은 몸을 날려 창밖으로 뛰어 나갔다.

현소의 첫 비명에 깨어난 양청준은 침상에서 상반신을 일으켰지만 누구를 부르거나 소란을 떨지 않았다. 대를 이어 고관직을 이어간 혈통은 이런 때에 표시가 난다. 그러나 이런 일은 처음이다. 침상에 반듯이 앉은 양청준은 위사장이나 도인 현소의 출현을 기다렸다. 비명 소리의 임자를 분간할 수 없었기 때문이다. 그때 반쯤 열린 창틀이 부서지면서 한 사내가 바람처럼 들어서자 양청준은 숨을 들이켰다. 방 안의 불을 켜놓아서 사내의 윤곽이 뚜렷하게 드러났다. 장신의 호남이다. 20대 후반쯤인가? 그때 아래층 계단에서 어지러운 발자국 소리가 울렸고, 양청준의 심장 박동이 빨라졌다. 그때 앞으로 바짝 다가온 사내가 손을 뻗었다. 그 손을 본 양청준의 몸이 얼어붙었다. 손이 핏속에서 꺼낸 것처럼 붉은 피로 물들어 있었기 때문이다.

"이, 이."

양청준이 몸을 뒤로 젖히려고 했지만 마음뿐이다. 발자국 소리가 바로 문 앞까지 다가왔다. 그 순간 양청준은 목에서 뜨거운 불기둥이 스치고 지나는 것을 느꼈다. 눈을 치켜떴지만 시신경이 끊어진 터라 눈앞은 암흑이다. 그러나 직전의 장면은 머릿속에 남았다. 사내의 다른 한 손에 칼이 쥐어져 있었던 것이다.

"으악!"

방문을 열어젖힌 채만호의 입에서 저절로 비명 같은 외침이 터졌다. 침상 위에 남송제국의 재상 양청준이 상반신을 기대고 앉아 있는데 머리가 없다. 머리통은 방금 떼어간 모양으로 목에서 피가 분수처럼 뿜어 나오고 있다. 머리를 돌린 채만호가 떼어진 창문 문짝을 보았다.

"으아앗!"

뒤를 따라 방으로 쏟아지듯 들어온 부하들 틈에서 비명이 터졌다.

"으으음."

다시 채만호가 망연자실한 표정으로 신음을 뱉었을 때다. 뒤에서 부장 임파가 소리쳤다.

"위사장. 도인이 죽었소! 머리가 으깨졌고 팔이 두 쪽 다 떼어졌소!"

외침이 처절했다.

진시(오전 8시) 무렵. 집행대는 남쪽으로 50여 리 남하한 상태였지만 오늘 아침에는 출발이 늦다. 그것은 비호수의 상처가 밤새 위중해졌기 때문이다. 더구나 외곽 경비를 서던 초병 두 명이 실종되었다. 괴물의 소행이 분명했기 때문에 부대는 긴장감에 덮여 있었다.

"형님. 날 놔두고 가시오."

딴사람처럼 얼굴이 하얗게 굳어진 비호수가 상반신을 일으키며 말했다. 잠깐 몸을 일으키는데도 얼굴에서 식은땀이 비 맞은 것처럼 흘러내렸다. 등에 베인 상처에서는 지독한 악취가 풍겨 나오고 주위가 시커멓게 썩었다. 독이 번진 것은 알았지만 삼관필로서는 처음 접하는 독물이다. 공력을 쏟아 독기를 빼내려고 했다가 오히려 더 악화되어서 질색을 하고는 더운물 찜질만 하고 있다. 그때 옆에 앉아 있던 정봉이 아리그타를 보았다. 지금 진막 안에는 고수 둘과 집행대의 1천인장 둘까지 넷이 다 모였다.

"아리그타, 그대가 집행대와 고려인삼을 실은 말떼를 끌고 곧장 몽케 칸 전하께 직행하는 것이 낫겠네. 나는 이 두 분과 함께 이곳에 남겠어."

정봉의 말에 아리그타가 펄쩍 뛰었다. 아리그타는 전형적인 무장이었다. 먼저 내빼라는 소리로 들은 것 같다. 눈을 치켜뜬 아리그타가 소리치듯 말했다.

"이봐, 난 몽골 무장이야! 위대한 대칸 칭기즈칸의 이웃마을에 살았던 전사(戰士) 집안이야! 내 아버지는 칭기즈칸께서 건네주신 양고기까지 받아먹은 적도 있었던 말이야!"

양고기 이야기는 오늘 처음 들었는지 정봉이 눈만 껌뻑였고 아리그타가 말을 이었다.

"이제 밤낮으로 달리면 나흘 길이다. 놈들이 따라온다고 해도 둘이야. 인삼마는 건드리지 못한다. 정봉, 그대가 집행군을 이끌고 돌아가라."

"집행군의 대장은 그대야. 난 집행관님을 보좌하는 역할일 뿐이다."

정봉도 지지 않았다. 이곳은 하남성 용지현의 산골짜기다. 그때 삼관필이 말했다.

"그러실 것 없소. 심부름할 군사 10여 기만 남겨두시면 제가 아우를 보살펴서 뒤를 따르리다. 그것이 가장 이치에 맞는 일이오."

"그렇소."

다시 땀을 비 오듯 쏟으면서 비호수까지 거들었다.

"그래야 집행관 대감께서도 면목이 섭니다. 저 때문에 행로가 늦어진 다면 차라리 내가 자진하는 수밖에 없소."

"늦었습니다. 어서 떠나시오. 놈들이 뒤를 쫓을 테니 곧장 알리시는 것이 나을 성싶습니다."

다시 삼관필이 말했을 때 정봉과 아리그타가 서로의 얼굴을 보았다. 그때 진막 안으로 군사 하나가 쓱 들어서자 넷의 시선이 모아졌다.

"이놈, 허락도 없이 들어오느냐?"

화가 난 아리그타가 눈을 부릅뜨고 물었다가 입을 쩍 벌렸다.

"대감."

들어선 군사는 김산이었던 것이다. 군사 복장의 김산을 보자 나머지 셋도 일제히 무릎을 꿇었다. 비호수까지 두 손을 짚고 엎드렸고 등의 상처가 다 드러났다.

"으음."

비호수의 등을 본 김산이 탄식하더니 다가가 섰다.

"칼로 베였느냐?"

김산이 묻자 대답은 삼관필이 했다.

"예. 처음에는 아무렇지도 않았는데 곧 썩기 시작하더니 온몸이 불덩 이가 되었습니다."

"짐승의 독을 세 가지나 섞었구나."

"어젯밤 초병 둘이 실종되었습니다."

아리그타가 부끄러운 듯 외면한 채 보고하자 김산이 머리를 끄덕였다.

"놈들은 지금 근처에 있다."

네 쌍의 시선을 받은 김산이 쓴웃음을 지었다.

"보통 놈들이 아니다. 그래서 내가 변장을 하고 들어왔다."

그러고는 김산이 들고 온 바구니를 아리그타에게 내밀었다.

"이 안에 남송의 병부대신 양청준의 머리가 들어 있다. 향과 소금으로 포장했으니 열흘이 지나도 형체는 그대로 있을 것이다."

놀란 시선들이 바구니로 옮겨졌다. 김산이 말을 이었다.

"아리그타, 그대가 정봉과 함께 고려인삼과 양청준의 머리를 갖고 몽케칸 전하께 달려가도록 하라. 뒤는 나하고 삼관필이 맡겠다. 바구니 안에 편지도 들었다."

"예이."

어느 명령이라고 토를 달겠는가? 땅바닥에 두 손을 짚은 아리그타와 정봉이 머리를 숙였다. 그때 김산이 비호수에게 말했다.

"엎드려라. 독을 빼겠다."

진막 안에 활기가 뿜어 나왔다.

"오라버니, 고수(高手) 두 놈이 남았어."

바위 위에서 뛰어내린 태영이 말하자 태호자는 쓴웃음을 지었다.

"어쩔 수 없겠지. 한 놈은 움직일 수 없을 테니 떼어놓고 가는 수밖에."

"기마군사 10명이 호위역으로 떼어졌어."

태호자가 머리를 들어 남쪽을 보았다. 기마군 대열은 이제 먼지 구름만 보일 뿐이다. 남쪽 남부군 진지를 향해 가고 있는 것이다.

"우선 저 두 놈을 요절내고 나서 저놈들을 쫓기로 하자."

태호자가 턱으로 아래쪽을 가리켰다. 3백 보쯤 아래에 진막 하나가 남아 있었는데 안에 집행대의 고수 둘이 들어 있는 것이다. 그중 하나는 지난번에 태영의 독 묻은 칼을 맞고 등이 썩어가는 중이다. 이대로 두면 사흘 안에 온몸이 썩어 죽을 것이다.

"남은 한 놈의 무공이 높아."

태호자가 진막 쪽을 응시하면서 말을 이었다.

"하지만 우리 둘이 협공을 하면 천하무적이야. 내친김에 저놈까지 요절을 내고 곧장 집행대를 추격한다."

그러면 하루 반나절이면 따라잡을 수 있을 것이었다. 심호흡을 한 태호자가 태영을 보았다.

"자, 영아. 가자."

그러자 태영이 몸을 솟구쳐 앞장을 섰다. 마치 나비가 팔랑거리며 날아가는 것 같다.

"그놈. 그 김산이라는 놈이 남은 한 놈일 가능성이 많아."

뒤를 따르면서 태호자가 말했다.

"오늘 알게 되겠지."

진막 안은 악취로 가득 차서 삼관필은 숨을 참았다가 겨우 뿜었다. 삼관필 마흔여섯 평생에 이런 악취는 처음이다. 그러나 김산은 비호수의 등에서 검은 고름을 입으로 빨아 뱉는다. 그래서 얼굴이 검은 고름투성이가 되어 있었지만 계속했다. 엎드려 있던 비호수가 입을 열었다.

"대감. 황공하옵니다."

"무슨 말이냐?"

고름을 뱉은 김산이 손등으로 입을 훔치면서 꾸짖듯 말했다.

"입 닥치고 있어라. 나는 네 고름을 빨아내고 그곳에 생기(生氣)를 덮고 있다. 생기가 흐트러지지 않느냐?"

"예에 대감."

마침내 엎드린 비호수의 눈에서 닭똥 같은 눈물이 뚝뚝 떨어졌다. 그러더니 어깨를 들썩이며 흐느껴 운다. 그것을 본 삼관필의 눈에도 눈물이 고였다.

"자, 다 빨아내었다."

이윽고 머리를 든 김산이 오물투성이가 된 얼굴로 말했다.

"내 생기로 덮었으니 한 시진만 지나면 상처의 독기는 덮여질 것이다."

"대감, 이 목숨을 살려주셨으니 새 목숨은 대감을 위해서 쓰겠소이다."

"엎드려서 운기를 모아라."

등을 옷가지로 덮어준 김산이 부드럽게 말했다.

"네가 낫는 동안 나와 삼관필은 할 일이 있다."

삼관필이 머리를 들자 김산이 빙그레 웃었다.

"비호수를 이렇게 만든 흉물 한 쌍이 다가오고 있다."

긴장한 삼관필이 몸을 굳혔을 때 김산의 말이 이어졌다.

"고름의 독한 냄새 때문에 저놈들의 후각이 둔해졌다. 그래서 내 냄새도 맡지 못하고 있어, 잘 되었다."

"잠깐."

앞장서 걷던 태호자가 낮게 말하더니 몸을 움츠렸다. 한낮이어서 사방은 환했고 이제는 허리까지 닿는 잡초만 우거진 공터다. 진막과의 거리는 150보 정도, 바위 밑 진막 옆쪽에 말 30여 필이 매어졌고 기마군 일곱 명이 앉거나 서 있었는데 한가롭다. 셋은 좌우와 뒤쪽에서 경비를 선다. 군율은 잡힌 병사들이다.

"진막 안에는 세 명이 있다."

쪼그리고 앉은 태호자가 진막을 응시하면서 말을 이었다.

"한 놈은 죽어가는 놈이고 둘은 병자를 돌보는 것 같다."

"그중 한 놈이 무공의 고수야, 활기가 있어."

옆에 앉은 태영이 말을 받았다.

"다른 한 놈은 기력의 줄기가 텅 비었어. 그놈은 그냥 심부름꾼 같아. 오라버니."

"그렇군. 한 놈이 활발하게 움직이는군."

태호자가 웃음 띤 얼굴로 머리를 끄덕였다.

"네 기축법이 더 월등하다는 것을 내가 깜박 잊고 있었다."

"오라버니, 어떻게 할 거야?"

"꾸물거릴 것 없다. 바로 뛰어들자."

태호자가 결연한 표정으로 말을 잇는다.

"옆쪽 기마군 놈들은 나중에 벌레처럼 밟아 죽이면 된다. 내가 진막 안으로 뛰어들 테니 넌 뒤에 지켜서 있다가 나오는 놈들은 쳐라."

눈을 가늘게 뜨고 진막을 보던 태호자의 얼굴에 웃음이 떠올랐다.

"안에 들어가 한 놈만 치면 되겠다. 나머지 둘 중 한 놈은 몸이 썩어가는 병자인데다 한 놈은 무공이 없는 시동이니."

안으로 뛰어든 태호자는 숨을 멈췄다. 안이 텅 비었기 때문이다. 꽤 넓은 진막이다. 그러나 텅 비었다. 이게 웬일인가? 당황한 태호자가 장검을 고쳐 쥐었다. 입안이 말랐고 두 눈이 순식간에 충혈되었다. 모두 눈 한 번 깜박일 동안에 일어난 일이다. 그다음 순간 태호자는 온몸이 얼음덩이 속으로 덮여진 느낌을 받았다. 그것은 안쪽 깔개 위에서 꿈틀거리는 생물(生物)을 보았기 때문이다. 쥐다. 쥐 세 마리가 팔다리가 묶인 채 버둥거리고 있다. 태호자의 눈이 번들거렸다. 쥐 세 마리 중 한 마리는 검은 진물을 뒤집어쓰고 있었는데 지독한 악취가 났다. 다른 한 마리는 꼬리에 헝겊조각을 매어서 발버둥을 칠 때마다 헝겊이 어지럽게 흔들리고 있었다. 그리고 남은 한 마리는 그냥 묶인 채로 있었다. 진막 밖에서 느껴졌던 세 명의 인기척은 쥐 세 마리였던 것이다.

"으음."

저도 모르게 신음을 뱉은 태호자가 밖을 향해 소리쳤다.

"속았다! 비었다!"

진막 안에서 태호자의 외침을 들은 순간 태영은 허공으로 솟아올랐다. 이미 준비를 하고 있었던 터라 태호자가 입을 벌린 순간에 솟았다고 봐야 옳다. 그러나 솟은 순간 태영은 심장이 철렁 내려앉은 느낌을 받았다. 머리 위의 대기가 모래더미가 쌓여져 있는 것 같았기 때문이다. 그래서 한 길(3m) 높이로 치솟아야 할 몸이 한 자(30cm) 높이로 뛰어올랐다가 떨어졌다.

"어엇."

놀란 태영의 입에서 저절로 외침이 뱉어졌다. 다리에 납덩이를 매단 것 같기도 했으므로 아래쪽을 보았던 태영이 대경실색을 했다. 개미다. 수만 마리의 개미가 땅바닥에 깔려 있다. 뛰었다가 내린 바람에 수천 마리를 밟아 죽였다. 개미가 꿀에 꼬여 있었다.

"아악!"

태영의 비명이 산천을 울렸는데 여자의 비명이다. 그때서야 옆쪽 기마군이 놀라 이쪽으로 뛰어왔다.

"아악!"

두 번째 비명을 뱉으면서 태영이 뛰었는데 이번에는 제법 높게 뛰었다. 그러나 곧 태영은 위에서 덮쳐오는 물체를 뒤집어썼다. 그물이다. 몽골군이 마른 음식과 말먹이를 넣고 다니는 가죽 그물을 엮어 넓힌 것으로 오래될수록 질겨지는 그물이다. 그물을 뒤집어쓴 태영이 아래로 곤두박질을 치며 떨어졌다. 사지가 그물에 엉킨 터라 기법을 쓸 수가 없었기 때문이다.

그때 태호자가 진막 밖으로 뛰어 나왔다. 태영이 두 번 뛰었다가 그물에 꿰인 닭 모양이 된 것은 눈 두 번 깜박이는 순간밖에 되지 않는다.

"어엇!"

태영의 꼴을 본 태호자가 장검을 치켜들고 달려들었다. 그물을 베어 빼내려는 것이었다. 기마군들이 몰려왔지만 아직 20보 거리는 되었으므로 여유가 있었다. 그때였다.

"이놈!"

허공에서 외침이 울렸는데 마치 마른하늘에서 벼락이 치는 소리 같았다. 하늘은 맑고 바람 한 점 불지 않는 골짜기 안이다. 외침에 놀란 태호자가 눈을 치켜떴지만 발을 멈추지는 않았다. 땅바닥에 떨어진 태영은 이제 두 발로 땅을 짚고 일어서려는 참이다. 그러나 그물은 온몸에 엉켜져 있다. 그때 다시 벼락이 떨어졌는데 이번에는 진짜 벼락이다.

"우르릉! 꽈꽝!"

바위가 부서지는 폭음과 함께 한 아름이나 되는 바윗덩이가 태호자의 바로 앞쪽에 떨어지면서 폭발했다.

"으앗!"

바위에 놀라고 폭음에 놀라고 파편에 놀란 태호자가 두 손으로 얼굴을 가리면서 뒹굴었다. 바위조각에 얼굴과 어깨, 배와 다리까지 전신을 난타당했다. 땅바닥에 뒹군 태호자가 하늘을 보면서 뻗었을 때 눈앞에 사내 둘이 나타났다. 하나는 지난번에 겨뤘던 고수, 또 하나는 6척 장신의 호남이다. 그때 장신의 사내가 말했다.

"두 연놈을 묶어라."

태호자와 태영이 나란히 무릎 꿇려졌다. 이제 둘의 면목이 밝은 하늘 아래 선명하게 드러났다. 피투성이가 된 태호자는 볼품이 없었지만 말끔한 태영의 자태는 숨이 막힐 것처럼 고혹적이었다. 치켜뜬 눈에서 차가운 얼음 줄기가 쏟아지는 것 같았고 꼭 다문 입술은 앵두가 터지려는 것 같았다. 곧은 콧날, 흰 이마는 그림에서 빠져나온 미인이었다. 태영의 미모에 군사들이 넋을 놓고 있었으므로 김산이 쓴웃음을 지으며 나무랐다.

"이놈들, 여우에 홀린 것이냐? 할 수 없는 놈들이군."

꾸지람을 받은 군사들이 10인장의 호통을 듣고 물러가자 진막 앞에는 다섯이 남았다. 이제 겨우 몸을 세운 비호수와 삼관필, 그리고 김산이 둘을 내려다보고 섰다. 그때 머리를 든 태호자가 김산을 보았다.

"분하다."

김산은 시선만 주었고 태호자가 말을 이었다.

"네가 우리 오누이를 제압한 술법이나 듣자."

태호자의 시선을 받은 김산이 웃기만 했고 삼관필이 발을 굴렀다.

"무엄한 놈! 주둥이를 찢고 혀를 뽑기 전에 닥치지 못할까?"

"제가 사지를 찢지요."

비호수가 말했을 때 태영이 말했다.

"사술이야, 오라버니. 저자는 눈속임으로 사술을 썼어."

태영이 똑바로 김산을 노려보았다.

"이놈, 이 비린내 나는 놈아, 네가 고려아 김산이렷다?"

"이 죽일 년!"

삼관필이 장검을 치켜들고 태영의 목을 내려치려는 시늉을 했다. 눈을 부릅뜨고 입술 끝이 부르르 떨린다.

"감히 어느 앞이라고 입을 놀리느냐?"

"놔둬라."

손을 들어 막은 김산이 다시 얼굴을 펴고 웃었다.

"이년은 겉은 얼음장 같지만 피가 뜨거운 요물이다. 남자 맛을 보면 사족을 쓰지 못하게 될 것이다."

"무, 무엇!"

얼굴이 금방 새빨갛게 달아오른 태영이 이를 악물었다.

"이놈! 이 버러지 같은 놈! 감히 네놈이 나를 어떻게 보고!"

"이년은 남자를 보면 방사를 생각하고 음심을 채운다. 내가 이년 눈빛을 읽을 수가 있다."

김산이 정색하고 말을 이어가자 삼관필과 비호수가 주의 깊게 듣는 시늉을 했다. 삼관필의 입가에는 웃음기까지 떠올랐다. 김산이 손끝으로 태영의 가슴을 가리켰다.

"이년은 가슴이 크고 젖꼭지가 성감대다. 제 스스로 젖꼭지를 주물러 성욕을 채웠는데 이년의 교활한 기질을 보면 집에서 기르는 개에게 젖꼭지를 빨렸을 것 같다. 젖꼭지에 꿀을 바르고 내밀면 개가 빨았겠지."

"이, 이, 이놈!"

태영이 악을 쓰며 몸을 비틀었지만 뒤로 묶인 가죽끈은 힘을 줄수록 더 손목을 조일 뿐이다. 그때 태호자가 태영에게 소리쳐 말했다.

"영아! 이놈이 네 기혈을 터뜨리려고 그러는 줄 모른단 말이냐? 운기를 돌려라!"

그때 김산이 팔짱을 끼더니 이제는 태영의 다리 사이의 음부를 보았다.

"이년이 아직 사내 맛을 보지 않았지만 손가락으로 수없이 장난을 했군. 동굴에서 풍기는 진한 냄새는 이미 수백 번 손가락질에 익숙해졌기 때문이다."

"아아악!"

그 순간 태영은 목청이 터질 것 같은 비명을 질렀는데 얼굴이 하얗게 굳어졌다. 그때 김산이 허리에 찬 칼을 번개처럼 빼들더니 후려쳤다. 놀란 삼관필과 비호수가 몸을 굳혔고 태호자는 이를 악물었다. 태영을 베는 것 같았기 때문이다. 그런데 아니다. 실제로 김산의 장검은 10여 번이나 검광을 뿌리며 태영의 몸으로 날아들었다. 그러나 몸을 벤 것이 아니다. 장검은 태영의 옷을 조각조각으로 베어 몸에서 떼어낸 것이다. 겉옷이, 저고리가, 바지가, 속옷이, 다리에 찬 덮개가, 마지막으로 음부를 가렸던 덮개까지 조각이 되어 칼끝에 날아갔다. 그리고 태영은 실오라기 한 올 걸치지 않은 알몸이 되어서 땅바닥에 앉아 있다. 순식간에 일어난 일이다. 검무처럼 보이는 칼 놀림이 화려하고 격렬해서 바로 옆에 앉아 있던 태호자도 넋을 잃고 움직이지 못했다.

"아앗!"

알몸의 태영을 발견한 태호자의 입에서 비명이 터졌다. 그때서야 제 몸을 내려다본 태영이 엉겁결에 두 손으로 젖가슴을 가렸다. 이제 얼굴은 놀람으로 굳어졌고 두 눈은 크게 떠졌다. 독기가 다 빠진 얼굴이다. 그때 김산이 말했다.

"봐라, 저 젖가슴, 내 말이 맞지 않느냐?"

젖가슴은 탐스럽고 희었다. 젖꼭지는 손바닥 안에 감춰졌지만 삼관필과 비호수는 이미 보았다. 김산이 말한 대로 포도알처럼 크다.

"맡아보아라. 저 동굴 속의 냄새를."

김산이 칼끝으로 태영의 음부를 가리키며 말한 순간이다. 태영이 입을 딱 벌렸고 다음 순간 김산의 장검이 날았다.

"턱!"

모두에게는 그렇게 소리가 들렸다. 다음 순간 머리 한쪽을 맞은 태영이 비스듬히 쓰러졌는데 온몸이 다 드러났다. 그때 김산이 저고리를 벗어 태영의 아랫도리를 덮으면서 말했다.

"이년의 약점이 이것이다."

칼등으로 머리를 맞은 태영은 기절한 채 움직이지 않았다. 김산이 치지 않았다면 혀를 깨물고 자결했을 것이었다. 머리를 돌린 김산이 거친 숨만 뱉고 있는 태호자를 보았다.

"그래, 내 사술을 보여주마."

그러고는 번쩍 손을 들어 옆쪽 바위를 손바닥으로 쳤다. 그 순간 바위가 흔들리더니 위쪽 부분이 뚝 떨어졌다. 그때 다시 김산이 주먹 안에 든 물체를 던졌다.

"꽈꽝!"

요란한 폭음은 바로 벽력이다. 물체에 맞은 바위가 산산조각이 나면서 폭발했는데 반대 방향이었지만 수천 개의 바위 파편이 쏟아졌다. 그것을 본 태호자가 기가 질린 듯 굳어졌다. 옆에 알몸으로 음부만 가린 채 누워 있는 태영도 의식하지 못한 것 같았다. 그때 김산이 저고리 안에서 주먹만 한 철 뭉치를 꺼내 보이면서 말했다.

"이것이 바위에 박혀 폭발하는 것이다."

그러고는 김산이 웃었다.

"내가 폴란드 총독이었을 때 만들어 해적선을 격침시켰던 무기다. 이 무지한 놈아."

사술이 아니다. 철저한 준비와 장치다. 장치란 곧 호레즘과 동로마제국에서 사용되기 시작한 화약과 폭약의 응용이다. 또한 태영의 경공을 무디게 만든 것은 땅바닥에 꿀을 뿌려 주변의 개미떼를 순식간에 모았기 때문이다. 끈적한 땅에 붙은 신발 때문에 태영은 무엇엔가 눌리고 당기는 느낌을 받았을 것이었다.

"너희들은 이 길로 아리그타의 기마군을 따라가도록 하라."

김산이 삼관필과 비호수를 둘러보며 말했다.

"비호수는 당장 기동은 할 수 있겠지만 상처가 제대로 아물려면 한 달은 지나야 된다. 그러니 내 편지를 들고 몽케칸 전하를 뵙도록 해라."

가슴에서 가죽에 싼 편지를 꺼낸 김산이 삼관필에게 건네주면서 말을 이었다.

"너희들도 몽케칸 전하를 뵐 때가 되었다. 천하를 위한 일을 하려면 대의(大義)가 있어야 하는 법, 그 대의는 제국의 제왕과 뜻을 함께하는 것이다."

둘은 경청했고 김산의 표정이 엄숙해졌다.

"몽케칸께서 천하를 장악하시면 너희들도 뜻을 펼칠 수가 있을 것이다. 그것이 바로 대의다."

"황공하오."

두 손으로 편지를 쥔 채 삼관필이 땅바닥에 넙죽 엎드렸다. 삼관필은 46세였으니 장년이다. 머리를 든 삼관필의 두 눈에 눈물이 가득 고여져 있다.

"제 나이가 곧 50이 되었으나 지금까지 대의에 대해서 이렇듯 명쾌한 가르침을 받은 적이 없소이다."

삼관필이 말하자 비호수가 따라서 엎드리며 말했다.

"제 생명을 이어주셨고 또한 살아갈 길도 열어주셨으니 남은 일생을 두고 따르겠소이다."

"나는 변방의 고려국의 유아로 이 땅에 끌려왔다."

외면한 채 말한 김산의 옆모습이 처연했다. 어느덧 오후가 되어서 바람결에 나뭇잎이 흩어졌다. 바위 밑에 이제는 옷을 걸친 태영과 태호자 남매가 묶여져 있었으나 셋은 신경 쓰지 않았다. 김산의 목소리가 바람을 누르고 전해져왔다.

"약소국 백성으로 포로가 되어 왔지만 이젠 몽골제국의 대신이며 킵차크칸국에서 총독도 지냈다. 몽골인이 포악하고 잔인하나 민족을 가리지 않고 능력에 따라 중용하고, 차별하지 않는 것은 본받을 만하다."

둘은 숨을 죽였고 김산의 말이 이어졌다.

"너희들은 한인, 제국의 관리로 기반을 굳히고 뜻을 펼치도록 해라. 내가 그것을 몽케칸께 여쭈었으니 너희들에게 적당한 직위를 내릴 것이다."

"황공하오."

둘이 같이 납작 엎드려 치하를 했을 때 김산이 몸을 돌리면서 말했다.

"나는 저 남매를 데리고 가겠다."

당시 고려는 무신정권의 시대로 최충헌이 1219년 9월에 죽고 아들 최이가 정권을 잡았다. 1249년 11월, 30년간 통치를 하던 최이가 죽었는데 당시의 몽골제국에서도 칭기즈칸, 오고데이칸에 이은 구유크칸이 1248년에 죽었으니 거의 같은 시기가 되겠다. 그러나 고려는 최이가 죽고 아들 최항이 바로 정권을 잡았으나 몽골제국은 구유크의 오고데이 가문과 몽케의 톨루이 가문 간의 황제 쟁탈전이 치열해진 상황이다. 고려 측에는 득이다. 1247년에 개경 환도를 요구하며 고려에 침입했던 몽골군은 구유크 사망 소식을 듣지 부랴부랴 철수했던 것이다. 그러나 태평세월이 오래가지는 않았다. 구타이 때문이다. 구유크가 사망한 후에 2년째 황제위는 공석이 되었기 때문에 병부대신 겸 북방군사령관 구타이의 위세는 더욱 강고해졌다. 그 구타이의 명령을 받은 원정군 사령관 술리만과 감독관 아지부카가 기마군 3만을 이끌고 출정 준비를 하고 있다. 이곳은 연경 서남쪽의 대평원, 분도평원이라 부르는 목초지에 10여만 필의 말떼가 모여 있다. 기마군 3만이 세운 진막은 마치 대도시 같다. 고려원정군이다. 오전 사시(10시)경, 사령관의 진막 안에서 카라코룸에서 달려온 사자가 사령관 술리만에게 구타이의 서찰을 전달하고 있다.

"반란군이 황궁의 물자까지 강탈해가는 세상입니다."

서찰을 건넨 사신은 구타이의 측근 노야킨이다. 노야킨이 말을 이었다.

"황궁의 환관이 가져오던 고려인삼 40여 상자가 몽케의 지시를 받은 반란군에 의해 탈취되었소. 이것은 반역행위요."

"그렇군."

서찰을 다 읽은 술리만이 감독관 아지부카에게 넘겨주며 말했다. 얼굴이 굳어져 있다.

"기마군을 이끌고 동진하다가 여진족의 대야성을 급습하라는 지시오. 사자께서는 알고 계시지요?"

"압니다."

가슴을 내밀면서 대답한 노야킨은 1만인장으로 재작년의 고려원정에 참여했다가 부랴부랴 회군한 경험이 있다. 45세, 몽골의 타바스 부족으로 오난강가 초원에서 말을 기르던 부족이다. 칭기즈칸의 거병 시에 오고데이 부하들에게 말을 대주었다가 이제는 부족원이 1만인장도 되었고 현령도 되었다. 노야킨은 그중 가장 출세한 인물 중의 하나다. 오고데이칸의 최측근인 구타이의 심복이기도 하기 때문에 앞으로 3만인장, 대장군도 가능하다. 그때 술리만이 다시 물었다.

"대야 성주 코둔은 바이린 부족으로 1만인장이오. 코둔까지 베어 죽이란 말씀이요?"

"그래서 대감께서 특별히 사자로 저를 보내신 것입니다."

다시 가슴을 내민 노야킨이 염소수염을 손가락으로 훑었다. 두 눈이 번들거렸고 넓은 얼굴은 붉게 상기되었다. 진막 안에는 넷이 둘러앉았다. 술리만과 아지부카, 그리고 노야킨과 부장이다. 노야킨이 목소리를 낮추고 말했다.

"대감께서는 현재 몽골제국이 내분 상태라고 하셨소. 그것은 톨루이 가문과 그에 호응하는 일파 때문이라고 하셨소. 따라서 원정군이 고려로 가는 길에 몽케의 일당인 대야 성주 코둔을 척살시키는 것이 제국의 안녕에 크게 기여하게 될 것이라고 말씀하셨소."

"……."

"그것을 소장이 자세하게 설명해드리라고 하셨소."

심호흡을 한 노야킨이 똑바로 술리만과 아지부카를 보았다.

"두 분께서는 대감의 각별한 신임을 받고 계시는 몸, 이번 작전이 성공하면 대장군이 되실 것이오."

"너는 네 가계를 아느냐?"

불쑥 김산이 묻자 태호자가 머리를 들었다. 이곳은 진막 위쪽의 산등성이에 만들어진 동굴 안이다. 석산(石山) 암반이 무너지면서 생겨난 석회암 동굴로 넓고 깊었는데 마치 지난날 김산이 스승 호율태를 모셨던 곳과 비슷했다. 그러나 그곳보다는 작고 메마른 곳이다. 김산은 두 남매를 이끌고 이곳으로 옮겨왔는데 바위 파편에 맞은 태호자가 걸음을 뗄

수가 없었기 때문이다.

"그건 알아서 뭐 하게?"

다리가 부러졌고 창자가 터지는 내상에다 갈비뼈는 네 대가 부러졌으며 머리가 깨진 터라 태호자는 중상이다. 특히 터진 창자에서 배어 나온 피가 식도로 넘어오고 있다. 그런데도 오기는 죽지 않아서 누운 채 되묻는 태호자의 눈빛이 퍼렇다. 태호자의 시선을 받은 김산이 쓴웃음을 지었다.

"15년 전, 멸망한 금(金)의 무관 가문 같구나. 그렇지 않느냐?"

태호자는 입을 열지 않는다. 동굴 입구에서 들어오는 빛살이 짧아졌다. 빛이 동굴 밖으로 나가는 것 같다. 오후가 저물어가고 있는 것이다. 태영은 물을 뜨러 나갔는데 김산이 놔두었다. 태호자는 인질로 잡고 있는 셈이기도 했다. 다시 김산이 말을 이었다.

"내가 한인 스승한테서 금(金)의 멸망사를 들었다. 금은 몽골과 남송의 연합군에게 패망했는데 태주성의 비극은 심금을 울렸다. 금 황제 애종이 목을 매었을 때 거들었던 위사 한 명의 이름이 태 아무개였다. 혹시 네 조상이 아니냐?"

"닥쳐라!"

동굴이 들썩일 것 같은 고함이 터지더니 태호자의 입에서 붉은 선혈이 뿜어졌다.

"이놈, 내 조상을 욕보이지 마라!"

피를 뿜으며 태호자가 말했을 때 김산의 얼굴에 쓴웃음이 번졌다.

"이미 중원에서 모르는 사람이 없을 정도로 퍼진 야사(野史)다. 태 아무개는 애종이 샛문으로 빠져나가려고 하자 두 팔을 벌려 가로막고 소리쳤다는 것이다."

그러더니 김산이 정색하고 목청을 바꿔 소리쳤다.

"이미 망한 나라의 임금이 구차한 목숨을 이어 무엇에 쓰시려오? 여기서 목을 매면 후세 사람들이 안쓰럽게나 여길 것이지만 나가서 몽골군의 칼에 목이라도 떨어지면 개 취급을 받을 것이오."

그때는 태호자가 눈을 감은 채 가쁜 숨만 뱉었고 김산의 말이 이어졌다.

"내가 듣기론 태 아무개라는 위사에게 그때 10살도 안 된 남매가 있었다고 했다. 그 후에 위사는 패망한 금국 관민들에게 역적으로 몰려 칼로 목을 그어 자살을 했고 그 아내는 어린 남매를 어느 절에 맡기고 강물에 뛰어들어 자살을 했다는 것이다."

그때 뒤에서 인기척이 울렸지만 김산은 돌아보지 않았다. 그 사이에 태영이 동굴 안으로 들어와 있었던 것이다. 등 뒤에서 태영의 목소리가 울렸다.

"그 왕은 밖으로 도망치다가 몽골군의 칼에 난도질을 당해 죽는 것이 나았어."

김산은 듣기만 했고 태영의 맑고 강한 목소리가 동굴을 울렸다.

"비겁하게 그 왕은 황족에게 양위하고 도망치려고 했어. 양위하면 자길 죽이지 않을 줄 알고 말야. 그러다가 새 황제 승린(承麟)은 양위식을 하다 말고 난군(亂軍) 중에서 전사하고 애종은 끝까지 도망치려고 하다가 목을 매었지. 내 아버지는 충신이었어."

그때 태호자가 눈을 부릅떴다.

"영아, 이놈 술수에 말려들지 마라!"

태호자의 외침을 들은 김산이 몸을 돌려 태영을 보았다. 시선이 마주치자 태영은 외면했는데 어느덧 이가 악물려져 있다. 김산이 태영의 옆모습에 대고 말했다.

"그래, 금의 충신 자식이 금을 멸망시킨 남송 재상의 하수인 노릇을 한단 말이냐? 중원의 소문에 대한 반발로 이제는 역적 가문으로 못을 박으려고 했구나."

그러고는 김산이 짧게 웃었다.

"가소로운 것들 같으니, 그런데 어쩌면 좋으냐? 나는 나흘 전에 너희들이 모시던 남송의 대신 양청준의 머리를 떼어 왔으니라. 양청준의 머리는 지금쯤 몽케칸 전하의 앞에 놓여 있을 것이다."

밤이 깊었다. 동굴 밖의 바위 위에서 보면 하늘의 별이 마치 나뭇가지에 걸린 등불 같았다. 바람이 불면 등이 흔들리는 것처럼 별이 움직였다. 김산이 바위에 머리를 붙이고 하늘을 보았다. 진시(12시)가 넘은 시간이다. 풀벌레 소리도 그쳤고 부엉이도 둥지를 찾아간 듯 울지 않는다. 귀를 세우고 있으면 2리(800m)쯤 떨어진 산기슭의 멧돼지가 풀숲을 걷는 소리도 들린다. 그런데 20보 밖의 기척을 놓치겠는가? 발끝으로 걷지만 12관(45kg) 정도의 물체가 땅을 디디면서 이쪽으로 다가왔다. 땅을 딛는 진동음보다 다리를 떼는 기척으로 알아볼 정도였으니 경공 수준이 최상급이다. 태영이다. 이제 함께 있은 지 만 하루가 되었으니 호흡과 냄새, 그리고 특성도 머릿속에 심어놓았다. 그것이 김산의 본성이다. 스쳐 지난 인간의 특성이 모두 머릿속에 박혀져 있다. 어릴 적 짐승의 미끼가 되어서 4년간을 혼자 자란 덕분에 갖춰진 습성이다. 스쳐 지났던 인간이 없었기 때문에 그 이후부터 무의식적으로 머릿속에 심어진 것이다. 그때 다가오던 발자국 소리가 여섯 걸음 뒤쪽으로 뚝 그쳤다. 바위 위에서 대각선 위치로 경공으로 뛰어오르면 단 1합에 격살을 시킬 수 있는 위치다. 그때 태영이 독음으로 말했다.

"나, 왔어요."

김산이 천천히 머리를 돌려 태영을 내려다보았다. 태영의 눈동자가 별빛을 받아 반짝였다. 그때 태영이 입을 꾹 다문 채 다시 말했다.

"당신이 오라고 했잖아요?"

"내가 오라고 했단 말이냐?"

김산이 입술도 벌리지 않고 물었으나 태영은 알아듣고 대답했다.

"당신의 눈빛이."

"내 눈빛이 무엇을 말하더냐?"

"내 색욕을 채워주겠다고."

태영이 시선을 떼지 않은 채 말을 이었다.

"당신 앞에서는 난 벌거벗은 느낌이야. 그래서 이젠 부끄럽지도 않아."

"그렇군."

"당신도 지금 음심이 발동하고 있는 것쯤은 알 수가 있어."

"호, 그러냐?"

"내 색욕을 채워줘."

"그렇게 사내가 그립더냐?"

"모두 당신 때문이야. 당신이 나를 이렇게 만들었어."

김산이 숨을 삼켰다. 태영의 눈에서 눈물이 흘러내리고 있었기 때문이다. 별빛을 받은 눈물 줄기가 반들거리고 있다.

"너, 몇 살이냐?"

김산이 묻자 태영이 다가와 섰다.

"스무 살."

앞에 와 선 태영에게서 향내가 맡아졌다. 여체의 향내다. 후각이 발달한 김산에게는 태영의 모든 부분이 냄새로 맡아졌다. 그때 태영이 김산을 내려다보면서 말했다.

"날 안아줘."

"심호흡을 해라."

"싫어."

"눈을 감고 잠깐만 명상을 해."

"싫어."

"짐승처럼 그러면 안 된다."

"누가 그래?"

"인간은 서로 뜻이 맞고 정을 품은 사이에 교합을 하는 것이야."

"난 그곳이 뜨거워져 있어."

더 바짝 다가선 태영의 몸이 김산에게 닿았다. 태영이 몸을 비볐다.

"이상한 말 하지 말고 날 안아."

"넌 15년 간 인간의 도리를 배우지 않았느냐?"

"무공만 배웠어."

그 순간 태영이 허물어지듯 김산의 몸 위로 엎어졌다. 물컹한 젖무덤이 가슴을 압박했고 입에서는 가쁜 숨이 뱉어졌다.

"날 안아줘. 어서."

태영의 두 손이 김산의 남성을 더듬어 쥐었다. 바지 위에서 쥐었지만 돌기둥처럼 딱딱해진 김산의 남성을 움켜쥐자 태영이 눈을 크게 떴다.

"이렇게 컸어?"

"이런."

마침내 김산이 손을 들어 태영의 관자놀이 사이의 혈맥을 눌렀다. 이곳은 수궁(睡宮), 즉시 반수 상태에 빠진 태영이 몸을 늘어뜨리자 김산은 안아 들었다. 늘어진 태영의 몸은 부드럽고 가벼웠다. 김산은 잠시 태영의 몸을 안은 채 그 자리에 서 있었다.

다음날 아침, 눈을 뜬 태영은 소스라치며 제 몸을 살폈다.

"왜 그러느냐?"

옆쪽에서 태호자의 목소리가 들렸으므로 태영은 상반신을 일으켰다.

"오라버니, 내가……."

"넌 잘 자더구나."

태호자가 누운 채로 말했다.

"그자는 떠났다."

"에엣?"

눈을 크게 뜬 태영에게 태호자가 말을 이었다.

"약초와 내복약을 놓고 갔다. 제조법도 저기 쪽지에 적어놓았다더구나."

태호자가 눈으로 가리킨 동굴 구석에 한 아름의 약초가 쌓여 있다.

"나한테 이곳에서 열흘간 약을 먹으면서 내상을 치료해야 한다고 하더구나. 내 생각도 그렇다."

"……."

"열흘쯤 후에 돌아올 텐데 그 안에 몸이 나으면 떠나도 좋다고 했다."

"……."

"이상한 놈이지. 날 죽이지도 않고."

"……."

"그런데 넌 웬 잠을 그렇게 정신없이 자느냐? 별일이다."

그때 몸을 일으킨 태영이 서둘러 동굴 밖으로 나갔으므로 태호자는 입을 다물었다. 동굴 밖으로 나온 태영이 손등으로 눈물을 씻었다. 밖은 이미 해가 한 뼘이나 솟아오른 진시(8시) 무렵이다.

10여 필의 준마가 황야를 달리고 있다. 한 무리가 되어서 자욱한 먼지를 일으키며 달리는 말떼는 마치 야생마가 내달리는 것 같다. 그러나 맨 앞쪽 말에 안장도 없이 올라탄 기사(騎士)를 보고는 장거리를 달리는 전령군관쯤으로 알 것이다. 그 기사가 바로 집행관이며 대장군 김산이다. 말떼는 미친 듯이 북방으로 질주하고 있다. 지친 말을 황야에 버리고 가는 터라 벌써 말 여섯 마리를 방생했다. 역참이나 마시장이 있는 마을을 통과한다면 지친 말과 새 말을 바꿀 수 있겠지만 인가도 없는 황야와 불모지, 산골짜기를 질러가느라고 이렇게 말떼를 몰고 내달리는 것이다. 벌써 나흘째 무인지대를 달리고 있다. 나흘 동안 하루에 각각 한 시진(2시간)쯤 잠을 잤을 뿐이다. 그래서 나흘에 2천 3백 리를 주파했다. 이제 분도 평원까지는 3백 리가 남았다. 때는 미시(오후 2시) 무렵, 해시(10시)쯤에는 도착할 것인가?

"이럇!"

지친 말에게 꾸짖듯 말했던 김산이 곧 뒤쪽에서 따르는 말 한 마리를 끌어당겼다. 말떼는 모두 가는 삼끈으로 이어져 있는 것이다. 원기가 흐르는 말 한 마리가 다가오자 김산은 몸을 날려 말 등으로 옮겨 탔다. 그러고는 지친 말의 고삐는 손에서 떼고 말 목을 두드렸다.

"자, 가거라!"

지친 말이 갑자기 등이 가벼워진 바람에 얼마쯤 따라 달리다가 곧 뒤로 처졌다.

"이럇!"

새 말에 박차를 넣자 불끈 힘을 낸 말이 내달리기 시작했고 이제는 한 마리가 줄어든 말떼가 뒤를 따른다. 눈을 부릅뜬 김산의 머릿속에 문득 지난 일들이 주마등처럼 스치고 지나갔다. 7살 때 어머니와 함께 몽골 군에게 끌려오던 장면이, 그 이전에 두 동생이 참살되던 순간이, 그리고 아버지의 장렬한 죽음, 어머니의 시신을 묻었던 일, 김산의 어금니가 저절로 악물려졌다. 그보다 더한 고통의 나날이 있었지만 그때가 연이어 떠오른 것은 또다시 몽골군이 고려 땅으로 진입할 예정이었기 때문이다. 몽골 기마군 3만이 분도 평원에서 출진을 기다리고 있는 것이다.

"그렇군."

편지를 쿠빌라이에게 건네준 몽케가 이 사이로 말했다. 눈을 치켜뜬 몽케의 얼굴은 굳어져 있다. 몽케는 올해로 43세, 장년이다.

"구유크는 남송 놈들하고 결탁해서 내 작전을 번번이 방해했어. 지금도 그렇다."

쿠빌라이가 잠자코 몽케한테서 받은 편지를 읽는다. 김산이 삼관필 편에 전한 편지다. 남부군총사령 겸 남송정벌군 사령관 몽케칸의 진막 안이다. 상석의 몽케와 쿠빌라이 주위로 수십 명의 장군들이 둘러앉았고 삼관필과 비호수는 열 발자국 간격을 두고 납작 엎드려 있다. 이윽고 편지를 다 읽은 쿠빌라이도 어깨를 부풀렸다가 내렸다.

"반역자 놈들."

김산의 편지에는 지금까지 구유크 측과 구타이가 남송의 대신 양청준에게 남송정벌군의 내막을 알려준 것은 물론 몽케 세력을 제거하려고 연합했다는 증거를 조목조목 적어놓았던 것이다. 삼관필보다 며칠 빠르게 몽케칸 진영에 도착한 정봉과 아리그타는 양청준의 머리를 들고 온데다 이번에는 기마군 3만으로 고려를 기습할 계획이라는 정보까지 편지에 적혀져 있다. 이윽고 머리를 든 몽케가 삼관필과 비호수를 번갈아 보았다.

"대장군 김산이 너희들의 중용을 청했다. 지금부터 너희들은 위사대에 속한 1천인장이다."

몽케칸의 한 마디에 둘은 무장(武將)이 되었다. 1천 기를 거느릴 수 있는 무장인 것이다. 둘이 다시 납작 엎드렸을 때 쿠빌라이가 몽케에게 말했다.

"김산의 공이 큽니다. 양청준을 제거했으니 남송은 이제 머리 없는 뱀 꼴이 되었지 않습니까?"

머리를 끄덕인 몽케가 가라앉은 목소리로 대답했다.

"김산이야말로 제국의 개국공신이나 같다. 위급할 때 제 몫을 하는 것이 진정한 무장이다."

둘러앉은 수십 명의 장군들이 모두 입을 다물었다. 이런 칭찬을 들은 장수가 없었던 것이다.

몽골제국이 다시 황제가 없는 채로 2년을 보내고 있다. 전(前)황제이며 이미 고인이 된 구유크의 미망인인 오굴 카이미쉬가 카라코룸의 황궁을 장악하고는 있지만 제국은 너무 광대해졌다. 멀리 서역에서는 킵차크제국을 건설한 주치의 맏아들 바투가 있는가 하면 남송 전선에는 막강한 군사력을 보유한 톨루이의 아들 몽케와 쿠빌라이, 훌라구 등이 버티고 있는 것이다. 오고데이 가문의 구유크는 차가타이 가문과 연합한 상태였고 주치 가문은 톨루이 가문과 제휴했다. 어느 한쪽이 일방적으로 부족장의 원로회의인 쿠릴타이를 소집해서 황제위를 차지할 수가 없는 상황이다.

이곳은 카라코룸의 황궁 내전 안, 황후 오굴 카이미쉬가 제국의 실력자인 북방군 총사령관 겸 병부대신 구타이, 그리고 재상 영천을 내려다보고 있다.

"대감, 시간이 지날수록 톨루이 집안의 위세가 높아지는 것 같습니다."

오굴 카이미쉬가 날카로운 목소리로 말했다.

"이제는 내가 먹을 고려인삼도 공공연히 탈취해가는 상황이 아니오?"

"경비가 소홀했습니다."

구타이가 시선을 내린 채로 말했지만 크게 위축된 것 같지가 않다. 오굴 카이미쉬의 목소리가 높아졌다.

"내년이면 3년째가 됩니다. 내가 두 아들 중 하나를 꼭 황제위에 올려놓고 세상을 하직할 것이오. 대감께서 돌아가신 황제 폐하의 뜻을 저버리지 않으시기를 바라겠소."

"염려하지 마십시오."

마침내 어깨를 편 구타이가 똑바로 오굴 카이미쉬를 보았다.

"이번에 고려 정벌군이 돌아온 후에는 바로 쿠릴타이가 열리게 될 것입니다."

"어떻게 말이오?"

"각 부족장에게 고려인 계집애를 3백 명씩 나눠줄 작정입니다."

오굴 카이미쉬가 숨을 들이켰고 구타이의 목소리가 청을 울렸다.

"부족장 13명에게 나눠주도록 고려 계집애 5천 명을 잡아올 것입니다. 이번 고려 침공은 쿠릴타이에 대비한 물자 충당용이라고 보시면 됩니다."

"과연."

마침내 오굴 카이미쉬의 째진 눈에 웃음기가 번졌다.

"대감의 소문은 과장이 아니오. 고려녀 3백이면 황금 1만 냥 값어치가 있을 것이오."

"그 이상입니다."

정색한 구타이가 오굴 카이미쉬를 보았다.

"고려녀는 인품이 좋을 뿐만 아니라 육덕도 좋습니다. 또한 강하고 아이를 잘 낳아서 어떤 종족보다 월등합니다. 고려녀 선물을 받으면 모두 마음을 돌릴 것이오."

그러자 영천이 거들었다.

"원정군이 돌아올 때쯤인 석 달 후에 쿠릴타이를 소집시키도록 하겠습니다."

게르를 걷고 있는 것은 이제 곧 출진을 하려는 것이다. 바위 위에 엎드린 김산은 앞쪽을 응시한 채 움직이지 않았다. 해시 끝 무렵(11시), 깊은 밤이다. 수없이 솟은 게르 중 절반가량이 반쯤 접혀져 있다. 게르는 이동용이 아니다. 몽골군은 출정 시에는 얇은 가죽으로 만든 진막을 사용한다. 장군급도 게르에서 숙식하지 않는다. 이제 게르를 걷는 것은 떠난다는 의미다. 놔두고 떠난다. 필요한 가죽만 떼어가는 것이다. 김산은 눈을 좁혀 뜨고 앞쪽을 보았다. 장군의 진막은 겹겹이 쌓인 진막을 헤치고 1리(500m)나 더 나아가야 한다. 몽골군의 야간경계는 독특하다. 특히 주장(主張)을 호위하는 경비는 그야말로 물 샐 틈이 없다. 칭기즈칸은 귀족 자제들로 구성한 1만 명의 위사를 주위에 포진시켜놓고 밤에 자신의 진막 주위의 5백 보 안에 두 발로 걷는 자는 모두 다리를 베어 죽였다. 단 한 명의 예외도 없이 다 죽였다. 그 전통이 지금도 몽골군의 야간 경계에 그대로 답습하고 있다. 김산은 숨을 고르고는 바위에서 몸을 일으켰다.

신발을 벗던 술리만이 앞에 선 위사에게 말했다.

"술을 한 잔 마시고 자야겠다. 마유주를 가져와라."

"예, 장군."

위사가 물러가자 가죽신을 벗은 술리만이 보료에 비스듬히 앉았다. 사령관의 진막이어서 10명이 둘러앉을 수 있을 만큼 넓다. 진막 중심부에 세워진 기둥에 등 하나가 매달려 안을 비추고 있다.

술리만은 눈을 가늘게 뜨고 손으로 턱수염을 쓸었다. 올해 47세, 20여 년 동안 전장을 찾아다녔다가 이번에 또 침공군의 지휘를 맡았다. 그러나 왠지 개운치가 않다. 전투를 치르고 전쟁을 해야 할 장군이 포로를 잡는 원정을 떠나는 것이다. 그것도 여자를, 특히 열 살 미만의 소녀를 잡아오라는 명을 받았다. 그뿐인가. 가는 길에 대야 성주 코둔을 기습,

암살해야만 한다. 이것은 오고데이 가문과 톨루이 가문의 전면전의 개시를 의미한다. 지금까지 비밀리에 암살하고 모략은 했을지언정 공공연하게 상대방을 치지는 않기 때문이다. 3만 기마군이 지나는 길에 대야 성주 코둔이 암살되면 어린애도 그것이 누구 수작인지를 알 것이었다. 그때 진막의 문이 젖혀지면서 위사가 들어섰으므로 술리만은 머리를 들었다. 술을 시킨 위사다.

"으응?"

그러나 다음 순간 술리만이 눈을 치켜떴다. 위사가 아닌 것이다. 가죽조끼에 바지를 입었고 머리는 두건을 썼다. 허리에 장검을 찼는데 6척 장신에 호남이다. 처음 보는 얼굴이다.

"누구냐?"

술리만이 묻자 사내가 세 걸음 간격으로 다가와 섰다.

"나는 남부군 대장군이며 킵차크제국의 폴란드 총독을 지낸 김산이다."

사내의 목소리는 낮았지만 술리만의 귀에 천둥소리처럼 울렸다.

"아니, 그럼."

술리만은 기선을 제압당했다. 눈을 치켜뜨고 어깨를 부풀렸지만 이미 김산은 두 발짝 앞으로 한 걸음 더 다가왔다. 허리에 찬 칼을 뽑아 후려치면 그대로 목이 날아간다. 그때 김산이 선 채로 물었다.

"네가 술리만이렸다."

"그렇다."

"3만인장 놈이 총독을 지낸데다 5만인장으로 대장군 겸 대감 직위의 집행관에게 해라를 하는 것은 네가 나를 적국의 상대로 인식하고 있다는 증거겠구나."

"으음."

유창한 김산의 말에 말문이 막힌 술리만이 신음했다. 술리만의 눈동자가 뒤쪽을 스치고 지나는 것을 본 김산이 쓴웃음을 지었다.

"네 시종 위사들을 찾느냐? 모두 잠이 들었으니 부를 생각을 마라."

김산의 눈빛을 본 술리만이 이를 악물었다. 전장을 많이 겪은 전사(戰士)는 죽음의 순간을 예감한다고 한다. 지금 술리만이 그렇다. 술리만은 당장 벌떡 일어나 뒤쪽 칼걸이에 걸린 장검을 집거나 소리를 친다고 해도 살아 나갈 길이 없다는 것을 처음부터 알고 있었다. 그것이 술리만을 지금까지 살아남게 한 이유였을 것이다. 상황을 냉정하게 파악하고 분수를 안다는 것, 만용은 곧 죽음인 것이다. 그때 김산이 빙그레 웃었으므로 술리만의 가슴은 더 내려앉았다. 김산이 자신의 속마음까지 읽은 것이다.

"술리만, 살고 싶으냐?"

"억울하다."

"왜? 오고데이 가문을 위해 더 충성을 바치지 못하고 죽게 되어서?"

"이런 개죽음이 억울하다는 것이야."

"몽케칸을 위해 충성을 바치겠느냐?"

"몽골제국을 위해서라면."

"이유를 듣자."

"난 고려로 가는 길에 대야 성주 코둔을 죽이라는 구타이의 밀명을 받았다."

눈을 치켜뜬 술리만이 김산을 노려보았다.

"그것이 싫었다."

어깨를 부풀렸다가 내린 술리만이 말을 이었다.

"내 적은 금이나 남송 또는 서역의 백인 왕국이어야 했다. 그것이 칭기즈칸의 뜻이 아니겠는가?"

"……."

"나는 몽골족, 이런 내분이 싫다."

"투항하겠느냐?"

김산이 자르듯 묻자 술리만의 눈동자가 흔들렸다. 김산의 목소리가 다시 진막 안을 울렸다.

"그렇다면 그 증거를 보이도록 하라, 술리만."

감독관 아지부카와 사자로 와 있던 1만인장 노야킨은 같은 진막을 사용하고 있었는데 서로 뜻이 잘 맞았기 때문이다. 노야킨은 내일 오전에 고려 정벌군이 출발하는 것을 보고 카라코룸으로 돌아갈 예정이었다. 오전 인시(4시) 무렵이 되었을 때 둘은 위사가 깨우는 바람에 잠에서 깨어났다.

"무슨 일이냐?"

휘장 안에서 아지부카가 소리치듯 묻자 위사가 대답했다.

"사령관께서 두 분을 오시라고 합니다."

"아니, 지금 몇 시인데?"

진막 밖은 아직 짙게 어둠이 덮여져 있다.

"무슨 일이냐?"

이번에는 노야킨이 묻자 술리만의 위사가 공손히 대답했다.

"예, 카라코룸에서 전령이 왔습니다. 어서 가시지요."

놀란 둘이 벌떡 일어나 옷을 갖춰 입고 나오는 데는 일각(15분)도 걸리지 않았다. 카라코룸의 전령이라면 병부대신 구타이다. 고려 정벌군은 구타이의 지시를 받고 출정하는 것이다. 그곳에서 사령관의 진막까지는 50보도 되지 않았으므로 둘은 말도 타지 않고 서둘러 안으로 들어섰다.

"늦었소이다."

먼저 아지부카가 술리만에게 말했다. 진막 안에는 이미 출정군의 3천인장 이상급의 장수 7, 8명이 다 모여 있었기 때문이다. 장수들을 휘둘러본 아지부카가 그중 처음 보는 사내를 보았다. 가죽조끼에 바지 차림이었으나 한눈에도 범상한 인물은 아니었다. 검정색 담비털 모자를 썼고 허리에는 장검을 찼다. 사내에게 시선을 준 채 아지부카가 물었다.

"카라코룸의 전령이 왔다면서요?"

진막 안이 갑자기 조용해졌으므로 아지부카가 이제는 술리만을 보았다.

"저분이 전령입니까?"

그때 사내가 어깨를 펴고 껄껄 웃었다.

"술리만, 저놈하고는 더 이상 이야기할 것이 없다."

웃음을 그친 사내가 아지부카와 노야킨을 휘둘러보았다.

"몽골제국을 위한 충의를 보여라."

그 순간이다. 주위에 둘러선 장수들이 일제히 칼을 뽑아들었다. 놀란 아지부카와 노야킨이 한 걸음 뒤로 물러섰지만 등이 진막에 닿았다.

"아아앗!"

비명은 노야킨이 먼저 질렀다. 옆에 선 3천인장 하나가 칼로 팔 하나를 뚝 잘라냈기 때문이다.

"으아악!"

다음에는 둘의 입에서 똑같은 비명이 울렸다. 7, 8개의 칼날이 마치 빗발처럼 번득이며 내려쳐 졌다. 등 빛을 받은 흰 칼날이 어지럽게 번쩍 였고 핏발이 뿌려졌다. 충의가 칼바람으로 표현되었다. 이윽고 칼바람이 멈췄을 때 두 구의 시체는 난도질이 되어서 형체를 분간할 수 없을 정도였다. 그때 김산이 좌중을 둘러보며 말했다.

"이제 감독관과 사자를 없앴으니 너희들은 감시에서 벗어났다. 그러니 곧장 집으로 사람을 보내어 남부군 영역으로 피신시키도록 해라."

김산의 말이 이어졌다.

"그리고 너희들은 각자 부하를 이끌고 남부군의 몽케칸께 가도록 해라. 몽케칸께서는 너희들을 전승자로 우대해주실 것이다."

머리를 돌린 김산이 술리만을 보았다.

"내가 몽케칸께 올리는 서찰을 써줄 테니 보여드려라."

전승자로 인정을 받으면 각각 특진이 된다. 1만인장은 2만인장, 1천인장은 3천인장, 술리만은 3만인장이니 5만인장의 대장군이 될 것이었다.

"오라버니, 가자."

태영이 말했으나 태호자는 외면하고 대꾸하지 않았다.

"오라버니, 그럼 나 혼자 갈 거야."

동굴 앞에 선 태영이 태호자의 옆모습을 노려보았다.

"임안에서 만나."

미시(오후 2시) 무렵이다. 이제 태호자의 내상은 거의 치료가 되었고 오늘은 경공을 펼쳐 열 자(3m)가 넘는 바위 위로 뛰어오르기도 했던 것이다. 그러나 태호자는 떠날 생각을 하지 않았다. 어제부터 태영이 졸랐지만 가타부타 대답도 하지 않고 동굴에 머물고 있다.

"오라버니, 도대체 왜 이러는 거야?"

마침내 태영이 흰 얼굴에 홍조를 띠고 태호자에게 다그쳤다.

"움직이지 않는 이유를 말해!"

"그자는 우리 가문의 내막을 잘 알고 있었어."

불쑥 태호자가 말했을 때 태영은 숨을 죽였다. 바위에 기대앉은 태호자가 말을 이었다.

"우리 부친 태이진은 충신이었다. 하지만 무지한 금나라 백성들은 역적으로 몰았지."

"……."

"금나라 백성들에 대한 원한으로 남송의 앞잡이가 되는 것이 아니었어. 그것은 우리 부친을 욕되게 하는 것이었어."

"……."

"그자가 내 눈을 뜨게 해준 것 같다."

"난 그놈 얼굴을 두 번 다시 보지 않을 거야."

이제는 태영이 외면한 채 말했다.

"그러니까 빨리 이곳을 떠나자구."

"난 너하고 생각이 다르다."

태호자가 달래듯이 말을 잇는다.

"그자의 무공은 우리보다 몇 수나 위야. 우리 사부보다도 더 높을 것 같다. 그러나 경쟁심을 버리고……."

"그놈을 섬기자구?"

"내 내상까지 치료해주었지 않느냐? 우리가 그렇게 해코지를 했는데도 말이다. 그러니까……."

"난 갈 테야."

휙 몸을 돌린 태영이 구석에 싸두었던 보퉁이를 들었다.

"그럼 오라버니하고 여기서 갈라서기로 해. 난 떠날 테니 오라버니는 그놈을 사형으로 모시고 살아."

"얘, 태영아."

태호자가 불렀지만 태영은 몸을 솟구쳤다. 그리고는 한 걸음에 20자(6m) 밖의 바위 위로 건너뛰더니 두 걸음째에는 숲속으로 떨어져 보이지 않았다. 태호자가 동굴 밖으로 나왔지만 아직 내상이 완쾌되지 않았다. 태영의 뒤를 쫓을 수는 없는 것이다. 목을 빼고 좌우를 둘러보았지만 태영의 모습은 보이지 않았다.

눈부시게 날아간다는 표현이 맞을 것이다. 태영의 경공이 그렇다. 흰옷이 깃발처럼 나부꼈고 햇살을 정면으로 받은 몸이 번쩍이며 이리저리 뛰는 것이 빛이 반사되는 것 같다. 그래서 눈이 부시다. 바위에서 바위로, 다시 개울가로 뛰어내렸다가 산등성이로 오른다. 태영의 무공은 섬세한 부분에서는 태호자보다 뛰어났다. 음기에 독을 풀어 호흡에 맞춰 품는다든지 나뭇잎을 흐트러뜨리지도 않고 숲속에 가라앉는 기공은 스승을 감동시키기도 했다. 그러나 오늘 태영의 경공은 격렬하다. 번쩍이며 칼질을 하는 것 같다. 동굴을 뛰어 나와 산줄기 하나를 넘었을 때였다.

"색기가 경공으로 옮아갔느냐?"

갑자기 소리가 화살이 되어 귓속으로 박혔다. 그 순간 태영이 발을 헛디디고 풀숲 위로 엎어져 버렸다. 풀숲이 흔들리면서 놀란 새들이 날아올랐다. 그때 엎어진 태영의 귀에 다시 목소리가 꽂혔다.

"부끄러우냐?"

엎어진 태영이 풀숲에 얼굴을 묻었다.

"이리 오너라. 내가 이제는 안아줄 테니까."

목소리가 더 굵어졌다. 김산이다.

6장
천하쟁탈전

　머리를 든 태영은 눈앞에 선 김산을 보았다. 시선이 마주친 순간 태영의 얼굴은 새빨갛게 달아올랐다. 한낮이다. 숲속은 조용했다. 벌레 소리도 들리지 않는다. 바람도 없어서 나뭇잎 하나 흔들리지 않았다. 김산이 한 걸음 다가섰을 때 태영은 상반신을 일으켰다. 그때 김산이 한쪽 무릎을 꿇으면서 태영의 옆에 앉는다. 놀란 태영이 숨을 죽였지만 몸은 굳어졌다. 15년간 닦은 무공은 어느덧 백지처럼 비워졌고 온몸은 무기력해졌다. 김산의 팔이 허리를 감아 안았을 때는 태영의 머릿속에 뜨거운 기운이 덮여졌다. 모든 사고를 녹이는 열기다. 김산이 태영의 몸을 풀숲 위에 눕히고는 바지 끈을 풀었다. 그러고는 입술을 태영의 귀에 붙였다.

　"넌 이제 여자가 된다."

　태영은 참았던 숨을 내뿜었다. 심장이 터질 것처럼 거칠게 박동을 하면서 뜨거운 열기가 온몸으로 번졌다. 입안이 바짝 말라져서 침을 끌어 모았지만 모이지 않는다. 어느덧 바지 끈이 풀리고 속곳 끈도 풀려졌다. 부끄러워진 태영이 두 다리를 꼬았지만 김산이 바지와 속곳을 한꺼번에 끌어내리자 금방 하반신은 알몸이 되었다. 태영은 눈을 감았다. 자신의 두 손이 김산의 어깨를 움켜쥐고 있었지만 의식하지 못한 것 같다. 그때 김산이 잠깐 손을 떼더니 바지를 벗었다.

그러고는 다시 태영의 몸 위로 엎드렸다. 가쁜 숨소리가 풀숲 위에 울리고 있다. 태양이 나뭇가지 사이로 환하게 비치는 산 중턱의 풀숲 위다. 그때 김산이 태영의 다리를 벌리면서 상반신을 세웠다. 그 순간 태영은 자신의 샘 끝에 닿은 뜨겁고 단단한 물체를 느꼈다. 숨을 죽인 태영은 몸을 굳혔지만 눈을 뜨지는 않았다. 그것이 무엇인지는 아는 것이다. 성 경험이 없었지만 태영의 몸은 무르익었다. 무공에서도 남녀의 교합에 대한 지식을 익힌 태영이다. 또 실제로 교합하는 남녀를 본 적도 있다. 여자가 위에 엎드린 남자를 죽인 적도 있으니까.

그때 김산이 낮게 물었다.

"뜨거워졌느냐?"

그 순간 태영은 어금니를 물었다가 입을 딱 벌렸다. 하복부에 뜨거운 불기둥이 뚫고 들어왔기 때문이다.

"아앗."

태영의 외침이 풀숲을 울렸다. 태영의 몸은 그 순간부터 뜨겁게 반응하기 시작했다. 김산의 어깨를 움켜쥔 손에 힘이 들어갔고 저절로 허리가 꿈틀거리기 시작했다.

"아아아아."

다시 태영의 신음이 길게 울렸다. 그러나 그것은 이제 신음이 아니다.

여운이 달콤한 쾌락의 탄성이 되어간다. 김산은 태영의 동굴 안에서 뜨거운 용암이 생성되고 있는 것을 느꼈다. 태영이 이제는 엉덩이를 들어 자신의 몸을 적극적으로 받아들이고 있다. 두 다리가 땅에서 번쩍 들리기도 한다.

"아아아아아."

이제는 태영의 탄성이 거침없이 울려 퍼지고 있다.

"반역이다."

눈을 부릅뜬 구타이가 머리를 돌려 옆에 앉은 재상 영천을 보았다.

"재상, 술리만을 전국에 현상수배 하시오. 그리고 그 일족까지 모조리 잡아들이시오."

카라코룸의 황궁 청 안에는 영천과 구타이, 그리고 측근 서너 명만 모여 있었는데 그들의 앞에는 분도평원에서 달려온 1백인장 하나가 엎드려 있다. 고려 원정군 사령관 술리만의 휘하 장교였던 사내다. 구타이가 이 사이로 말을 뱉었다.

"아니, 그 휘하 장수 놈들도 모두 수배를 하고 일가족은 잡는 대로 처단하는 것이 낫겠소."

"안 됩니다."

영천이 머리를 저었으므로 모두의 시선이 모여졌다. 달려온 1백인장도 멍한 표정으로 영천을 보았다. 구타이의 눈에서는 금방이라도 불꽃이 일어날 것 같다. 영천이 말을 이었다.

"고려 원정군을 비밀리에 보냈다는 소문이 사실로 판명되면 쿠릴타이에 모일 부족장들에게 설명하기가 곤란해집니다."

"……."

"원정이 성공하고 나서 부족장들을 회유시킨 후라면 모를까 지금 공개적으로 술리만을 쫓으면 소문만 나빠지게 됩니다."

"……."

"대세는 물이 아래로 흐르는 것과도 같은 법이라 술리만이 몽케 측에 붙었다는 소문이라도 나면 정세가 불리하게 됩니다."

"그렇군."

마침내 구타이가 안간힘을 쓰듯이 말했다. 그러고는 얼굴을 일그러뜨리며 웃었다.

"소문이 나빠지기 전에 쿠릴타이를 빨리 소집해야겠군."

"그렇습니다."

순발력이 강한 구타이다. 영천이 커다랗게 머리를 끄덕이며 동의했다.

"이제는 더 이상 시간을 끌 여유가 없습니다. 힘으로 밀어붙여야 합니다."

"이것 보아라."

김산이 목에 건 가죽끈을 들어 태영에게 보였다. 둘은 산 중턱의 바위 틈에 나란히 앉아 있었는데 발밑으로 푸른 숲과 골짜기가 펼쳐져 있다. 해는 서산 산등성이 위로 걸려 있었으니 신시 끝(오후 5시) 무렵이다. 태영의 시선이 가죽끈에 매달린 작은 주머니로 옮겨졌다.

"이 안에 내 가족이 들었다."

김산이 가죽 주머니를 손끝으로 들어 올리면서 말했다. 태영은 이제 김산과 어깨를 붙이고 앉아 있었는데 부끄러움이 조금 가셔졌다. 격렬

211

하면서도 달콤하고, 고통 속에서도 쾌락을 안겨주던 정사가 끝나고 이제 한 시진(2시간)이 지났지만 태영은 아직도 제대로 시선을 주지 못하고 있다. 김산이 말을 이었다.

"내 부모, 두 동생의 머리칼이 들어 있다는 말이야."

태영의 시선이 주머니에서 김산의 얼굴로 올려졌다가 내려갔다. 그것은 이유를 묻는 표시였다. 김산이 7살 때의 기억을 떠올리면서 눈을 좁혀 뜨고 아래쪽 골짜기를 보았다. 김산이 이야기를 하는 동안 태영은 숨소리도 내지 않았다. 이윽고 김산이 어머니의 시신을 묻었던 장면까지 이야기했을 때 태영이 물었다.

"그 후로 혼자 계셨어요?"

태영이 처음 뱉은 말이다.

"그럼 누가 또 있다는 말이냐?"

웃음 띤 얼굴로 김산이 되묻자 태영이 머리를 들었다. 눈이 마주쳤고 잠깐 떼어지지 않았다. 한 자도 안 되는 거리여서 둘은 상대방의 눈동자에 박힌 제 얼굴들을 보았다. 태영이 입을 열었다.

"앞으로 저는 어떻게 해요?"

"남송에 충성할 테냐?"

태영이 머리부터 저었다.

"싫습니다."

"그렇다면 무엇을 할 테냐?"

"절 데려가세요."

"너하고 함께 다닐 수는 없다."

"부인이 있으신가요?"

"없다."

"그럼 저는 어떻게 해요?"

"남송정벌군 총사령관인 몽케칸 전하를 찾아가지 않겠느냐?"

"싫습니다."

천천히 머리를 저은 태영이 말을 이었다.

"이제는 매어 살기 싫습니다. 오라버니하고 은거해서 살겠습니다."

김산의 시선을 잡은 태영의 얼굴이 붉어졌다.

"절 찾아오실 건가요?"

"천하에 질서가 잡히면."

"그것이 무슨 말씀입니까?"

"새 황제가 등극했을 때를 말한다."

"그때는 저한테 오실 건가요?"

"네가 오는 것이 낫겠다."

김산의 얼굴이 웃음이 떠올랐다. 팔을 뻗어 태영의 어깨를 감싸 안은 김산이 당겨 안았다. 태영의 몸이 김산의 가슴에 안겨졌다.

"그래 주겠느냐?"

김산의 가슴에 안긴 태영이 눈을 감더니 머리만 끄덕였다. 얼굴이 다시 붉게 달아올라 있다. 반쯤 벌려진 입술이 마치 꽃봉오리 같았으므로 김산은 저도 모르게 입술을 가져다 대었다. 입술이 붙여졌을 때 태영이 손을 뻗어 김산의 목을 감아 안는다.

"때가 된 것 같습니다."

목소리를 낮춘 쿠빌라이가 몽케에게 말했다. 몽케의 거대한 게르 안에는 쿠빌라이와 훌라구까지 삼 형제와 위사장 바시크, 고문 하란시크 등 몽케의 고위 측근들이 모두 모여졌다. 그중 몽케와 가장 친밀한 측근이 바로 친동생인 쿠빌라이다. 몽케는 올해 43세, 쿠빌라이는 8살 아래인 35세였지만 진중한 성품이다. 몽케의 책사 노릇도 한다. 쿠빌라이가 말을 이었다.

"간물 구타이가 수단 방법을 가리지 않고 오굴 카이미쉬를 충동질하고 있을 것입니다. 이번에 술리만의 고려 원정이 무산되었으니 그 후유증을 지우려고 쿠릴타이를 서둘러 소집할 것입니다."

몽케는 잠자코 시선만 준다. 맞는 말이었기 때문이다. 칭기즈칸의 장남 주치 가문의 차남 바투가 지원하고는 있지만 만 리나 떨어진 서역 땅에 있다. 오고데이 가문은 전(前)황제 구유크의 황후 오굴 카이미쉬가 지금도 카라코룸의 황궁에서 섭정 노릇을 하는데다 정부 각료 대부분이 측근이다. 더구나 차가타이 가문의 지원을 받고 있는 것이다. 몽케의 톨루이 가문은 고립된 상황이다. 그때 고문 하란시크가 넓은 얼굴을 들고 말했다.

"이제야말로 홍경이 숨겨둔 산서성 오대산의 보물을 찾아 쓸 때가 된 것 같습니다. 전하."

모두의 시선이 모여졌고 하란시크가 말을 이었다.

"구타이와 오굴 카이미쉬가 고려 원정군을 보내려고 했던 것을 고려인 포로를 잡아 쿠릴타이에 참석한 부족장들에게 뇌물로 보낼 계획이었던 것이 밝혀졌습니다. 이제는 우리가 선수를 쳐야 됩니다."

"그렇습니다."

쿠빌라이가 머리를 끄덕였고 마침내 몽케가 머리를 들고 물었다.

"언제부터 부족장 놈들이 뇌물을 받고 칸을 결정했단 말인가?"

"대황제인 할아버지 칭기즈칸 시절에도 마찬가지였다고 합니다."

거침없는 말로 유명한 홀라구가 떠들썩한 목소리로 말했다.

"타타르족 부족장 아릴칸은 부족 원로 다섯 명한테 제 딸 셋과 조카 딸 둘을 주고 쿠릴타이에서 부족장으로 선출되었다고 하지 않습니까?"

"그러냐?"

몽케가 쓴웃음을 짓자 정색한 쿠빌라이가 말을 이었다.

"하지만 아릴칸은 부족장이 되고 나서 원로 다섯을 다 죽였지요. 셋은 강도를 만나 죽었고 둘은 사냥을 나갔다가 말에서 떨어졌고 물에 빠져 죽었습니다."

쿠빌라이의 시선이 몽케를 거쳐 게르 안에 모인 측근들을 훑고 지나 갔다.

"천하를 위해서라면 어떻게든 쿠릴타이를 장악해야 합니다. 오고데아 가문으로 천하가 다시 이어지면 천하는 분열될 것입니다."

"좋다. 보물을 찾아라."

어깨를 편 몽케가 눈을 치켜뜨고 말했다.

"누가 가겠느냐?"

산동성 오운현은 벽지 중의 벽지다. 바다에서 2백여 리쯤 떨어진 황 무지의 척박한 땅에 농민들이 근근이 조와 수수 농사를 짓고 살았는데 현청도 옹색했다. 현령의 거처도 농군 처소처럼 세 칸 방에 판자도 바닥 을 깐 청에서 산다. 그러나 4년쯤 전부터 오운현에 사람이 꼬이더니 상 가가 늘어났고 외지인의 왕래가 부쩍 많아졌다. 덩달아서 여관과 유곽까지 우후죽순처럼 생기더니 이제는 하북성 대처 못지않은 번화가가 되었다.

그것은 해적들의 중계무역, 창고 시설로 오운현이 적당했기 때문이다. 해적은 황해를 건너 고려 땅을 왕래했는데 고려를 돌아 왜까지 다녀오는 원양 해적도 많았다. 해적이 가져온 귀물이 오운현 창고에 쌓이고 가게에서 팔리는 터라 온갖 유흥시설이 늘어난 것이다. 덩달아서 주민들의 살림이 펴지고 현의 세수가 늘어나게 되었으니 현령 홍방으로서는 해적들이 내륙에서 강도질만 하지 않으면 다 눈감아주었다. 그 홍방이 오늘 현청에서 손님을 맞는다. 손님은 활짝 피어난 꽃처럼 고운 연화장주인 고연화다. 고연화는 여관과 유곽, 말 70여 필을 보유한 역관까지 소유하고 있는 오운현 제1의 부자다. 나이는 25살쯤 되었을까? 한어와 몽골어에 유창한 고연화의 본색을 아는 사람이 없다. 고(高)씨 성인 것을 이유로 고려녀라고 하는 사람도 있다. 고연화가 홍방에게 물었다.

"나리, 청이 있습니다."

구슬이 쟁반 위로 굴러가는 것 같은 목소리다.

"무엇인가?"

"홍방이 묻자 고연화가 웃음 띤 얼굴로 대답했다.

"내일 제 여관에 50여 명의 손님이 묵을 것입니다. 물론 장사꾼으로 말 2백여 필에 갖가지 재물을 싣고 와 도매상에 넘길 터인데 경비군의 검문을 받지 않도록 해주시지요."

"또 해적들인가?"

이맛살을 찌푸린 홍방이 고연화를 쏘아보았다.

"지난번에도 해적 놈들이 살인을 하고 도망쳤지 않은가? 주민이 동북

병마사께 직소라도 하면 내 목이 열 개라도 견디지 못하네. 안 돼."

머리를 저은 홍방이 허리를 젖혔을 때 고연화가 소매에서 붉은색 비단주머니를 꺼내 앞에 놓았다. 묵직한 주머니다.

"나리, 금자 스무 냥입니다. 이번에는 재물이 많아서 나리께서는 세금으로 금자 2백 냥은 걷으실 수 있을 것입니다."

"장사꾼 놈들이 물건을 숨기지 않고 내놓아야 세금을 걷지."

입맛을 다셨지만 홍방의 얼굴은 누그러져 있다.

"이번에는 사고가 없어야 돼."

"걱정하지 마세요. 나리."

"내가 그대 얼굴을 봐서 받아들이는 게야."

염소수염을 손으로 훑어 내리면서 홍방이 마침내 승낙했다. 해적이 분명했지만 영내에서 노략질을 한 것도 아닌 것이다. 그리고 해적단이 현에 풀어놓고 가는 물자와 세금으로 주민이 먹고 사는 상황이다.

청을 나온 고연화를 마당에서 기다리고 있던 집사 행백과 시녀 유랑이 맞는다.

"승낙을 받았으니 발한포로 전령을 보내라."

가마에 오르면서 고연화가 말하자 행백이 허리를 굽신했다.

"예, 아씨."

"소매에 검은 띠를 두르라고 해라. 그래야 무사통과다."

"알겠습니다. 아씨."

가마꾼 넷에게 들린 가마가 빠른 속도로 현청사를 빠져나와 거리로 들어섰다. 고연화가 가마에 같이 탄 시녀 유랑에게 물었다.

"동만이한테서 기별이 왔느냐?"

"예, 며칠 후에 남상(南商)패가 돌아오면 소식을 알 수 있을 것입니다."

"이번에는 늦구나."

"예, 이번에는 남송정벌군 진지까지 내려간다고 했습니다."

고연화는 입을 다물었다. 얼굴에 수심이 끼면서 황혼의 잔잔한 호수 같은 분위기가 되었다. 고연화는 바로 고려녀 아영이다. 김산에게 구출되어 처녀를 바치고 하남성에서 주루를 경영하다가 다시 한 번 김산을 만난 후에 헤어져 이번에는 산동성 끝자락에서 여관 주인이 되었다. 이제 김산과 인연을 맺은 지 어언 10년, 아영의 나이도 25세, 그러나 한시도 김산을 잊어 본 적이 없는 아영은 하인을 보내어 백방으로 김산 소식을 수소문하고 있다. 하인 동만이 바로 그 역할이다. 이제 해적의 대리모(母) 역할을 하는 여걸이 되었지만 고려녀 아영, 고연화의 소망은 김산을 만나는 것뿐이다.

산동성 장위현, 이곳은 비옥한 평야 한복판이어서 인구도 많고 성곽도 높게 지었다. 농지 소출이 많으니 주민들의 생활이 풍족했고 덩달아서 상업이 발달했는데 해적떼 노획물이나 거래하는 오운현과는 달리 품목이 다양했고 물량이 꾸준했다. 그러니 빈익빈 부익부 현상으로 장위현의 인구와 소출은 나날이 늘어났다.

현령 코르치의 위세 또한 드높아서 어지간한 지방관에게는 머리를 숙이지 않는다. 코르치는 몽골인으로 칭기즈칸의 근위대 궁사 출신이다. 50대 후반이었지만 지금도 말술을 마시고 한 끼에 양다리 한 짝씩을 먹는다. 오후 미시(2시)경, 점심을 먹고 낮잠을 자려던 코르치에게 판관이

달려왔다. 20여 년을 수족처럼 부리는 판관으로 전에는 화살 통을 메고
다니던 부하였다.

"나리, 손님이 오셨소!"

판관 오유크가 소리치자 코르치는 짜증을 냈다.

"어떤 놈이냐?"

"예, 성루에 걸린 검은 깃발을 보고 온 손님이랍니다."

"엣!"

화들짝 놀란 코르치가 눈을 부릅떴다. 잠이 순식간에 달아난 코르치
가 자리에 앉았다가 다시 벌떡 일어섰다.

"그 손님, 어디 계시냐?"

"사령실에서 기다리고 계시오!"

그러자 코르치가 불같이 화를 내었다.

"이 미친놈아! 문 옆 사령실에 손님을 두었단 말이냐? 이 때려죽일 놈
들!"

"예, 안으로 모시리까?"

놀란 오유크가 덤벙거리며 물었더니 코르치가 청을 뛰어내려 마당을
달려갔다. 지금까지 한 번도 코르치가 발로 뛰는 것을 보지 못한 관속들
이 멈춰 서서 구경을 했고 비대한 몸집의 판관 오유크가 뒤를 따른다.
볼 만한 구경거리다.

사령실이란 수문장이 교대하기 전에 잠깐 머무는 마루방으로 벽의 판
자가 드문드문 떼어졌고 바닥은 진흙투성이다. 마구간 옆이어서 말똥
냄새가 가득 배어 있다. 사령실에 앉아 있던 김산은 헐레벌떡 달려오는

관리를 보았다. 백발에 흰 수염을 날리며 달려오는 사내가 아무래도 현령 같다. 현령은 대개 몽골군이면 1천인장을 임명했고 한인이면 문무겸전한 인사로 충성도를 기준으로 삼았다. 현령은 몽골족이다. 숨을 헐떡이며 사령실로 들어선 사내가 김산을 보았다.

"깃발을 보고 오셨소?"

"그렇소."

김산이 대답하자 사내가 두 손을 모았다.

"소인이 현령 코르치올시다."

"깃발이 보낸 암호문은?"

김산이 묻자 현령이 머리를 돌려 마당을 보았다. 그때서야 판관 오유크가 씨근거리며 달려왔다.

"판관! 암호문을 가져와라!"

코르치가 소리치자 오유크는 다시 몸을 돌려 청으로 내달리기 시작했다.

"대인, 청으로 가시지요."

그때서야 정신을 차린 코르치가 권했고 김산이 자리에서 일어섰다. 검정 깃발은 남부군총사령관이 각 지방관에게 보내는 특별 전언이다. 남부군총사령은 각 지방관에게 성루 위에 검정 깃발을 내걸도록 봉화 신호를 보내는데 봉화는 사흘 만에 남부군 통제하의 5백여 개 현에 닿는다. 또한 깃발과 함께 봉화로 암호문을 띄워서 각 성주는 깃발을 보고 찾아온 전령에게 암호문을 전달해줘야만 하는 것이다. 물론 북부군은 붉은 깃발이며 카라코룸의 명령은 흰색이다. 이것으로 몽골제국은 각지에 파견된 전령, 밀사, 관리들에게 지급 명령을 하달할 수 있었던 것이다. 청의 상석에 앉은 김산이 그때서야 코르치에게 신분을 밝혔다.

"나는 5만인장으로 집행관인 김산이오."

김산이 품 안에서 보석 손잡이가 붙여진 단검을 꺼내 앞에 놓았다. 눈부신 광채가 일어났고 손잡이에 새겨진 '대장군 김산'이 드러났다. 몽케가 하사한 단검이다.

"대감."

놀란 코르치가 청에 납작 엎드리더니 이마를 바닥에 붙였다.

"이렇게 뵙게 되어서 광영이올시다."

머리를 든 코르치의 두 눈이 번들거리고 있다. 이제 김산의 명성은 제국에 퍼져 있는 것이다.

청을 나온 김산이 헝겊에 적힌 암호문을 보았다. 남부군 총사령관 몽케칸이 보낸 명령이 암호문으로 적혀져 있다. 이 암호문을 해독할 수 있는 사람은 몇 명 되지 않는다. 김산은 집행관으로 떠나기 전에 암호 해독문을 받은 것이다. 명령문은 집행관이며 대장군 김산에게 몽케칸이 보낸 것이다.

"대장군 김산은 즉시 산서성 구마현으로 직행하여 친위대를 인솔하라."

내용은 이것뿐이다. 그러나 김산의 얼굴이 굳어졌다. 무슨 뜻인지를 아는 것이다.

그 다음날 오후 술시경, 산동성 오운현의 성문으로 한 필의 지친 말이 달려 들어왔다. 마상의 기수는 먼지를 먹지 않으려고 두건으로 얼굴을 가려 눈만 내놓았지만 건장한 체격이다. 지친 말이 이제는 속보로 걷더니 시내 중심부에 위치한 연화장의 마구간 앞에 멈춰 섰다.

"방이 없소."

마구간지기가 말부터 보더니 뱉듯이 말했지만 기수는 잠자코 말에서 내렸다.

"이보시오. 이 말이 다시 기운을 차리려면 사흘을 잘 먹여야겠소. 은자 닷 냥이 들어."

마구간지기의 목소리가 높아졌다.

"사람보다 말 치다꺼리 값이 두 배는 더 나간다니까 그러네!"

그때 갑자기 날아온 무엇이 사내의 손가락 사이에 끼었다.

"어엇!"

놀란 사내가 입을 딱 벌렸다. 손가락 사이에 금화 한 냥이 끼어있는 것이다. 다섯 발짝쯤 떨어져 있던 기수가 던졌다.

"그것으로 말을 먹이고 쉬게 하거라."

기수가 말하더니 몸을 돌렸다. 그때는 여관 집사가 기수를 주시하는 중이다. 산전수전 다 겪은 40대의 집사가 얼굴을 펴고 웃었다. 집사 행백이다.

"나리, 어서 오시지요."

"주인 있느냐?"

두건 밑의 얼굴을 가린 천을 내리면서 사내가 물었다. 사내는 김산이다.

"예, 계십니다만."

김산의 얼굴을 주시한 채 행백이 조심스럽게 묻는다.

"누구시라고 전할까요?"

"아영을 찾는 사람이라고 전해라."

그러고는 김산이 숨을 들이켰다. 아영의 냄새를 맡은 것이다.

김산은 다실 안의 방에서 기다렸다. 아영이 사람들의 시선을 받지 않게 하려는 배려다. 김산의 예민한 청각에 온갖 소음이 다 들려왔다. 2층으로 달려 올라간 집사 행백의 목소리도 들렸다. 고연화가 하인 동만을 시켜 누구를 찾고 있는가도 행백은 알고 있는 것이다.

"아씨, 손님이 오셨소."

행백이 갈라진 목소리로 소리치듯 말했다.

"누군가?"

아영의 목소리다. 김산은 숨을 들이켰다. 맑고 달콤한 목소리, 물기에 젖은 목소리다. 그때 행백이 대답했다.

"아영을 찾는 사람이라고 합니다. 젊고 건장한 분이셨소. 지금……."

"어, 어디에……."

아영의 목소리는 메어져 있다. 무엇인가 바닥에 떨어지는 소리도 들렸다.

"아래층 다실에, 안쪽 방에……."

그때 방문이 열리는 소리, 뛰는 발자국 소리, 계단에서 비틀대는 소리, 이제는 가쁜 숨소리까지 들린다.

"아, 아씨."

걱정이 되는 듯 다른 여자의 목소리도 들렸다. 김산은 숨을 들이켰다. 이제는 김산도 자리에서 일어나 있다. 그때 향내가 가까워졌다. 익숙한 향내다. 발자국 소리와 함께 향내는 더 짙어졌다. 그리고 문이 열렸다. 김산은 숨을 삼켰다. 아영이다. 아영이 눈을 크게 뜨고 김산을 보았다. 그때 김산이 발을 떼어 아영에게 다가갔다.

"아영, 내가 찾아왔다."

"낭군."

아영이 입술만 달싹이며 말했다. 눈을 크게 뜬 아영은 눈썹도 까닥하지 않는다. 그저 석상처럼 서서 홀린 듯이 김산을 바라보고만 있다. 다가간 김산이 아영의 어깨를 두 손으로 감싸 쥐었다.

"아영."

"낭군."

아영의 꽃잎 같은 입술이 열리면서 꽃향기가 맡아졌다. 황야에서 피고 지는 야생화 향기다. 이제는 잠자코 김산이 아영의 어깨를 당겨 안았고 아영의 볼이 김산의 가슴에 붙여졌다. 아영의 두 손이 저절로 김산의 허리를 감아 안는다. 그러더니 아영이 가슴에 볼을 비볐다.

아영의 몸은 비단처럼 부드러웠고 탄력이 강했다. 뜨거운 열풍에 잠긴 것 같은 방 안에서 두 쌍의 팔다리가 빈틈없이 엉켰다가 풀어졌으며 탄성과 가쁜 숨소리가 끊이지 않고 이어진다. 연화장 뒤채의 내실에서 김산과 아영은 열락 속에 빠져 있다. 깊은 밤, 방안의 불은 꺼져 있지만 어둠에 익숙한 둘은 서로의 몸을, 얼굴을 선명하게 본다. 이윽고 아영이 또 폭발했다. 무르익은 몸뚱이가 땀에 흠뻑 젖은 채로 환희의 비명을 지르는 것이다. 사지로 김산의 몸을 감아 안은 채 몇 번째인지도 모르게 절정에 닿는다. 김산은 분출하는 아영의 몸을 안은 채 귓불을 입술로 물었다. 그러고는 몸을 합치고 나서 처음으로 말한다.

"아영, 네가 이토록 뜨거운 여자일 줄은 생각도 하지 못했다."

"낭군."

가쁜 숨을 뱉으면서 아영이 허리를 치켜 올렸다. 그러고는 또 한 번 신음을 뱉는다. 아직도 두 몸은 합쳐진 상태다.

"이번에는 낭군을 놓치지 않겠어요."

"그러냐."

김산이 아영의 입을 맞췄다. 헐떡이면서도 아영이 혀를 내밀어준다.

"낭군, 단 하루도 낭군을 잊어본 적이 없습니다."

"나도 그렇다."

"낭군을 위해 정절을 지켰어요."

"난 그러지 못했다."

"제 생각만 해주신 것으로도 만족합니다."

다시 아영이 김산의 목을 감싸 안으면서 말했다. 절정의 여운이 식어 가던 아영의 몸이 다시 꿈틀거렸다. 김산은 다시 아영의 몸을 뒤흔들기 시작했다.

"낭군, 이러다 제가 죽겠습니다."

김산의 움직임에 맞춰 허리를 흔들면서 아영이 비명 같은 외침을 뱉었다.

"이렇게 죽겠습니다."

아영의 말이 바뀌어졌지만 본인은 의식하지 못한 것 같다. 다시 아영의 샘에서 뜨거운 용암이 분출되었고 강한 탄력으로 김산의 남성을 조였다. 또다시 둘은 절정으로 솟아오른다. 방안에는 아영의 신음으로 가득 찼다. 이윽고 허공으로 솟아오르던 아영의 몸이 터졌다. 그 순간 김산도 참고 참았던 용암을 분출시켰다.

"아아, 낭군."

김산의 용암을 빈틈없이 받으면서 아영이 절규했다. 그러고는 사지를 엉킨 채 흐느껴 울었다. 연화장의 밤이 그렇게 깊어가고 있다.

다음날 아침, 김산과 아영은 그냥 방안에서 아침을 들여와 먹는다. 오전 진시(8시)쯤 되었다. 아침이 되면서 비로소 김산은 침실 구조를 분명하게 눈에 익힌다. 넓고 정갈한 침실이었지만 어젯밤이 새도록 열락에 빠졌던 흔적이 곳곳에 남아 있다. 침대는 아영이 잘 정돈했지만 땀과 애액에 젖었고 비린 애액의 냄새도 맡아졌다. 김산의 시선이 침실을 훑자 아영은 제 알몸을 보인 것처럼 얼굴이 새빨개졌다. 이윽고 젓가락을 내려놓은 김산이 찻잔을 들면서 아영에게 말했다.

"아영, 난 다시 떠나야 돼."

김산의 시선을 받은 아영이 머리를 끄덕였다. 상기된 얼굴에 두 눈이 번들거리고 있다. 그것을 본 김산은 가슴이 미어지는 느낌을 받는다.

"아영, 내가 전에 준 증표는 갖고 있느냐?"

김산이 생각난 듯 묻자 자리에서 일어선 아영이 탁자 위에 풀어놓은 목걸이를 가져왔다. 가는 가죽끈에 붉은색 작은 비단주머니가 붙여져 있다.

"네, 여기, 언제나 목에 걸고 있었습니다."

어젯밤, 알몸이 되면서 풀어놓았던 것이다. 비단 주머니를 받아 본 김산이 머리를 끄덕이며 다시 아영에게 건네주었다.

"이것이 있는 한 너와 내 인연은 죽는 날까지 이어질 것이다."

주머니 안에는 김산의 부모와 형제의 머리칼이 담겨져 있는 것이다. 10년 전, 처음 만났을 때 김산이 아영에게 떼어주었던 머리칼이다. 그때 김산이 가슴에서 단검을 꺼내 아영에게 내밀었다. 보석이 박힌 단검의 자루와 칼집이 휘황하게 번쩍였다.

"이것은 몽케칸께서 나한테 주신 대장군 단검이야. 네가 내 아내라는 증표로 지니고 있도록 해라."

"낭군."

놀란 아영이 단검에 시선만 준 채 받지 않았으므로 김산이 더 앞으로 내밀었다.

"내 이름까지 적혀져 있어. 이것을 보이면 너를 내 부인 대접을 해줄 것이다."

"낭군."

아영의 눈에 가득 눈물이 고이더니 금방 볼을 타고 흘러내렸다. 그러나 시선은 김산에게서 떼어지지 않는다.

"낭군, 저는 마음만 받겠습니다."

겨우 아영이 말했을 때 김산이 몸을 일으켜 아영의 손에 단검을 쥐어주었다.

"이 단검이 너와 내가 고려 땅을 떠나 20년 세월 동안 대륙에서 겪은 고난과 영광의 증물이야. 너는 내 부인으로 이것을 지니고 있어야만 한다."

그때 아영이 단검을 두 손을 감싸 쥐더니 가슴에 안았다. 눈물범벅이 된 얼굴이었지만 눈빛이 강했다.

"품고 있을게요. 낭군."

"몽케칸이 황제가 되었을 때 너를 찾을 것이다."

"기다릴게요."

아영의 목소리는 떨렸지만 눈빛은 결의에 차 있는 것처럼 보였다.

"저는 낭군의 여자예요. 언제까지나."

산서성 구마현 남쪽으로 황하가 흐르고 강 건너편이 하남성이다. 구마현은 풍광이 수려한데다 강을 낀 비옥한 토지가 많아서 예부터 고관대작의 별장으로 이용되었다. 구마 현청 앞 사거리에 여관이 여섯 개나 모여 있는 것도 고관의 왕래가 잦은데다 구마현이 하남성을 잇는 교통 요충지였기 때문이다.

"대운각에도 20명쯤이 있습니다."

요환이 목소리를 낮춰 말하자 궁복은 먼저 주위부터 둘러보았다. 이곳은 현청 사거리의 찻집 옥보당 안이다. 현의 중심지인데다 도적떼부터 길손, 세작들까지 제집 안방처럼 드나드는 곳이어서 언제나 손님이 버글거리지만 엿듣는 자가 많다. 손님은 많았어도 이쪽에 관심을 보이는 자는 없다. 둘이 하인 복색이었기 때문인지도 모른다. 요환이 말을 이었다.

"구봉관에 20, 태화관에 20, 그리고 장수관의 20까지 합하면 80명쯤 되는 것 같소."

"갑자기 기마무인이 80이나 모이다니."

궁복이 혀를 찼다. 구봉관과 태화관의 무인들을 훑어본 궁복은 그들이 관(官)에 소속된 무인이라는 것은 알았다. 그러나 어느 군(軍)인지는 알 수가 없다. 장거리를 달려온 터라 1인당 7, 8필의 말떼를 거느리고 있어서 여관의 마구간은 꽉 찬 실정이다. 마침내 머리를 든 궁복이 요환에게 말했다.

"요환, 당주께 알려라."

"지금 갈까요?"

긴장한 요환이 묻자 궁복이 머리를 끄덕였다. 오전 사시(10시) 무렵이다.

"말 두 필을 끌고 달리면 신시(오후 4시) 무렵에는 당주께 닿겠지."

"그대로 말씀드립니까? 서신은 쓰지 않으시오?"

"이제 서신은 안 쓴다는 걸 잊었느냐?"

"참, 그렇구나."

자리에서 일어선 요환이 건성으로 머리를 끄덕였다.

"그럼 가겠소."

당주 문부용은 북쪽으로 2백여 리 떨어진 삼산사에 기거하고 있다. 문부용은 하남성 북부지역 정보를 모아 카라코룸에 전하는 태자당 감찰대 소속의 밀정대를 이끌고 있는 것이다.

고을을 벗어난 요환이 말에 박차를 넣었을 때 뒤에서 말굽소리가 울렸다. 머리를 돌린 요환이 50보쯤 거리에서 달려오는 2기의 기마인을 보았다. 눈길이 마주쳤고 번뜩이는 안광을 본 순간 요환은 말에 박차를 다시 넣었다.

"서라!"

뒤에서 외침이 들렸지만 상반신을 굽힌 요환이 앞쪽을 노려보았다.

"틀렸다."

다음 순간 요환의 가슴이 내려앉으면서 저절로 이가 악물려졌다. 말굽 소리가 와락 가까워진 것이다. 말도 좋지만 기마술이 능란한 놈들, 바로 3개 여관에 투숙한 놈들이다.

"쐐액!"

공기를 가르는 날카로운 소음이 울렸을 때 요환은 숨을 들이켰다. 화살이다.

"히힝!"

그때 말이 머리를 땅바닥에 박으면서 비명을 지르며 꼬꾸라졌고 요환은 내동댕이쳐졌다. 말굽소리가 다가왔다.

기마군 80기로 세웠지만 실상은 120기다. 파악하지 못한 40명은 완벽하게 위장하고 있었기 때문이다. 그 120명의 투숙객은 몽케칸이 보낸 정예 무관(武官)이다. 그들은 각각 부장(副將) 금강과 왕청, 삼관필과 비호수가 이끄는 고수들로 구성되어 있었으며 3천인장 홍복이 다시 김산의 위사장으로 임명되어 구마현에 보내졌다. 금강이 홍복에게 보고했다.

"잡았습니다."

요환을 잡은 기마인들은 금강 휘하 무인들이다. 금강과 왕청은 카라코룸의 영빈관주 홍경의 집사장과 위사장 출신이다. 홍경의 딸이며 몽케칸의 여동생 딸이기도 한 이화를 김산과 함께 몽케칸 진중까지 호송해온 공으로 각각 1천인장이 되어 있다. 김산은 홍경으로부터 운악산의 보물 위치를 받았으니 금강과 왕청에게는 여러 겹으로 인연이 얽힌 셈이다.

금강이 말을 이었다.

"놈은 삼산사의 문부용에게 보고하려고 가던 참이었습니다."

머리를 끄덕인 홍복이 대답했다.

"그놈에게 지시한 궁복이란 자는 왕청 형이 조금 전에 잡아 죽였소. 당분간 문부용은 연락을 받지 못할 것이오."

이곳은 대운각의 객실 안이다. 방안에는 삼관필, 비호수까지 부장급은 다 모여 있었는데 오시(12시)쯤 되었다. 머리를 든 비호수가 홍복에게 물었다.

"대감께서 언제쯤 오십니까?"

"산동성 장위현에서 검은 깃발을 내렸다는 소식이 어제 전해졌으니 곧 오실 것이오."

"산동성 장위현이면,"

놀란 듯 금강의 눈살이 찌푸려졌다.

"장장 2천 리 길이오. 소인이 대감과 함께 남하한 전력이 있는데 닷새는 걸릴 것 같습니다."

"아니, 그렇지 않소."

삼관필이 머리를 저었다.

"소인이 황공하옵게도 대감과 함께 경공을 펼친 적이 있었는데 대감의 경공이면 하루 7백 리는 갑니다. 사흘이면 도착하실 것이오."

"아니, 단신이실 테니 말을 여러 필 몰고 오시면 더 빠를 수도 있소."

이제는 홍복이 끼어들었다.

"내가 대감을 보시고 서역 원정을 할 때 마치 질풍처럼 초원을 휩쓸고 갔지요. 하루 1천 리가 넘은 적도 있습니다."

이제는 아무도 반론을 내지 않았고 제각기 표정이 따뜻해졌다. 모두 대장군, 집행관, 폴란드 총독, 그리고 도살자이며 냉혈자 김산과의 추억을 한 자락씩 품고 있었기 때문일 것이다. 그때 먼저 입을 연 것은 임시 통솔자가 되어 있는 3천인장 홍복이다.

"이곳이 카라코룸과 가까운 산서성이라 그런지 끝자락이라도 오고데이 가문의 흔적이 강하군요. 제각기 수하들을 잘 단속해주시기 바라오."

그러자 모두 자리에서 일어서더니 방을 나갔다. 자신들이 얼마나 막중한 임무를 맡고 있는지 알고 있는 것이다.

산서성 오대산은 산세가 험하지는 않지만 사방 백 리가 산이요 골짜기다. 수량이 풍부한 지역이어서 골짜기마다 개울이 흘렀고 산에는 짐 승이 많았는데 특히 범이 흔했다. 범이 가장 좋아하는 먹이가 사람이 된 것은 사냥꾼이 드문 때문이기도 했다. 범은 이가 튼튼하지 못하고 발톱 도 날카롭지 않으며 달리지도 못하는 사람을 만만한 먹이로 보았다. 인 육 먹는 범의 호피는 거칠어서 사냥꾼도 오지 않는 것이다. 특히 오대산 중심부인 안골은 오래전부터 인육 먹는 범들의 본거지가 되어서 인적은 커녕 길마저 끊겼다. 오후 미시(2시) 무렵, 그 안골 초입으로 살아 있는 인육 하나가 들어서자 남아 있는 범떼들이 일제히 긴장했다. 먹이가 제 발로 들어온 것은 실로 오랜만이기 때문이다. 그중 이가 많이 빠진 노호 (老虎)의 기쁨은 대단했다. 무리에서 쫓겨난 수놈으로 지금까지 다른 범 이 가져온 고기 뼈를 훔쳐먹거나 죽은 짐승으로 배를 채워왔던 것이다. 인간이라면 이 빠지고 기력도 떨어졌지만 얼마든지 잡아먹을 수 있다는 것을 경험으로 안다.

"어흥!"

또 다행으로 인간을 먼저 발견한 것이 노호다. 무리에서 쫓겨나 골짜 기 입구의 냇가에서 어슬렁거리던 덕분에 운수가 풀렸다. 벽력같이 고 함을 지른 노호가 인간 앞으로 뛰어내렸다. 바위 위에 숨어있다가 뛰어 내린 것인데 인간은 바위 밑을 지날 때까지 몰랐던 것 같다. 거침없이 다가왔으니까. 그러나 다음 순간이다. 노호는 머리를 조금 기울였다. 바 로 눈앞에 멈춰선 인간의 반응이 의외였기 때문이다. 인간의 뼈는 굵고 길었으며 아직 싱싱한 고기를 붙이고 있다. 건장한 인간이다. 그런데 인간은 자신을 보더니 전혀 놀라지를 않는 것이다. 바로 한 발짝 앞에 떨어져 포효했어도 그런다. 아무리 노쇠했지만 길이가 열 자(3m)요, 무게가 60관(225kg)이나 나가는 대호(大虎)다. 그런 자신을 이 인간은 멀뚱멀뚱 쳐다보기만 하는 것이다.

"어흥!"

다시 한 번 노호가 포효했을 때다. 인간이 이맛살을 찌푸리며 말했다.

"이놈. 인육을 즐겨 먹었구나."

"어흥!"

다음 순간 노호의 머리통이 몸에서 떼어졌다. 목에서 피를 뿜으며 노호가 두어 번 다리를 버둥거리다가 숨이 끊어졌다.

인간은 김산이다. 김산이 단신으로 오대산에 온 것이다. 피비린내를 맡은 들개 무리와 까마귀떼까지 순식간에 몰려들었고 김산은 발을 떼어 안골 깊숙이 들어섰다. 이곳이 보물창고인 것이다. 머릿속에 박아놓은 보물지도가 펼쳐졌고 김산은 홀린 듯이 발을 떼어 나간다. 홍경은 오대산에 2천 수레분의 보물을 숨겼다고 했다. 능히 일국(一國)을 세우고도 남을 재화다. 김산은 먼저 상명암(霜命岩)을 찾는다.

그 시각에 삼관필은 구마현의 태화관 아래층 다실에 앉아 있었는데 70대 노인의 모습이 되어 있다. 인피가면을 쓴데다 백발 머리에 손등의 검버섯까지 완벽한 70대 노인이다. 구마현 종씨(宗氏) 가문의 원로 종삼생으로 위장한 터여서 주위에 고을 노인 7, 8명이 둘러앉았다. 실제

인물인 종삼생은 기절한 채 다락방 구석에 처박아놓았으니 깨어나지 못한다면 종삼생은 실종될 것이었다.

"그런데 하북성에서 징병된 군사만 20만이 넘는다는데 산서성도 군사를 모을 성싶어."

노인 하나가 말하자 다른 노인을 말을 받는다.

"배가 가라앉기 전에는 쥐떼가 먼저 도망쳐 나가고 전란이 일어나기 전에 그 지방으로 까마귀떼가 몰려오지. 그래서 까마귀떼가 흉조라고 하는 거여."

"까마귀떼가 어디에 몰려 있소?"

노인 하나가 묻자 그 노인이 빠진 이를 드러내며 웃었다.

"하북성에 많다고 하오."

"하북성에?"

"카라코룸에는 더 많아졌다고 합디다."

"허어. 카라코룸에."

놀란 노인들이 웅성대였을 때 다른 노인이 말을 받았다.

"그 이야기는 나도 무역상들한테서 들었소. 카라코룸 근처에 까마귀떼가 많은 건 사실이오."

그때 종삼생 시늉을 한 삼관필이 물었다.

"또 다른 소문은 없소?"

"허, 오늘은 대인께서 소문을 궁금해 하시다니 별일이오."

"오고데이 가문에서 가장 무서워하는 장수가 바로 집행관이며 대장군 김산이라고 합디다. 그 김산이 지금 중원을 횡행하며 오고데이 가문의 수족들을 처단하고 있다고 하오."

그러자 다른 노인이 말을 받는다.

"대인께서 그 소문을 듣지 못하셨을 리가 있소? 중원의 어린애라도 다 아는 소문 아니오?"

삼관필은 웃기만 했고 말이 이어졌다.

"고려아 김산은 몽케칸이 황제가 되면 아마 고려왕이 될 것이오. 폴란드 총독까지 지냈으니 고려왕이 되고도 남지."

그때 계단 입구로 비호수의 모습이 보였고 삼관필은 자리에서 일어섰다. 허리를 굽히고 겨우 일어서는 것이 영락없는 70대이다.

"전령이 왔소."

다가온 삼관필에게 비호수가 다급하게 말했다. 눈만 크게 뜬 삼관필에게 비호수가 말을 잇는다.

"대장군의 전령이오."

"어, 어떻게 말인가?"

놀란 삼관필이 말까지 더듬었다. 어느덧 굽혔던 허리도 펴져 있지만 계단 밑의 복도에는 둘뿐이다. 비호수가 말을 이었다.

"대장군께서 산동성 도단현에서 이곳 현령에게 급보를 띄운 것이오."

"대장군께서 현령에게?"

"현령은 대장군의 밀봉된 암호서신을 받고 대경실색하고 조금 전에 객사로 3천인장을 찾아왔소."

"그렇군. 그 암호서신 내용이 뭔가?"

"당장 이곳을 떠나 북쪽으로 가라는 지시오." "북쪽으로?"

"그렇소. 모두 준비하고 있으니 형님도 어서 부하들을 모으시오."

"북쪽 어디란 말인가?"

"하루 3백 리씩 행군하라고만 하셨소."

허리를 편 삼관필이 몸을 날려 계단을 오르자 마침 계단을 내려가던 하인이 입을 쩍 벌렸다. 노인이 날아오르고 있었기 때문이다.

상명암은 당나라 시대에 지은 암자였으니 7백 년도 더 지난 고찰이다. 지금은 중도 없고 불자도 없어서 폐찰이 된 지 오래고 대웅전도 무너져 기왓장 부스러기만 쌓여 있다. 화재까지 난 모양이라 요사채 자리에는 검게 탄 기둥만 10여 개가 서 있다. 오대산 안골은 인육 먹는 범의 소굴인데다 20리(8km)나 안쪽의 깊숙한 상명암은 귀신이 나올 것 같은 폐찰이다. 인적이 끊긴 지 수백 년도 넘는 것 같다. 김산이 대웅전 자리의 넘어진 불상 옆에 앉아 눈을 감고 있다. 나무로 만든 불상은 몸통만 남은 상태인데 그나마도 넘어져서 바위처럼 되어 있다. 목상이 석상처럼 변해가고 있다. 잡초가 무성한 사이에 앉은 김산이 상반신을 좌악 펴고 머릿속을 정리한다. 홍경의 가죽지도에는 그림과 글씨만 적혀 있었는데 바로 김산이 앉아 있는 곳이 상명암 중심(中心)이다. 홍경의 지도에 상명암과 중심이 적혀 있고, 길은 그림으로 그려져 있었던 것이다. 중심(中心) 윗부분에 그려진 길은 동굴 같다. 지렁이 길처럼 구불구불했고 여러 번 끊겨졌다. 끊겨진 부분에는 꼭 범호(虎) 자가 적혀 있었으니 범 소굴인 이곳이 맞다. 한 시진(2시간)쯤 석상처럼 움직이지 않고 앉아있던 김산이 눈을 감은 채 입술 끝만 비틀고 웃었다. 누군가 등을 막대기로 쳤기 때문이다. 막대기는 두껍고 탄력이 강했다. 그래서 픽, 소리가 났다. 김산이 가만있었더니 이제는 두 번을 연거푸 두드렸다.

"픽!, 픽!"

막대기에 얻어맞은 등판에서 소리가 울렸다. 그래도 김산이 움직이지 않았더니 이번에는 네 번을 두드린다.

"픽!, 픽!, 픽!, 픽!" 세다. 김산이 눈을 떴으나 움직이지 않았다. 그때 뒤에 있던 대호(大虎)가 천천히 앞으로 돌아왔다. 거대한 범이다. 눈은 등잔만 했고 소리 없이 쩍 벌린 입은 붉은 항아리다. 대호가 머리를 들어 김산 머리에 붙였다. 대호의 수염이 김산의 볼을 찔렀고 손가락만 한 이가 눈앞에 떠 있다. 그때 대호가 혀를 내밀더니 김산의 얼굴을 핥았다. 숨결에 역한 냄새가 맡아졌지만 김산은 빙그레 웃었다. 황소만 한 범이 김산과 코를 부딪치며 서 있는 것이다. 그때 김산이 손을 뻗어 대호의 머리를 쓸었다. 대호는 혀로 김산의 얼굴을 다시 핥는다. 대호의 목구멍에서 가르릉거리는 소리가 울렸다. 그러더니 몸을 비틀어 김산의 상반신에 허리를 비볐다. 그때 김산이 일어나면서 대호에게 말했다.

"네 굴로 가자."

그러고는 대호의 목덜미를 손으로 움켜쥐었다.

"안내해라. 이놈아."

대호가 김산의 손을 털어내려는 듯 머리를 흔들었다가 곧 놔두었다. 그러더니 성큼성큼 발을 떼었고 옆에 선 김산이 목덜미를 움켜쥔 채 걷는다.

북상 하루째가 되는 날 밤이다. 25기의 수하를 이끌고 산기슭의 개울가에서 야영을 하던 삼관필에게 홍복이 찾아왔다. 홍복의 본진 진막은 5백 보쯤 떨어진 곳에 위치한 숲속이다.

"3천인장께서 웬일이십니까?"

진막으로 맞으며 삼관필이 묻자 홍복은 잠자코 가슴 안에서 접혀진 쪽지를 꺼내 내밀었다. 삼관필이 받자 홍복이 입을 열었다.

"전령이 가져온 대감의 암호서신이오."

삼관필이 쪽지를 펼치자 의미 없는 글자가 나타났다. 그때 홍복이 말했다.

"대감께서 몽케칸 전하로부터 암호문을 받으셨고 이번에 내가 올 적에도 전하께서 내려주셨소. 그래서 내용을 읽을 수가 있소."

삼관필의 시선을 받은 홍복이 말을 잇는다.

"대감께서 먼저 그대를 오대산 안골로 보내라는 지시요. 지금 즉시 수하들을 이끌고 오대산으로 가셔야겠소."

"오대산이라고 하셨소?"

"그렇소."

"오대산 안골이라고요? 가지요."

머리를 끄덕이던 삼관필이 자리를 차고 일어섰을 때 홍복이 말했다.

"소문이 새나가면 안 되니 그대만 수하들과 함께 출발하시오. 우리가 구마현을 떠난 것도 그 때문이오."

본진으로 돌아온 홍복이 진막 안에서 다시 김산이 보낸 암호문을 등불에 비춰보았다. 몽골제국의 통신수단은 여러 가지였지만 제국이 확장되면서 급격히 발전되었다. 그중 한 가지 방법이 암호통신이다. 그것은 통치자가 지방 수령을 통해 암호 지령문을 전달하는 방법으로 김산의 암호문은 산동성 도단 현령을 통해 산서성 구마현령에게 전달된 것이다. 도단현의 전령이 가져온 암호문을 받은 구마현령은 현 내에 머물고 있는 3천인장 홍복에게 전해주었을 뿐이다.

'먼저 삼관필을 보내고 그다음에 비호수, 금강, 왕청의 순으로 하루 간격을 두고 보내도록 하라. 각각 출발하기 전에야 행선지를 알도록 할 것이며 부하들의 입단속을 시켜야 될 것이다.'

오대산 진입에 김산이 얼마나 조심하고 있는지 암호문에 여실히 드러났다. 홍복은 쪽지를 다시 품안에 넣고 길게 숨을 뱉었다. 오대산의 보물이 천하쟁탈에 어떤 역할을 하게 될 것인지 홍복은 짐작하고 있는 것이다.

"쫓아라."

서주당(西柱堂) 당주 문부용이 수하 조장 악부에게 지시했다.

"놓치면 안 된다."

악부가 서둘러 물러가자 문부용이 옆에선 조장들을 보았다.

"그럼 그렇지. 내 예측이 틀리지 않았다. 이놈들은 몽케의 지시를 받고 있다."

이곳은 구마현 북쪽 2백리 거리에 위치한 삼산사(三山寺) 안이다. 삼룡산에 위치한 삼산사 또한 고찰이었지만 퇴락해서 중과 불상은 없고 무법자, 밀정단의 소굴이 되었다. 삼산사가 서주당의 본진 역할을 한 것은 2년밖에 안 되었다. 오고데이 가문의 황제 구유크가 죽고 나서 실권자인 병부대신 구타이가 남부지역의 동향을 살피려고 서주당을 이쪽으로 내려 보냈기 때문이다. 문부용은 한족으로 조상이 금(金)국의 낭랑을 지냈다지만 강도단을 이끌고 있다가 지금은 밀정단 수괴가 되었다. 50대 중반의 나이에 검술에 능하고 특히 암습과 기습의 고수여서 밀정단

수괴로는 적격이다. 그때 옆에선 부장(副將) 유포가 말했다.

"당주, 구마현에서 빠져나온 무리는 모두 다섯 패, 120명이 넘습니다. 그런데 이놈들이 제각기 따로 진을 치고 있는 이유는 무엇이오?"

"제각기 밀명을 받는 게다."

문부용이 주름진 얼굴을 더 쪼그리며 웃었다.

"추격자를 분산시키는 수법이지. 이것은 금(金)의 기마군이 잘 쓰는 수단이었다."

"그렇다면 나머지 4개 무리를 쫓도록 우리도 미리 4개 추격조를 준비하겠소."

"그래야지."

오랫동안 손발을 맞춘 사이여서 유포는 문부용이 하나를 말하면 하나는 안다. 서둘러 유포가 대웅전을 나갔을 때 문부용이 무너진 기왓장 사이로 하늘을 보았다. 대웅전의 지붕 반쯤이 무너져 푸른 하늘이 드러났다. 오전 진시(8시)쯤 되었다. 어젯밤 구마현 서북방 1백여 리 거리로 진출했던 5개 무리 중 하나가 떼어져 나가 곧장 서북향으로 북진하고 있는 것이다. 정탐원으로부터 보고를 받은 문부용은 즉시 추격전을 시작했다. 구마현에 침투시킨 정탐원 중 조장 궁복과 요환 둘이 실종되었지만 정탐원이 넷이나 더 있었던 것이다.

대호는 마치 제 새끼를 데리고 가는 것처럼 가끔씩 김산을 올려다보면서 발을 떼었다. 대웅전을 지나 암반으로 덮인 산으로 올라간다. 드문드문 바위틈의 굴이 보였고 힐끗거리는 물체는 범이다. 이제 대호는 바위를 건너뛰었고 김산도 따른다. 이곳은 범 소굴이다. 수백 개의 굴에 범이 들어가 있다. 홍경의 지도가 바로 이것이다. 범굴에 들어가라는 것이다. 범굴은 서로 이어져 있는 것이 지도에서도 나타났다. 그 범들이 모두 보물을 지키는 괴수 역할이다. 홍경이 보물을 동굴 속에 넣고 나서 범떼를 몰아넣었는지, 아니면 자연 발생적으로 이렇게 되었는지는 알 수 없었지만, 결과적으로 가장 강력한 요새가 되었다. 이윽고 대호가 커다란 굴 앞에 멈춰 서더니 김산을 보았다. 같이 들어가자는 시늉 같다. 머리를 돌린 김산의 얼굴에 웃음이 떠올랐다. 어느새 뒤에 10여 마리의 범이 둘러서 있는 것이다. 과연 이곳에 범이 얼마나 있는가? 수백 개의 굴에 자리를 잡았다면 식인범이 수백 마리 아닌가?

"부족장 여덟은 우리 측 진영으로 확보했습니다."

구타이가 어깨를 펴고 오굴 카이미쉬를 보았다. 구타이는 금박을 입힌 비단 옷차림에 허리에는 장검을 찼다. 카라코룸 황궁의 내궁 청 안이었으니 세상에서 가장 은밀한 처소일 것이다. 사방이 막힌 넓은 청 안에는 네 사람이 모여 앉았다. 한낮인데도 청의 붉은색 기둥마다 등을 밝혔는데 넷의 얼굴 윤곽이 선명하게 드러났다. 상석에는 전(前) 황제 구유크의 미망인 오굴 카이미쉬 황후가 앉았고 그 옆쪽으로 한 계단 아래에 둘째아들 마크다가 앉았다. 둘을 바라보는 위치에 구타이와 재상 영천이 나란히 앉아 있는 것이다. 구타이의 말이 이어졌다.

"몽케 측으로 가담한 부족장은 다섯입니다. 현 상태로 보면 우리 측이 제위를 잇게 됩니다."

오굴이 머리를 끄덕였지만 반기는 기색이 아니다. 부족장 9명에 칭기즈칸의 4형제 가문인 주치, 차가타이, 오고데이, 톨루이 가문까지 합쳐

241

서 13가문이 모여 제국의 황제를 선출하는 것이다. 그런데 오고데이와 톨루이 가문이 황제위를 다투는 상황에서 8대 5라고 했지만 실제의 전력(戰力)으로 비교하면 톨루이의 몽케 가문이 압도적이다. 그것은 몽케를 지원하는 주치 가문의 장남 바투가 킵차크칸국의 황제로 군림하면서 거대한 군사력을 보유하고 있기 때문이다. 그리고 나머지 부족장들의 전력도 오고데이 측보다 강하다. 그러나 바투의 킵차크칸국이 수만 리 떨어진 서역 땅에 위치한데다 오고데이 가문이 구유크가 죽은 이후로도 계속 카라코룸과 제국의 행정을 주관하고 있는 것이 몽케 측의 약점이다. 다시 구타이의 말이 이어졌다.

"몽케도 서두르고 있습니다. 집행관 김산을 중원에 보내어 지방 수령을 통해 암호문을 주고받는 것이 쿠릴타이에 대비하여 세력을 모으려는 수작입니다."

"그리고,"

이번에는 영천이 거들었다.

"남부군이 남송 전선에서 이탈하여 북방으로 이동한 부대가 많습니다. 황후마마, 이것은 유사시에는 일전도 불사하겠다는 시위와 같습니다."

"지방 수령 중 7할이 우리 측이나 기회주의자가 많습니다. 따라서……."

구타이가 말을 이었을 때 오굴이 손을 들어 막았다. 그러고는 구타이에게 묻는다.

"어떻게 하면 되겠소?"

"초원에 있는 부족장 셋에게 선물을 보내 회유하고 변심하지 말도록 감시원을 파견해야 합니다."

오굴은 숨을 죽였고 구타이의 말이 이어졌다.

"벼슬을 살고 있는 부족장 셋은 변심할 우려는 없지만 이들도 감시해야 됩니다."

"……."

"몽케 측의 부족장 칼자르가 작년 초에 고려녀 50명을 선물로 받았는데 이번에 1백 명을 또 준다고 했다가 계획이 틀어졌습니다. 그래서 금화 1천 냥을 보내 회유시킬 작정입니다."

그러고는 구타이가 길게 숨을 뱉었다.

"시간이 지날수록 우리에게 불리합니다. 두 달 안에 쿠릴타이를 열어 제국의 황제를 옹립해야 될 것입니다."

구타이의 말이 끝났을 때 오굴은 긴 숨을 뱉었고 영천은 어깨를 늘어뜨렸다. 그때 구타이의 시선이 오굴 옆쪽에 앉은 마크다에게 옮겨졌다. 마크다는 25세의 청년이다. 구타이의 시선을 받은 마크다가 외면했다. 그리고 보니 새 황제로 추대될 마크다는 단 한 마디도 말을 내놓지 않은 것이다.

그 시간에 몽케는 쿠빌라이와 함께 게르 안에서 마유주를 마시고 있다. 측근으로는 고문 하란시크가 말석에 앉았다.

"쿠릴타이 장소는 게젤초원으로 하자."

마침내 몽케가 결정했다.

"쿠릴타이 장소는 멀리 있는 부족장이 가장 가깝게 모일 수 있는 곳으로 정해야 한다고 위대한 대칸 칭기즈칸께서도 말씀하셨어."

게젤초원은 바로 칭기즈칸 부족의 말을 키우던 초원이다. 몽골초원에는 지금도 6명의 부족장이 살고 있었으니 이치에도 맞다. 그때 쿠빌라이가 말했다.

"오굴이 반대할 것입니다. 이번에도 카라코룸에서 근위병들을 쿠릴타이 장소를 포위시킨 채 위압적인 분위기에서 시행하려고 할 겁니다."

"그럼 가지 않는다."

몽케가 말했을 때 게르 안에는 무거운 정적이 덮여졌다. 그러면 또 쿠릴타이가 연기되는 수밖에 없는 것이다. 구유크 황제가 죽고 몽골제국의 황제가 공석이 된 지 3년째가 되었다. 그때 하란시크가 분위기를 바꾸려는 듯이 말했다.

"이번에도 킵차크칸국의 바투님께서는 대리인을 보내시겠군요."

"자, 떠나시오."

홍복이 말하자 금강이 잠자코 말에 박차를 넣었다. 말이 네 굽을 모으고 달리기 시작했고 뒤를 20기의 기마인이 따른다. 제각기 서너 필씩 예비마를 이끌고 있어서 1백기 가까운 말떼가 자욱한 먼지를 내뿜었다. 오전 진시(8시)경, 이제 3개 기마대가 떠난 것이다. 말고삐를 챈 홍복이 옆을 따르는 부장 한케이에게 말했다.

"제4진에게 달려가 두 시진 후에 출발하라고 이르라."

예상하고 있었다는 듯이 한케이가 잠자코 말머리를 돌려 황야를 향해 내달렸다. 이제 산기슭에는 홍복이 이끄는 본진 40여 기가 남았다. 나흘 전에는 하루 간격으로 멀어졌던 5개 무리가 매일 좁혀지더니 이제는 두 시진 간격이 되었다. 방향이 같은 터라 오늘 밤이면 한 시진 간격으로 좁혀질 것이었다. 선두가 전진 속도를 늦추기 때문이다. 그리고 오늘 밤 자시(12시) 무렵에 5개 대열이 다시 합쳐지게 될 것이었다. 그 위치가 바로 오대산 남쪽 30리 지점이다.

김산이 동굴 벽에 등을 붙이고 앉아 있다. 동굴 안은 환하다. 그것은 안쪽에 쌓인 보물 때문이다. 천장의 바위틈 사이로 들어온 희미한 빛살이 보물에 부딪히면서 수천, 수만 배의 광채를 발산하는 것이다. 동굴은 길고 때로는 넓었다. 천장에 석영 고드름이 달린 거대한 청도 있었으며 바위틈 사이로 떨어진 물이 수백만 년간 고여서 동굴 호수가 된 곳도 있다. 그 동굴 안 수십 군데에 보물이 쌓여 있는 것이다. 지금 김산이 바라보고 있는 보물 더미는 전체의 수십 분지 일밖에 되지 않는다. 보물은 금화, 갖가지 보석, 금괴, 금으로 만든 칼과 갑옷, 사람 크기만 한 금불상도 10여 개나 있었으며 이름도 모르는 보석도 수백 개의 상자에 담겨져 있다. 그때 동굴 입구로 안내해준 대호가 다가와 발밑 바위 위에 앉았다. 밖에서 사냥을 하고 온 터라 몸에서 피비린내가 풍겨왔다. 동굴 안은 범의 소굴이었다. 범의 마을이라고 해야 맞다. 수백 마리의 범이 제각기 동굴 목을 지키고 있었기 때문에 지도에도 그렇게 그려졌다. 김산이 잠자코 대호를 보았다. 대호가 이 거대한 동굴의 주인이다. 크기는 황소보다 더 컸고 나이는 50세도 더 된 것 같았다.

영물이다. 홍경이 보물을 숨겨놓을 때도 이 대호가 지켜보고 있었을 것이다. 영물은 인간의 능력을 알아본다. 김산의 능력이 단 한 번의 칼질로 목숨을 앗아갈 수 있다는 것을 알아챈 것이다. 게다가 김산이 무엇 때문에 이곳에 왔는지도 알았다. 김산이 길게 숨을 뱉고 나서 말했다.

"대호, 나는 이제 밖에 나가 정리를 하고 돌아오겠다."

대호가 머리를 돌려 시선만 주었고 김산이 달을 이었다.

"20여 년간 동굴을 지킨 너에게 어떤 상도 모자랄 것 같구나."

자리에서 일어선 김산이 발을 떼자 대호가 잘 다녀오라는 듯 그르렁 거렸다. 김산은 작은 산처럼 쌓인 보물을 지난다. 보물이 너무 많아서 무감각해진 것이 아니다. 본래 김산은 보물 욕심이 없다. 이틀 동안 동굴 안에서 물만 마셨기 때문에 몸이 맑은 샘처럼 맑아져 있다. 그래서 떼는 발걸음이 가벼워서 날아갈 수도 있을 것 같다.

문부용이 이끄는 기마군은 1백여 기, 본대(本隊)다. 적토마의 고삐를 쥔 문부용이 어둠 속에서 이를 드러내며 웃었다.

"5개 무리에 제각기 5명씩 꼬리를 붙여놓았으니 이제 우리는 느긋하 게 따라가면 된다."

깊은 밤이다. 이제 문부용은 삼산사를 떠나 남부군 파견대의 뒤를 따르는 것이다. 밀정단이 오랜만에 잡은 대어(大漁)다. 5개 대(隊)가 남부 군 소속 3천인장 홍복이 이끌고 있다는 것도 구마현을 통해 알게 되었 다. 홍복이 또 누구인가? 남부군의 핵심 대장군 겸 집행관이자 킵차크 제국에서 폴란드 총독까지 지낸 5만인장 김산의 위사장을 지낸 놈이다. 거물인 것이다. 문부용이 속보로 말을 달리면서 낮게 지시했다.

"놈을 본대와의 거리는 10리(4km)를 유지하고 중간에 정탐병 셋을 세 워라."

용의주도한 성품의 문부용이다. 홍복이 무엇 하러 산서성까지 왔는지 아직 알 수 없지만 5개 대로 나뉘어 일사불란하게 움직이고 있다. 이미 카라코룸에 전령도 띄웠으니 놓칠 수는 없다.

7장
마지막 승부

"스물다섯입니다. 한 놈도 어디로 새나가지 않았소."

황규가 이채공에게 보고했다.

"진막 네 개에 스무 명이 들었고 다섯은 외부 경계를 합니다. 경계가 철저해서 2백 보 안으로 들어서기는 불가능하오."

"흥, 어쨌거나 저놈들은 우리 손바닥 안에 들었다."

나뭇가지 사이로 아래를 내려다보면서 이채공이 말했다.

"사방에서 덮치면 쥐새끼 한 마리 빠져나가지 못한다."

자시(오전 12시)가 조금 넘은 시간이다. 오늘도 앞쪽 기마 무리를 종일 따라온 터라 이쪽도 지치기는 했다.

"뒤쪽 동남향에서 북상하는 무리도 지금쯤 야영 중일 테니 70리 (27km) 간격이 되겠습니다."

요원 구확이 말하자 이채공이 건성으로 머리를 끄덕였다.

"그놈들이 속도를 내는 것 같군."

"광우현 방향으로 나갑니다."

"그놈들은 서역으로 가려는가?"

이채공이 혼잣소리처럼 말했을 때다.

"쌕! 쌕!"

바람을 가르는 소리가 들렸고 퍼뜩 놀란 이채공이 상반신을 틀었지만 늦었다. 화살촉이 이마를 뚫고 반 뼘이나 들어가는 바람에 그대로 넘어진 이채공은 즉사했다. 옆에 선 구확은 화살이 목을 관통해서 화살촉이 뒤쪽으로 한 뼘이나 나왔다. 성대가 뚫린 구확이 신음도 뱉지 못하고 넘어졌지만 숲속에서는 제각기 다른 단말마의 외침이 울렸다. 셋의 목청이다. 잠시 후에 숲속으로 들어선 일행은 다섯, 그 선두에 선 사내가 비호수다. 비호수가 옆에 선 부하에게 말했다.

"삼관필님께 우리가 곧 합류한다고 전해라."

"예."

부하가 숲 밖으로 사라지자 비호수는 쓴웃음을 지었다.

"오늘 밤에 밀정단이 사라지는군."

광우현 방향으로 전진하던 비호수의 기마군 20기는 곧장 방향을 틀어 삼관필의 뒤쪽으로 붙었는데 이미 5리(2km) 거리까지 다가온 것이다. 쉬지 않고 달려왔기 때문이다.

비호수의 기마대를 따르던 밀정단 또한 다섯, 본래 1리(500m) 거리를 두고 따르다가 기마대가 자시가 다 되도록 쉬지 않고 달리는 바람에 당황했다. 여분의 말이 두 필씩뿐이어서 속도가 느려지더니 곧 셋이 낙오했다. 둘은 겨우 따라 붙었으나 기마대가 갑자기 말머리를 돌려 덮쳐오는 바람에 칼 한 번 휘두르지 못하고 죽었다. 낙오한 셋도 뒤에서 덮쳐오는 금강의 기마대에 죽임을 당했는데 비참했다. 말발굽으로 시신이 짓이겨져서 걸레가 되었기 때문이다. 금강을 따르던 밀정대 다섯은 왕청 기마대가, 왕청의 뒤에 붙었던 다섯은 홍복의 본대에 잡혀 죽었으니 마치 이 사이에 낀 오물을 다 긁어낸 꼴이다. 그리고 두 시진 쯤이 지난 인시(오전 4시) 무렵에 홍복의 본대까지 선봉 삼관필의 거처인 들판에 다 모였다. 가장 늦게 도착한 홍복이 기다리고 있는 네 명의 무장을 향해 말에서 내리지도 않고 말했다.

"듣기만 해서 걱정을 했더니 이 들판이 아주 적당하오. 자, 끝장을 냅시다."

그러자 네 명의 무장이 일제히 말에 올라 부하들과 함께 어둠 속으로 사라졌다.

"이놈들이 오늘 밤새도록 달릴 셈인가?"

말배에 박차를 넣으면서 문부용이 투덜거렸다. 깊은 밤, 1백여 명의 기마인이 이끈 3백여 필의 말굽소리가 땅을 울리고 있다. 그러나 앞쪽 일진의 기마대와의 거리는 20리(8km)로 떨어뜨려 놓았다. 말굽 소리는 들리지 않을 것이다.

"네 앞쪽은 어떻게 되었느냐?"

방금 달려온 전령에게 문부용이 소리쳐 물었다. 바로 앞쪽 외에 3개 대의 연락이 뚝 끊겼기 때문이다. 그쪽도 달려가고 있는 중이라는 추측은 했다. 멈췄을 때 전령을 보내 보고를 했기 때문이다.

"그건 모릅니다."

전령이 나란히 달리면서 말을 이었다.

"놈들과의 거리가 부쩍 가까워졌을 것입니다."

"날이 밝으면 알 수 있겠지."

찌푸린 얼굴로 말한 문부용이 주위를 둘러보았다. 기마대는 이제 들판으로 들어서고 있다. 황무지다. 잡초만 무성했고 나무도 제대로 자라지 않는 척박한 땅이다. 인시가 되어 있어서 동녘이 희끄무레한 색깔로 바뀌어졌지만 아직도 짙은 어둠에 덮여져 있다. 그때 옆으로 부장 유포가 다가왔다.

"당주, 앞쪽 전령이 안 오는 걸 보면 모두 지금도 달리는 것 같소."

"내 생각도 그렇다."

문부용이 짜증 난 목소리로 말을 받았다.

"모두 부하들을 달고 달리는 모양이다."

"서로 말을 맞춘 것이 아닐까요?"

"달리자고 말이냐?"

"아니요, 이렇게 달리면 합쳐지지 않겠습니까?"

"아니, 각각 1백 리에서 70리까지 거리가 떨어져 있지 않느냐? 어떻게……."

했다가 문부용이 말을 멈췄다. 얼굴이 금방 굳어졌지만 어둠 속이어서 보이지 않는다. 달리는 속도만 조절하면 얼마든지 합칠 수가 있는 것이다. 선두 무리가 속보로 걷고 뒤쪽 본진이 네 굽을 모아 달린다면 금방 가까워진다. 머리를 돌린 문부용이 유포를 보았다.

"이놈들 방향이 제각기 달랐지 않느냐?"

"달랐지만 북진하는 것은 같았소."

"……."

"합치는 것 같습니다. 당주."

그때였다.

"쐐액"

날카로운 파공음이 울리더니 검은 하늘로 불덩이가 솟아올랐다.

"아뿔싸!"

낮게 외친 문부용이 저도 모르게 말고삐를 당기는 바람에 말이 네 다리를 치켜들었다가 멈춰 섰다.

"뒤로!"

순발력이 빠른 문부용이다. 눈을 부릅뜬 문부용이 악을 썼다.

"뒤로 물러나라!"

그러고는 말머리를 돌린 순간이다.

"쐐액 쐐액 쐐액"

공기를 자르는 수십 개의 소리가 들렸으므로 문부용의 가슴이 철렁 내려앉았다.

"악!"

"이히힝!"

아직 한 무리로 뭉쳐선 1백 명의 기마인을 향해 수십 발의 화살이 쏟아졌다.

"이놈들!"

화살에 맞은 말이 곤두박질로 넘어지는 바람에 땅바닥으로 떨어진 문부용이 이를 갈았다.

"으아악!"

251

화살에 맞은 부하 하나가 바로 앞쪽 땅바닥에 떨어졌다.

"모두 피해라!"

이번 명령은 부장 유포가 내렸다. 문부용은 더 이상 말할 것이 없었기 때문이다.

"도망쳐라!"

유포가 다시 소리쳤다. 그것이 이 상황에서 가장 적당한 명령이다. 문부용은 그것을 알고 있었지만 말하지 못했다.

"으아악!"

비명이 사방에서 울리고 있다. 사면이 포위되어 있는 것이다. 모든 방향에서 화살이 날아온다. 평지인데다 잡초만 우거진 황무지다. 은폐물이라고는 말떼뿐이다. 벌써 몇 명은 죽은 말 뒤에 숨어서 화살을 피하고 있다. 어둠 속이어서 화살이 날아오는 것이 보이지도 않는다. 그때 다시 머리 위로 불화살이 떴다. 이번에는 대여섯 개나 되어서 떨어지는 불화살이 등불처럼 주위를 비치고 있다.

"으아악!"

비명 소리가 다시 여러 개 일어났다.

"당주! 당주!"

문부용을 찾는 유포의 목소리가 울렸다. 이를 악문 것이 화살에 맞은 것 같다.

그로부터 한 식경(30분)쯤이 지났을 때 횃불을 대낮같이 밝히 들판에 1백여 기의 기마인이 둘러섰다. 그 중심으로 포승에 묶여 문부용이 끌려와 땅바닥에 던져졌다. 문부용은 어깨와 등, 다리에 제각기 한 대씩

252

화살이 꽂혀 있었는데 몰골이 처참했다. 피로 범벅이 된데다 머리는 산발이었으며 얼굴도 피칠을 했다. 그러나 넘어졌어도 금방 상반신을 일으켜 앉았고 눈빛은 아직도 생생하다. 그때 문부용의 앞에 서 있던 홍복이 묻는다.

"네가 서주당 당주 문부용이냐?"

문부용은 대답하지 않았고 홍복은 말을 이었다.

"사로잡힌 네 부하가 서넛 있으니 그놈들한테서 들어도 그만이다. 구타이의 지시 중에 내놓을 것이 있다면 목숨 대신으로 팔아라."

그러자 문부용을 보던 삼관필이 한 걸음 나섰다.

"소인에게 맡겨주시면 이놈 처의 음부가 어떻게 생겼는지까지 다 실토하게 만들지요."

그러고는 문부용을 향해 빙그레 웃었다.

"이놈도 삼관필의 악명은 들어보았을 것입니다."

김산이 홍복의 진막 앞에 섰을 때는 사시(오전 10시) 무렵이다. 묘시(오전 6시)까지 들판의 뒷수습을 하고 잠이 들었던 홍복은 밖의 기척에 곤두박질을 치면서 일어섰다. 김산이 진막 앞의 초병에게 말하는 소리를 들었던 것이다.

"장군께 일러라. 김산이 왔다고."

김산의 목소리를 잊을 리가 있겠는가? 허리끈도 매지 않고 달려 나간 홍복이 김산 앞에 엎드렸다.

"대감, 오셨습니까?"

"밀정들을 다 잡았구나."

김산이 잠깐 마실 다녀온 사람처럼 말하고선 앞장서 진막 안으로 들어섰다.

"대감, 단신으로 다니시니 송구스럽소."

뒤를 따르며 홍복이 잔소리를 했더니 김산이 풀썩 웃었다.

"그럼 내가 네놈들을 모시고 다니란 말이냐?"

그것도 맞는 말이어서 홍복이 말머리를 돌렸다.

"묘시까지 구타이가 보낸 밀정단인 서주당 무리를 몰살시켰습니다. 그래서 모두 지쳐 잠이 들었습니다. 장수들을 깨워 오지요."

"아니, 너하고 이야기하면 된다. 깨우지 말라."

자리에 앉은 김산이 눈으로 앞쪽을 가리켰다.

"앉아라."

"5만인장인 대감 바로 앞에 앉다니요. 소인은 서서 듣겠습니다."

"이놈아, 앉아."

김산이 눈을 부라리자 홍복이 헛기침을 하고 나서 앉았다. 홍복은 김산과 킵차크에서 돌아온 후에 남부군으로 들어가 있다가 이제 다시 재회했다. 서여진 출신으로 대를 이은 종의 아들이었다가 아유타브 휘하의 보군 졸병으로 자원, 10인장이 되었을 때 김산을 만난 홍복이다. 오로지 김산의 덕분으로 10인장에서 3천인장까지 되었으니 복심으로 불려도 될 것이다. 김산이 목소리를 낮추고 말했다.

"그동안 내가 보물을 찾아내었다."

놀란 홍복이 숨을 죽였고 김산의 말이 이어졌다.

"이제 그 보물의 처리 방법을 몽케칸 전하로부터 지시받아야 한다. 보물을 찾는 즉시 몽케칸께 사령을 보내기로 했으니 누가 가는 것이 적당하겠느냐?"

그러자 홍복이 바로 대답했다.

"삼관필과 비호수가 적당합니다."

김산의 시선을 받은 홍복이 말을 이었다.

"둘이 손발이 맞을 뿐만 아니라 강약 조절이 잘 되어서 천하무적입니다. 또한 삼관필은 조금 전에 잡은 문부용으로부터 구타이한테서 받은 비밀지시를 다 자백을 받았습니다. 그 내용은 몽케칸께 전해드리도록 해야 될 것입니다."

"자백 내용이 무엇이냐?"

"남부군의 허점을 파악하여 남송군의 수뇌부 장창복 총사령에게 수시로 전하고 있었습니다."

"……."

"구타이의 지시였다고 합니다."

"……."

"또한 주만산의 양곡 저장소를 불태우려고 아군의 6개 진지를 기습 공격할 계획을 세웠다고 합니다."

"죽일 놈."

심호흡을 한 김산이 홍복을 보았다. 눈빛이 차갑게 느껴졌으므로 홍복이 숨을 들이켰다.

"삼관필과 비호수를 부르라."

구타이는 병부대신으로 군권을 장악하고 있을 뿐만 아니라 황제 구유크가 죽은 이후로는 인사권도 제 수중에 넣었다. 재상 영천은 껍질뿐이었고 구타이와 구유크의 미망인 오굴 카이미쉬가 몽골제국을 통치하는 셈이었다. 카라코룸 황궁 안의 별채는 본래 황제의 제2집무실이나 이제 구타이의 사령부로 쓰인다. 오전 신시(10시)경, 별채의 청 안에서 구타이가 태자당 태위 진천의 보고를 받는다.

"산서성 은마현 근처에서 서주당 당주 이하 1백여 명의 수하가 몰살당했습니다. 이것은 남부군의 대장군 김산의 소행입니다."

진천은 한인으로 수하에 1백여 명의 첩자를 운용하고 있다. 천하를 장악한 제국의 정보력은 황제가 공석이라고 해도 활발하게 운용되고 있는 것이다. 오히려 더 적극적이 되어 있다. 구타이의 정보원은 서주당뿐만이 아니다. 재야 비적 무리에서부터 무림의 파벌, 그리고 태자당을 통한 전(全) 기관으로부터 정보를 빨아들인다. 진천이 말을 이었다.

"김산은 휘하에 1백여 명의 무장 집단을 거느리고 있습니다. 지금 김산은 이 근처에 있을 것입니다."

진천이 앞에 펴놓은 지도를 채찍 끝으로 짚었다. 구타이의 시선이 채찍 끝에 머물렀다. 산서성 중심부다. 채찍 위쪽으로 오대산이 펼쳐져 있다.

"몽케의 신하 중에서 가장 거추장스러운 놈이 김산이다."

구타이가 눈을 가늘게 뜨고 먼 곳을 보는 시늉을 했다.

"그놈은 오고데이 가문만이 아니라 나하고도 철천지원수다."

"……."

"나하고 악업이 쌓인 놈이야."

문득 눈동자의 초점을 잡은 구타이가 진천에게 말했다.

"이 기회에 전력을 다해 그놈을 제거하도록 하겠다."

"예, 대감."

256

"너는 즉시 전 대원을 이끌고 산서성으로 가서 놈을 추적하라."

"예, 대감."

긴장한 진천이 납작 엎드렸을 때 구타이의 말이 덮이듯 들렸다.

"내가 무공의 고수를 골라 보낼 터이다. 김산이 제아무리 날고뛰는 재주가 넘친다지만 제국이 천하에서 골라 보낸 고수들을 당해낼 수 있겠는가? 이번에야말로 참살을 할 터이다."

진천이 물러갔을 때 구타이가 옆에 선 병부시랑 이투르겐을 보았다.

"태진인, 위선사 둘이면 적당하겠느냐?"

이투르겐이 눈을 치켜뜨더니 한 걸음 다가섰다.

"두 분 다 황제의 시위역 아닙니까? 둘이면 제아무리 김산이 날뛴다고 해도 덮고 남을 것입니다. 하지만……."

이투르겐이 주저하다가 묻는다.

"황제 시위역을 움직여도 되겠습니까?"

청 안에는 벽에 시위가 셋 붙어 있었지만 석상 같다. 또한 석상처럼 듣고 본 것을 말할 수 없도록 교육받았다. 이투르겐의 시선을 받은 구타이가 입술을 비틀고 웃었다.

"새 황제를 위해서다. 황제의 빈자리를 지키라고 시위역을 대우해주는 것이 아니야."

그러자 이투르겐이 커다랗게 머리를 끄덕였다.

"과연 그렇습니다."

"둘을 즉시 산서성으로 보내라."

"예, 대감."

"지방 수령이 둘의 지시를 따르도록 내 단검을 증표로 줘라."

구타이가 차고 있던 단검을 풀러 이투르겐에게 건네주었다. 그러고는 어깨를 늘어뜨리면서 길게 숨을 뱉었다.

"그동안 난 북방 초원으로 가서 족장들을 만나겠다."

몽케칸의 게르 안에는 쿠빌라이, 훌라구까지 삼 형제가 모여 있었는데 북방에서 달려온 삼관필과 비호수의 보고를 받기 위해서였다. 상석에 앉은 몽케칸이 먼지투성이가 되어 있는 두 한인 무림인을 보았다. 둘은 지난번에 몽케칸으로부터 1천인장의 직위를 받은 터라 안면이 있다.

"말하라."

몽케가 허락하자 삼관필이 입을 열었다.

"대장군이 보물을 찾았으니 처분을 기다린다고 하셨습니다."

"으음."

탄성을 뱉은 몽케와 세 형제가 서로의 얼굴을 보았다. 제각기 머리를 끄덕이고 있다. 눈치를 본 삼관필이 다시 말을 이었다.

"저희가 이번에 구타이의 밀정단인 서주당 일파를 몰살시켰사온데 당주 문부용으로부터 자백받은 내용이 있습니다."

"말하라."

그러자 다시 삼관필의 목소리가 게르 안에 울렸다.

"구타이는 문부용을 시켜 호북, 안휘, 강소성 일대의 주민들에게 몽케칸 전하께서 집권하시면 주민들을 남송의 첩자로 몰아 몰살시킬 것이라는 소문을 퍼트리고 있었습니다."

"……."

"또한 국경지대의 각 수령들의 충성도를 구타이에게 수시로 보고하였는데 조금이라도 몽케칸 전하게 호의적인 수령이나 관리를 즉각 처형하거나 유배시켰습니다."

"……."

"게다가 우리 남부군의 허점도 파악하여 남송군의 총사령관 장창복에게 보고했습니다. 물론 구타이의 지시입니다."

"……."

"주만산의 양곡 저장소가 위험합니다. 주만산에 이르는 6개의 아군 진지를 기습 공격하는 계획을 남송군이 세우고 있다는 것입니다. 아군 진지의 허점을 모두 서주당 측이 보고했다고 합니다."

"으으음."

마침내 신음을 뱉은 몽케가 허리를 펴고 말했다.

"수고했다. 먼저 보물을 처리해야 되겠구나."

태진인 태윤(太允)은 65세였지만 겉모습은 40대 장년이다. 6척 장신에 넓은 어깨, 흰 도포를 입고 머리와 수염은 먹물로 감은 것처럼 검다. 태윤은 본래 강서(江西)성 사람으로 십팔기에 능했고 30대 초반부터 협객으로 이름을 떨쳤는데 와룡산 보한선사로부터 신공(神功)을 전수받은 유일한 제자였다. 보한선사는 말 그대로 신인(神人)이어서 와룡산 깊은 동굴에서만 60년 동안 은거하다가 사라진 터라 태윤이 신공과 함께 명성도 이어받았다. 지금까지 수백 명의 무림인을 주살했지만 한 번도 상처를 입은 적이 없다는 신체(神體)의 소유자로 알려졌으며 냉혹한 성품에 대적한 상대 중 살아남은 자가 없다는 전설 속의 인물이다.

그 태진인 태윤이 수염을 흩날리며 말을 달리고 있다. 그 뒤를 따르는 사내는 모두 12명, 태윤이 거느리는 12갑사(甲士)다. 모두 일당백의 무공인으로 태윤의 청에 의하여 구타이는 12갑사에게 벼슬을 주었는데 그 중 무공이 뛰어난 1, 2갑사는 1천인장, 나머지는 5백인장이다. 그러나 말단의 12갑사라고 해도 무공이 낮은 것이 아니다. 강호에 내보내면 일파(一派)의 수장이 될 만한 실력이다.

"위선사하고 하룻길이 떨어졌다."

태윤이 말하자 뒤를 따르던 1갑사가 소리쳐 대답했다. 50대의 중년이다.

"오늘 밤에 내산치현에서 묵을 것입니다."

"6백 리 간격이군."

"내일이면 위선사가 오대산 위쪽에 닿습니다."

"그런가?"

질풍처럼 말을 달리고 있지만 태윤의 목소리는 평온했다. 청에 앉아서 말하는 것 같다.

"오대산은 사방 3백 리야. 김산 일당이 오대산 아랫자락에 있다는 말만 들었을 뿐이다."

"태자당 태위 진천이 기다리고 있을 것입니다."

1갑사는 이름이 없다. 12갑사의 일원이 된 후부터 번호로 불린 것이다. 그것은 모든 것을 지우고 다시 시작하라는 의미도 된다. 이른바 야인 생활을 하면서 온갖 악행을 저질렀던 전력 때문이다. 그것은 나머지 11갑사도 같다.

"김산이 산서성까지 북상해온 것이 수상하다."

수염을 흩날리며 태윤이 말했다. 기마인은 13인이지만 말떼는 70여 필이다. 여분의 말까지 끌고 달리는 것이다. 그래서 땅이 울리고 있다.

귀를 세운 1갑사에게 태윤의 말이 이어 들렸다.

"김산이 오래 전에 카라코룸의 거부 홍경의 보물지도를 가져갔다는 소문을 들었다. 그놈이 그 보물을 몽케에게 바친 줄로 알고 있었는데."

머리를 돌린 태윤이 1갑사를 보았다. 눈을 부릅떴지만 입술 끝에 희미하게 웃음기가 떠올랐다.

"대감은 그 이야기를 안 했지만 김산 그놈을 잡으면 소득이 엄청날 것이다."

"김산의 무공이 천하무적이라고 합니다. 지금까지 당해낸 자가 없습니다."

"소문은 과장되는 법."

태윤의 얼굴에 냉기가 덮여졌다.

"천하무적은 없다. 다 임자가 있는 법이야."

1갑사는 입을 다물었다. 천하무적이 바로 태진인 태윤이다. 태윤은 지금까지 한 번도 적수를 만나지 못한 것이다.

오대산 아래쪽 산서성 궁보가현은 서역으로 통하는 길목이어서 무역상은 물론이고 유민(遊民)이 많았다. 유민 대부분은 걸인이라 현청 거리의 변두리에 움막을 짓고 무리를 지어 살았고, 그 가운데 절반은 도둑이었다. 그러나 궁보가현은 대읍(大邑)으로 인구가 5만이 넘는데다 유곽과 주막도 수백 개였다. 걸인과 도둑은 옷 갈피에 숨는 이처럼 크게 드러나지는 않는다. 그와 마찬가지로 상인을 가장하고 옥룡장 여관에 투숙하고 있는 금강이 바로 그렇다. 지금 나흘째 옥룡장에 머물면서 빈둥거리는 중이었는데 금강은 엉덩이에게 종기가 나는 느낌이었지만 왕청은 정반대다. 신바람이 나서 밤마다 술잔치를 한다. 지휘 격인 3천인장 홍복이 상관하지 않는데다 김산은 다시 오대산으로 돌아간 터여서 모처럼의 여가를 만끽하고 있는 것이다. 오늘도 금강은 저녁을 먹고 나서 아래층 다실에 내려와 차를 마신다. 왕청은 옆쪽 여관의 유곽으로 구경하러 나갔고 홍복의 숙소는 거리 끝 쪽이다. 1백여 명의 수하는 모두 은폐시켜놓았다. 조장(組長)의 인솔 하에 대여섯씩을 묶어서 다른 여관에 투숙시킨 것이다.

"남부군에서 오셨지요?"

갑자기 옆쪽으로 나타난 여자가 물었으므로 금강은 대경실색을 했다. 머리를 든 금강은 자신을 내려다보는 미소년을 보았다. 아니, 미청년이다. 상인 복색의 남자인데 목소리가 여자인 것이다. 맑은 눈, 곧은 콧날, 윤기가 흐르는 단정한 입술, 날씬한 몸매를 보니 20대 같다. 그러나 이 여장남자의 입에서 흘러나온 말은 심상치가 않다. 남부군이라니? 내 본색을 알아챘단 말인가? 순식간이지만 금강의 머릿속을 스치고 간 생각이다. 그때 여자가 얼굴에 웃음을 짓더니 앞쪽 자리에 앉았다. 자연스런 동작이어서 옆쪽 자리에서도 일행으로 보았는지 시선도 주지 않는다. 그때 여장남이 말했다.

"대감은 어디 계십니까?"

"대감이라니?"

어쩔 수 없이 되물은 금강은 자신의 목소리가 굳어져 있는 것을 들었다. 기선을 제압당한 것이다. 금강이 숨을 들이켜고 나서 여장남을 쏘아보았다.

"그대는 누구신가?"

"난 채화진, 지금은 하북성 중부군의 부도독으로 있지만 몇 년 전에는 태자당 태위였던 사람이지요."

"아아."

놀란 금강이 입을 쩍 벌렸다. 그러고는 서둘러 자리에서 엉덩이를 떼었다가 곧 다시 앉는다. 그것을 본 채화진의 쓴웃음을 지었다.

"귀공도 내 악명을 들은 것 같군요?"

"존명을 모를 리가 있습니까? 저를 쫓아 왔던 태자당 태위셨지요."

"대감께서 이곳에 계시다는 말을 듣고 온 거요."

정색한 채화진이 말에 금강이 긴장했다.

"어, 어떻게 알게 되셨습니까?"

"태자당 첩자가 이쪽 지역에 가득 깔렸소. 내가 태자당 연줄이 있어서 압니다."

"엄마, 다리가 아파."

아이의 목소리에 김산은 숨을 들이켰다. 여자아이다. 이곳은 오대산 아래쪽 골짜기의 산 중턱, 본골은 위쪽으로 50리나 떨어진 위치다. 한낮, 오시(12시)가 조금 안 되는 시각이다.

"엄마, 배도 고파."

이제는 울음 섞인 목소리, 김산은 저도 모르게 머리를 흔들었다. 바위 틈에서 눈을 감고 기운을 모으는 운공을 하던 참이어서 꿈속 같기도 했다. 그러나 아니다. 피부에 닿는 서늘한 대기, 그리고 이 땀에 섞인 인체의 냄새, 김산은 자리를 차고 일어섰다. 이 말은 고려말이었던 것이다. 여자아이의 목소리가 다섯 살 때 칼에 베여 죽은 동생 유진이 같다.

그때 이번에는 여자의 목소리가 울렸다.

"아가, 조금만 참아라. 어서 이 골짜기를 지나야겠다. 이곳에는 범이……."

어머니인가? 고려말을 하는 이 여자는?

어느덧 김산은 바위를 차고 허공으로 몸을 날렸다. 여자와의 거리는 반 리(250m)쯤 떨어져 있는 것이다. 이곳은 말 그대로 범굴이다. 김산이 운기를 모으고 있는 동안에도 범이 여섯 마리나 지나갔다. 인육 냄새를 맡고 다가왔다가 김산이 앉은 채로 내뿜은 기운에 질려서 도망친 것이다. 그중 둔한 놈 하나는 다가와 냄새를 맡다가 코가 뭉개져서 똥을 싸지르고 도망쳤다. 김산이 몸을 날려 다섯 번을 뛰었을 때다.

"아아악!"

예상했던 대로 여자의 비명이 울렸다. 그 순간 김산이 몸을 허공에 띄운 채로 맞받아 소리쳤다.

"어흥!"

범의 울음이다. 김산의 울음이 대번에 골짜기에 부딪혀 메아리가 되더니 곧 이쪽저쪽에서 울렸다. 그리고 세 번을 더 뛰어서 김산이 땅바닥에 발을 디뎠다.

과연 모녀 앞에 범 한 마리가 서 있었는데 거리는 3보밖에 안 되었다. 그러나 입만 쩍 벌리고는 움직이지 않았는데 벌린 입가에서 침이 줄줄 흘러내리고 있다. 김산이 지른 고함 소리에 혼이 나갔기 때문이다.

"엄마."

김산을 본 순간 가장 먼저 소리를 뱉은 것이 일곱 살쯤 되는 여자아이였다. 놀랍고 반가운 아이가 엄마를 더 부둥켜안았는데 범에게 등을 보인 채 아이를 안고 있던 여자가 그때서야 주르르 눈물을 쏟았다. 20대 후반쯤의 남루한 차림에 여윈 여자였다. 그때 김산이 범의 엉덩이를 발길로 찼다.

"이놈! 가거라!"

김산이 살짝 찼는데도 범은 한 길이나 허공으로 솟아오르더니 옆쪽 바위에 부딪히고는 비명을 내질렀다.

"켕!"

비명 소리가 목쉰 개소리 같았고 사지를 펴고 자빠졌던 범이 곧 일어나더니 절름거리며 도망치기 시작했다. 그것을 본 모녀가 그때서야 털썩 땅바닥에 주저앉았다.

"엄마, 범이 도망갔어."

그때도 아이가 먼저 말했다. 분명 고려말이다. 그때 여자가 김산을 향해 땅바닥에 두 손을 짚고 엎드렸다.

"대인, 목숨을 구해주셔서 고맙습니다."

그 순간 김산은 눈을 치켜떴다가 곧 쓴웃음을 지었다. 여자가 한어를 썼기 때문이다. 하지만 얼마 안 되어 그 이유를 알게 되었는데 김산이 발길로 범을 차면서 저도 모르게 한어를 썼던 것이다. 일곱 살 때 고려를 떠나 19년간 한어와 몽골어를 사용하고 있었던 김산이다. 김산이 여자에게 말했다. 이번은 고려말이다.

"지금 어디서 오시는 길이오?"

그 순간 여자가 놀라 소스라쳤다. 마치 또 범을 본 것 같은 표정을 짓는다. 그러나 아이는 다르다. 기쁜 듯이 소리쳤다.

"고려 아저씨다!"

　여자의 이름은 강씨, 놀랍게도 가족과 함께 배로 황해를 건너온 유민 (遊民)이었다. 이민(移民)이라고 해야 맞을 것 같다. 빈번한 몽골군과 왜 구의 침탈을 견디지 못하고 마을 주민 30여 명이 어선을 타고 황해를 건 너 산동성에 닿았다는 것이다. 해적이 많고 척박한 산동을 떠나 서쪽으 로 이동한 무리는 모두 27명, 도중에 7명이 죽었다고 했다. 그것이 4년 전이다. 강씨 가족은 이곳에서 40여 리 서쪽으로 떨어진 오담현에 정착 했다는 것이다. 동쪽 궁보가현으로 무명을 팔러 나갔다가 남편 고씨가 현 관리에게 잡혀 갇히는 바람에 허겁지겁 돌아가는 길이라고 했다. 집 에는 세 살배기 아들과 친정어머니가 기다리고 있었기 때문이다. 강씨 는 사연을 말하는 동안 한 마디 할 때마다 울음을 터뜨리는 바람에 그 짧은 이야기가 한 식경이나 걸렸다.

　"무슨 죄요?"

　김산이 묻자 강씨가 또 울었다.

　"세금을 내지 않았다는데, 한어가 서툴러서……."

　"그렇다면 나하고 먼저 집에 갑시다. 내가 집까지 데려다 줄 테니까."

　다가선 김산이 말을 이었다.

　"그러고 나서 바로 남편을 데려올 테니까 걱정하지 마시오."

　"신인(神人)께서는 누구십니까?"

　마침내 강씨가 눈물범벅이 된 얼굴로 물었으므로 김산은 허탈하게 웃 었다.

　"나도 19년 전인 7살 때 고려에서 끌려온 사람이오. 나는 끌려올 때 부모 형제가 모두 살해당했소. 하지만 혼자서 이렇게 살아 있지 않소?"

어깨를 올려 보인 김산이 아이에게 손을 내밀며 말했다.

"자, 빨리 갑시다. 그래야 내가 남편을 오늘 안에 데려올 것 아니오?"

그 시간에 구타이는 카라코룸 북방의 몽골대초원 입구에 서 있다. 마상에서 초원을 바라보는 구타이의 얼굴에 감회가 깃들어 있다. 초원을 떠난 지 어언 30여 년, 이제 구타이의 나이도 60세의 장년이다. 그동안 칭기즈칸을 따라 서역 원정도 다녀왔으며 고려 정복군을 두 번이나 이끌었던 구타이다. 구타이가 혼잣소리처럼 말했다.

"초원은 30년 전이나 똑같구나."

주위에 둘러선 무장들은 대답하지 않았다. 구타이는 지금 기마군 3만을 이끌고 초원에 들어선 것이다. 기마군 3만은 모두 제국의 친위군이다. 최정예군인 것이다. 뒤쪽으로 파도치는 것 같은 소음과 함께 지진처럼 땅이 울리고 있다. 기마군의 갑옷과 금속이 부딪치는 소리와 말굽소리 때문이다. 그때 옆에선 위사장 데게지가 말했다.

"대감, 키실릭이 기다리고 있을 것입니다. 늦지 않게 가시지요."

데게지의 말을 들은 구타이가 잠자코 말고삐를 당겼고 곧 무장들이 따라 움직였다. 고수가 말안장에 매단 북을 쳐서 신호를 하자 대군(大軍)이 일제히 움직이기 시작했다. 청명한 날씨였다. 파란 하늘에는 검독수리 두 마리가 선회하고 있다. 지금 구타이는 몽케 측의 족장 키실릭을 만나러 가는 것이다. 키실릭은 칭기즈칸의 양을 맡아 기르던 가문이다. 칭기즈칸 가족 다음으로 유력한 가문인 것이다. 키실릭은 부족 1만 5천여 명을 거느리고 지금도 초원에서 양을 치며 산다. 카라코룸 황실의 양고기는 모두 키실릭 가문에서 공급하는 것이다. 칭기즈칸의 명령이었기 때문이다. 구타이가 다시 혼잣소리처럼 말했다.

"키실릭 그 영감만 넘어오면 쿠릴타이는 오고데이 가문의 승리로 끝난다."

궁보가현 현령 하만위는 한인으로 오고데이 황제 시절에 카라코룸의 시장을 관리했던 하급 관리였다가 발탁되어 지방 현령이 되었다. 그래서 오고데이 가문에 은혜를 입은 셈이다. 신시(오후 4시) 무렵, 청에서 사저로 돌아온 하만위가 애첩 진향의 시중을 받으며 간식을 먹고 있을 때 집사 윤해가 허겁지겁 다가와 허리를 숙였다.

"나리, 손님이 오셨소이다."

"누구냐?"

귀찮은 표정으로 하만위가 묻자 집사는 땀이 밴 이마를 손등으로 닦았다.

"예, 남부군 집행관이며 5만인장이고 김산 대감이란 분이 단신으로 찾아오셨습니다."

"무, 무엇이?"

놀란 하만위가 들고 있던 젓가락을 떨어뜨렸고 벌떡 일어서는 바람에 상이 기울어져 국수 그릇이 엎어졌다.

"앗 뜨거!"

국수 국물이 치마에 쏟아지자 진향이 비명을 질렀지만 하얗게 굳어진 얼굴로 하만위가 묻는다.

"어, 어디 있느냐?"

"나, 여기 왔네."

불쑥 들리는 목소리에 하만위는 대경실색을 했다. 두 손을 앞으로 뻗고 눈동자의 초점이 멀어진 것이 뒤로 넘어질 것 같다. 바로 앞에 사내 하나가 서 있는 것이다. 집사 윤해의 옆에 선 사내는 장신에 호남이다. 가죽조끼에 바지를 입었고 머리에는 몽골식 털모자를 썼다. 몽골 사냥꾼 차림이다. 20대 후반쯤 되었을까? 똑바로 쏘아보는 눈빛에 저절로 위압감을 느낀 하만위가 침을 삼키고 물었다.

"귀공께서 저기, 대장군이신……."

"그렇다."

대답한 사내가 가슴에서 꺼낸 상아 명패를 하만위에게 보였다.

"와서 이 명패를 보라."

저절로 발을 뗀 하만위가 보석이 박힌 상아 명패를 보았다. 명패에 '대장군 김산'이라고 적혀져 있다. 그 순간 하만위는 그 자리에서 무릎을 꿇고 엎드렸다.

"현령 하만위가 문안드리오."

"내가 남부군 소속이어서 불편하지는 않겠느냐?"

김산이 묻자 하만위의 얼굴이 굳어졌다.

"아니올시다. 천만의 말씀이십니다."

"대감이 현청에 계시오."

다가선 금강이 말했으므로 채화진이 자리에서 일어섰다. 이곳은 옥룡장의 다실 안이다. 금강이 서두르듯 말을 이었다.

"대감께서 저한테 현청으로 들어오라고 하셨소. 부도독도 같이 가십시다."

채화진이 두말 않고 자리에서 일어섰다. 어느덧 얼굴이 상기되어 있다.

"현청에는 왜 가셨을까요?"

다실을 나서면서 채화진이 묻자 금강은 머리를 기울였다.

"모르겠습니다. 갑자기 저한테 부하 서넛만 데리고 오라는 연락을 받았기 때문에……."

"지금 현 안에 태자당뿐만 아니라 구타이의 첩자가 가득 깔려 있습니다. 금방 소문이 날 것입니다."

"그것을 대감께서 모르시겠소?"

되받아 말했지만 금강의 기색도 편해 보이지 않는다.

그 시간에 현청의 상석에 앉은 김산이 앞쪽에 엎드린 사내를 보고 있다. 남루한 농군 차림의 사내는 잔뜩 겁에 질린 얼굴이다. 그 옆쪽에 선 현령 하만위의 얼굴은 더 굳어져 있다. 마당에 둘러선 병사들도 마찬가지다. 숨소리도 들리지 않는다. 사내는 방금 감옥에서 끌려 나온 것이다. 바로 고려인 고씨다. 그때 김산이 하만위에게 말했다.

"이 농군은 세금을 내지 않았다고 잡아 가두었는데 어떤 세금인가?"

"예, 그, 그것이……."

하만위의 얼굴에 다시 땀이 솟아났다.

"소인은 자세히 모릅니다. 담당 세리를 잡아다가……."

"당장 데려오도록."

김산의 목소리가 마당까지 울렸다.

"담당 세리는 물론 그 직속상관 세리장까지 모두 데려오도록 해라. 한 식경이 지나도 오지 않으면 모두 목을 베겠다."

"예에."

하만위가 허둥거리며 판관, 도위를 불러 지시했는데 목소리가 비명 같다. 아전과 병사가 이리 뛰고 저리 달렸으므로 청 안은 살벌해졌다. 그때 김산이 아래쪽 마당에 엎드린 고씨에게 말했다.

"넌 걱정하지 마라. 내가 곧 네 처와 자식들에게 보내줄 테다."

그 순간 고씨가 펄쩍 뛰듯이 놀라 머리를 들고 김산을 보았다. 고려말이었던 것이다. 고씨의 시선을 받은 김산이 말을 이었다.

"내가 네 처자를 도중에 만나 집까지 데려다 주고 온 길이다."

그러고는 덧붙였다.

"나는 고려인 김산, 남부군의 집행관이며 5만인장인 대장군이다."

채화진이 현청에 도착했을 때는 청에 앉은 김산이 마악 마당에 끌려 온 세리장 이하 세리를 내려다보는 중이었다. 김산의 목소리가 마당을 울렸다.

"저기, 고씨라는 농군을 잡아 가둔 이유를 대라. 조금이라도 거짓이 들어가면 목을 치겠다."

추상같은 목소리다. 끌려온 세리장과 세리는 세 명, 그중 맨 끝의 세리가 고씨를 잡아온 장본인이다. 머리를 든 세리가 김산을 올려다보았다. 염소수염을 기른 40대 한인이다.

"예에, 자릿세를 내지 않았습니다."

목소리가 떨렸다. 김산이 다시 묻는다.

"자릿세라니? 저자가 어디서 물건을 팔았느냐?"

"예에, 저기, 길가에서……."

세리가 시선을 떨구었으므로 김산이 눈을 치켜떴다.

"길가에서 물건을 팔아도 자릿세를 내느냐?"

"예에, 죽을죄를 지었나이다."

마침내 세리가 온몸을 떨며 빌었다.

"한 번만 용서해주시면……."

"저놈을 당장 베어라."

김산이 아래쪽에 선 현령에게 지시했다.

"무얼 하느냐? 당장 베어라."

"예에."

대답은 했지만 현령이 당황했다. 지금까지 마당에서 죄인을 죽인 적
이 없는 것이다. 그때 김산의 시선이 대문 옆쪽에 서 있는 금강과 채화
진 쪽으로 옮겨졌다.

"네가 베어라."

김산이 금강에게 말했다.

"예에."

기운차게 대답한 금강이 성큼성큼 마당으로 들어서면서 허리에 찬 칼
을 빼들었다. 마당과 청에서는 숨소리도 나지 않는다. 엎드린 세리가 겨
우 머리를 들었다가 얼굴이 하얗게 굳어졌다.

"이얏!"

기합소리가 울린 것은 바로 그 순간이다. 목이 잘려진 세리의 머리가
앞으로 다섯 자쯤이나 구르다가 멈췄고 잘려진 목에서는 피가 분수처럼
치솟았다. 이윽고 꿈틀거리던 세리가 움직임을 멈추고 늘어졌을 때 김

산이 현령에게 말했다.

"당장 저 농군을 석방하고 무고하게 잡아들인 배상금으로 금 열 냥을
주어 보내도록."

"예에."

어느 명이라고 거부하겠는가? 떨리는 목소리로 대답한 현령이 분주
하게 관리를 부르며 수선을 떨었다. 그때 김산의 시선이 이제는 채화진
에게로 옮겨졌다.

"그대는 청으로 오르라."

김산이 채화진에게 말했다. 채화진은 바지저고리에 머리에는 두건을
썼다. 남장 차림으로 허리에는 칼도 찼다. 김산의 시선을 받은 채화진이
발을 떼었다.

"왜 스스로 노출시키십니까?"

청 안쪽에 금강까지 셋이 모여 앉았을 때 채화진이 불쑥 꺼낸 말이었
다. 인사도 생략하고 대뜸 그렇게 묻는 바람에 김산의 얼굴에 웃음이 떠
올랐다. 바깥쪽 청 끝에 선 현령이 아직도 분주하게 떠들며 지시를 하고
있다. 금 열 냥을 가져온 관리를 꾸짖고 있었는데 종이에 싸 갖고 왔기
때문이다. 마당 한쪽에 선 고려인 고씨는 아직도 겁이 난 표정이었고 반
대편에서는 죽은 세리의 시체를 치우고 땅바닥에 고인 핏자국에 흙을
뿌리느라 분주했다. 끌려왔던 세리장과 조장은 보이지 않았다. 김산의
시선이 마당을 훑고 돌아왔다.

"일부러 소문을 내는 걸세."

"구타이가 산서성으로 절세고수들을 급파했다는 소문이 있습니다."

273

"당연하지."

"태자당 태위 진천의 정보력은 뛰어납니다. 진천도 산서성에 온다고 들었습니다."

"오고데이 가문이 전력투구를 해야 할 시점이야. 쿠릴타이가 얼마 남지 않았으니까."

"어떻게 하실 작정이십니까?"

궁금증을 참지 못한 금강이 묻자 김산의 입술이 꾹 닫혔다. 그 순간 둘의 귀에 독음(獨音)이 울렸다.

"유인해서 다 잡겠다."

둘은 숨을 죽였고 다시 김산의 독음이 이어졌다.

"그리고 나서 바로 구타이를 쫓겠다. 구타이를 잡으면 오고데이 가문은 날개 떼어진 새 꼴이 될 것이야."

채화진은 김산의 눈동자가 더 깊어진 것처럼 느껴졌다. 그러나 표정의 변화는 없다.

찻잔을 든 진천이 지그시 앞에 앉은 우종을 보았다. 이곳은 방서현의 번화가여서 다실 안은 손님들이 많다. 오후 미시(2시)경, 진천이 낮은 목소리로 물었다.

"궁보가현이라구?"

"예, 태위 나리."

우종은 10명의 첩자단을 지휘하는 조장이다. 상반신을 앞으로 기울인 우종이 말을 이었다.

"틀림없습니다. 김산은 제 입으로 대장군임을 밝혔고, 현령에게 증물까지 보였다고 합니다."

"……."

"고려인 농군을 감옥에서 꺼내 방면시키면서 잡아넣은 세리의 목을 쳤습니다. 김산이 데려온 무장을 시켰다고 합니다."

"김산이 고려인이야?"

"그렇습니다. 동족을 구하려고 신분을 드러낸 것 같습니다."

"……."

"궁보가현은 1백 리 거리올시다. 오늘 저녁에는 들어갈 수 있습니다. 나리."

초조해진 우종이 혀로 입술에 침을 발랐다.

"나리, 궁보가현에 졸개들을 심어놓았습니다만 김산 일행이 대여섯은 됩니다. 흩어지면 놓칠 수 있습니다."

"알았다."

마침내 진천이 입을 열었다.

"시위역 두 분께도 알려야겠다."

그 시간에 북방의 초원에서 구타이가 족장 키실릭과 마주앉아 있었다. 키실릭의 낡았지만 커다란 게르 안에는 양측 원로와 장수들이 가득 둘러앉았는데 제각기 은그릇에 담긴 양고기와 술병이 앞에 놓여졌다. 게르 안은 떠들썩했다. 구타이가 인사차 들리면서 부족 원로들에게 금을 1백 냥씩 나눠준데다가 술도 가져왔기 때문이다. 술잔을 든 구타이가 지그시 옆에 앉은 키실릭을 보았다. 키실릭은 68세, 구타이보다 연상이다. 그러나 한 번도 관직을 맡지 않은 초원의 양치기 수장(首長)일 뿐이다.

"족장, 셋째아들 만구치가 산동성에 있습니다."

불쑥 구타이가 말하자 키실릭의 표정이 굳어졌다. 주름살투성이의 얼굴에서 눈만 번들거리고 있다. 얼굴이 검은 나무토막 같다. 게르 안도 차츰 조용해졌고 구타이의 목소리가 이어졌다.

"산적단을 이끌고 마을을 습격했다가 경비군에 잡혀 동부군의 감옥에 갇혀 있었소."

그때는 이미 게르 안에서 숨소리도 들리지 않았다. 키실릭의 셋째아들 만구치는 애물단지였다. 나이 사십이 넘었지만 한 곳에 정착하지 못하고 떠돌아다녔는데 아비 키실릭의 명으로 관직을 얻지 못하게 되자 무리를 이끌고 다니면서 강도, 강간, 약탈을 일삼았다. 지금은 산동성에서 강도질을 하다가 군 감옥에 갇혀 있다는 것이다. 구타이가 웃음 띤 얼굴로 키실릭을 보았다.

"내가 동부군에 전령을 보내 석방하라고 했으니 곧 풀려날 것이오."

"……."

"만구치에게 부대를 맡기면 용명을 떨치게 될 것이오. 내가 부모 노릇을 해봐서 아는데 자식은 부모 마음대로 할 수 없소. 제 적성에 맞는 일을 찾아주는 것이 가장 낫습니다."

그때 시선을 든 키실릭이 쓴웃음을 짓고 말했다.

"그놈은 강도에다 파렴치한 강간범이오. 무고한 양민을 수없이 죽인 놈이오."

"족장, 하지만……."

"석방시켜주셨다니 잘 되었소. 내가 처형인을 보내 그놈의 목을 떼어오라고 하겠소. 감옥에 있다면 손을 댈 수 없었는데 이젠 내 뜻대로 되겠소."

술잔을 든 키실릭이 두꺼운 눈시울을 들고 주위를 둘러보았다.

"난 아들이 그놈을 제하고도 여덟이나 있소. 그놈은 내가 가진 4만 두의 양 중에서 한 마리 값어치도 없는 놈이오."

"수기렉의 표정을 보았나?"

숙소인 게르로 돌아온 구타이가 앞에 앉은 병부시랑 이투르겐에게 물었다. 기둥에 붙여진 양초 불꽃이 바람에 흔들리면서 그림자도 흔들렸다. 긴장한 이투르겐이 입안에 고여진 침을 삼켰다. 게르 안에는 벽 쪽에 그림처럼 붙어 서 있는 친위위사 셋뿐이다. 수기렉은 키실릭의 다섯째 아들로 만구치의 동생이다. 키실릭은 2명의 아내로부터 자식 12명을 낳았는데 그중 만구치와 수기렉이 동복형제인 것이다. 수기렉은 34세, 키실릭의 아홉 아들 중 가장 용맹하고 포용력이 강하다고 알려졌지만 후계자는 이복형 주르곤이다. 목소리를 낮춘 구타이가 말을 이었다.

"키실릭이 죽으면 후계자 다툼이 일어날 거야. 수기렉이 주르곤에게 반발할 것이기 때문이지. 주르곤은 덕이 있지만 유약하지. 난세에 적합한 족장감이 아냐."

구타이의 얼굴에 웃음이 떠올랐다.

"이투르겐, 우리가 떠난 보름쯤 후에 키실릭이 양고기를 먹다가 체해서 급사하는 것이야. 알겠나?"

"예, 대감."

"분명 주르곤은 당황할 거다. 그때 수기렉이 실권을 장악하는 것이야. 아마 주르곤의 측근 서너 명도 죽여야 할지 모르겠다. 그럼 주르곤도 족장 자리를 양보할 거야. 눈치는 빠를 테니까 말이다. 칼을 들고 대들 담력도 없어."

"예, 대감."

그때 구타이가 목소리를 낮췄다.

"이투르겐, 너는 수기렉에게 한 마디만 전하고 오면 된다. 내가 수기렉에게 북방군 부사령관을 맡기겠다고 말이야. 알겠나?"

"예, 대감."

구타이가 옆에 놓인 단검을 집어 이투르겐에게 내밀었다. 칼자루에 보석이 박힌 5만인장용 단검이다.

"이것이 내 증물이다. 전하고 오라."

이투르겐이 두 손으로 단검을 받았는데 얼굴이 땀에 덮여 번들거리고 있다.

"이젠 관직을 버리겠습니다."

술잔을 내려놓은 채화진이 말했으므로 김산의 얼굴에 웃음이 떠올랐다. 그러고는 천천히 머리를 끄덕였다.

"이제 때가 되었지."

현청의 객사 안이다. 방 안에는 둘뿐이었으므로 옷자락이 스치는 소리도 들린다. 김산이 말을 이었다.

"나는 지금 몽케칸 전하께서 보낸 위사대를 기다리고 있어."

긴장한 채화진이 시선만 주었고 김산의 말이 이어졌다.

"저 위쪽 오대산에 막대한 보물이 있어. 그 보물을 가져가야 돼."

"그런데 왜 태자당과 구타이의 고수들을 이곳에 불러 모으는 것입니까? 그 이유가 궁금합니다."

"이곳이 결전장이야."

김산이 술상의 빈 공간에 젓가락 끝으로 그림을 그렸다.

"궁보가현의 지세는 벌판 앞의 우물처럼 파여져 있는 형국이지. 뒤쪽 오대산은 넓고 골짜기가 수백 개여서 흩어지면 찾기 힘들고. 또 그 골짜기에는 빈틈없이 무장이 되어 있고 말이야."

채화진은 김산의 얼굴에 떠오른 웃음기에 이끌려 저도 모르게 굳어졌던 몸이 풀려졌다. 김산의 목소리가 이어졌다.

"위사단보다 북에서 내려오는 구타이의 고수들이 먼저 올 것이네. 나는 그놈들을 이곳에서 몰살시키겠어."

김산이 어깨를 펴자 채화진은 숨을 들이키고 나서 말했다.

"저도 따르지요."

"이번에 내려오는 고수들은 구타이가 선발한 강호들일 거야."

"그럴 것입니다."

그러자 한 모금에 술을 삼킨 김산이 지그시 채화진을 보았다. 눈빛이 강했으므로 채화진은 시선을 내렸다. 그러고는 순식간에 얼굴이 붉게 달아올랐다. 입안의 침이 말랐으나 침을 끌어 모을 수도 없다. 김산의 눈빛에 욕정이 섞여 있었기 때문이다. 그때 김산이 낮게 물었다

"내 눈빛을 읽었는가?"

채화진의 몸이 뱀처럼 꿈틀거리면서 김산에게 엉켰다. 뜨거운 뱀이다. 가쁜 숨소리에 섞여 채화진의 거침없는 탄성이 이어진다. 이미 서로의 몸에 익숙한 터여서 김산의 몸을 받는 채화진의 몸놀림은 빈틈이 없다.

방안은 습한 열기로 가득 차 있다.

"아아, 낭군."

마침내 채화진이 두 다리를 치켜 올리면서 소리쳤다. 하반신은 알몸이어서 미끈한 두 다리가 다 드러났다.

"아아악."

채화진이 절정에 오르면서 절규 같은 신음을 뱉는다. 김산은 소리를 막으려는 듯 채화진의 입을 맞추면서 함께 폭발했다.

"으으으."

빈틈없이 김산을 감아 안은 채화진이 몸을 떨며 신음했다. 김산은 한동안 채화진을 안은 채 움직이지 않았다. 익숙한 몸이었지만 새롭게 느껴지는 감동이다. 이윽고 김산이 몸을 떼어 옆으로 누웠을 때 채화진이 헐떡이며 말했다.

"낭군, 전 이제 관직도 다 필요 없습니다."

채화진이 몸을 돌려 김산의 가슴에 얼굴을 묻었다.

"이 난리가 끝나면 낭군의 후실이라도 되어서 집안에 있고 싶습니다."

"후실이라고 했나?"

채화진의 벗은 하반신을 당겨 안으면서 김산이 웃음 띤 얼굴로 물었다.

"왜 정실로 오지 않는가?"

"낭군의 가슴속에 박힌 여자가 있을 것이기 때문입니다."

"그것이 누군가?"

"낭군께 여자가 하나둘입니까?"

순간 김산이 몸을 굳히자 채화진이 얼굴을 펴고 웃었다.

"소녀도 그중 하나가 되면 만족할 것입니다."

"난세에 여자에 집중할 수는 없어."

마침내 김산이 본심을 털어놓았다. 채화진의 몸을 당겨 안으면서 김산이 말을 잇는다.

"그렇다고 내가 여색에 빠지는 성품도 아니야. 정이 흐르면 쏟는다. 일부러 막아서 넘치게 만들지 않을 뿐이야."

그때 채화진이 손을 뻗어 김산의 남성을 잡는다. 남성은 어느덧 다시 돌처럼 굳어져 있다. 채화진이 상기된 얼굴로 김산에게 말했다.

"낭군, 저에게 다시 쏟아주시지요."

밤 2경이면 해시(10시) 무렵이 된다. 궁보가현 거리 북서쪽 끝에 위치한 광운장은 규모가 컸지만 오래되어서 낡았다. 자연스럽게 숙박비도 싸졌고 하인들의 접대도 소홀해졌으며, 그러다 보니 떠돌이 장사꾼이나 가난한 여행자의 숙소로 전락되었다. 해시가 되면서 광운장 마당이 조용해지더니 곧 모닥불도 시들어졌다. 불 주위에 둘러섰던 손님들도 제각기 방에 들어갔고 주인 없는 개 서너 마리만 어두운 마당을 어슬렁거리고 있다. 이곳은 유곽도 없기 때문에 일찍 잠자리에 드는 것이다.

"지금 김산은 현청 안에 있습니다."

태자당 태위 진천이 앞에 앉은 두 노인에게 말했다. 황제의 시위역 태진인과 위선사다. 둘이 이곳에서 모인 것이다.

위선사는 조금 전에 도착했는데 광운장 여관에는 시위군 50여 명이 모여 있다. 모두 농군이나 장사꾼으로 위장을 한 것이다. 진천이 말을 이었다.

"김산의 호위대는 30여 명입니다. 각 여관에 분산되어 있는데 지휘관은 셋."

진천의 두 눈이 등 빛을 받아 번들거리고 있다.

"그런데 그중 둘은 카라코룸의 영빈관주(主) 홍경의 집사장과 위사장이었던 놈들입니다."

"으음."

그때 태진인이 탄성을 터뜨렸다. 눈을 치켜뜬 태진인이 입술 끝을 비틀며 웃는다.

"옳지, 홍경이 보물을 숨겨놓은 장본인이야, 그 집사장과 위사장이 이곳에 모이다니 이건 우연이 아니다."

"그때 김산이 홍경으로부터 보물지도를 받았지요."

진천이 말을 받는다.

"홍경이 죽고 나서 보물지도를 받은 김산이 홍경의 딸 이화를 데리고 몽케칸에게 데려다 주었지요. 그때 홍경의 집사장과 위사장도 동행했었습니다."

"홍경이 몽케의 누이와 결혼했으니 그 딸 이화는 몽케의 조카가 되지. 공주야."

위선사도 아는 체를 했다. 위선사 위광은 태진인과 달리 백발에 붉은 얼굴이다. 67세, 호인처럼 웃음 띤 표정이었지만 잔혹하기가 이를 데가 없어서 남녀노소를 불문하고 잔인하게 죽였다. 살인귀(鬼)다. 특히 아이들을 즐겨 죽였는데 인육을 먹었다. 그러나 무공은 절세의 경지에 이르러 온갖 병기와 극독에 통달한 위인이다. 그때 진천이 두 시위를 번갈아 보았다.

"두 분 시위께서는 어떻게 처리하시겠습니까? 명을 내려주시오."

둘이 전권을 갖고 있는 것이다.

그 시간에 김산은 현청에서 3백 보쯤 떨어진 빈 사당에서 두 사내를
내려다보고 서 있다. 사방은 짙은 어둠에 덮여 있었지만 어둠에 익숙해
진 사내들은 모두의 모습을 다 보았다. 둘러선 인물은 홍복과 채화진,
금강, 왕청, 그리고 앞쪽 땅바닥에 엎드린 두 사내가 남부군 총사령부에
서 달려온 전령이다. 수천 리 길을 달려온 둘은 기진한 상태였다. 둘은
몽케칸이 직접 선발한 몽골족 전령인 것이다. 둘 다 몽골군 1백인장으로
로 30대 중반이다. 사복을 입었지만 전사(戰士)의 기운이 풍겨났다. 머
리를 든 하나가 김산을 보았다.

"3천 리 길을 나흘 밤낮으로 달려왔습니다. 지친 둘은 도중에서 죽었
습니다."

김산은 숨을 삼켰다. 넷이 출발해서 둘이 도착한 것이다. 아마도 둘은
기진해서 죽었거나, 아니면 자진할 기운조차 남아 있지 않아서 동료가
죽였을 것이다. 지쳐 남았다가 적에게 잡혀 기밀을 발설할 수도 있기 때
문이다. 이것이 몽골 전령의 군율이다. 그래서 제왕의 전령은 모두 1백
인장인 것이다. 사내가 말을 이었다.

"몽케칸 전하께서는 대장군께 이 편지를 드리라고 하셨습니다."

저고리 가슴속에 손을 넣은 사내가 가죽에 쌓인 편지를 꺼내 두 손으
로 내밀었다. 잠자코 편지를 받은 김산이 가죽을 펼쳤다. 칠흑 같은 밤
이다. 모두의 시선이 김산의 손으로 모여졌다. 맨 우측에 서 있던 홍복
이 입안에 고인 침을 삼켰다. 홍복은 글씨는커녕 김산이 손에 쥔 것이
무엇인가조차 보이지 않는 것이다. 그러나 김산의 눈에는 몽케가 친필

로 쓴 글자가 선명하게 드러났다.

"보물을 찾았다니 기쁘다. 그러나 보물을 운반하려고 정예군을 선발하려니 아무리 조심을 한다고 해도 이목을 피하기 힘들 것 같다. 훗날 천하가 통일되었을 때 당당히 찾도록 하고 그중 일부만 떼어 아래에 적힌 원로들에게 네가 직접 전하도록 해라. 네 수하를 그대로 운용하되 방심하지 말도록 하라."

그러고는 원로 7명의 이름이 적혀져 있었는데 모두 몽골 초원의 부족장들이다. 맨 아래쪽에 찍힌 몽케의 수결을 확인한 김산이 머리를 들고 전령을 보았다.

"수고했다."

"그럼 소인은 돌아가겠습니다."

전령이 힘들게 몸을 일으켰으므로 김산이 물었다.

"말이 필요하느냐?"

"예, 열 필만 구해주시지요."

전령의 시선이 옆에 선 동료에게로 옮겨졌다.

"돌아갈 때는 천천히 달릴 테니 살아갈 것입니다."

"내가 3백 리 길은 호위를 붙여주마."

김산이 말하자 전령 둘은 허리를 굽혀 절을 했다. 이제 보물을 운반하는 지원군은 오지 않는다. 이 인원으로 버텨야 하는 것이다.

호위대를 따라 전령 둘이 떠났을 때 김산의 옆으로 홍복과 채화진, 금강, 왕청이 다가와 섰다.

"인수대는 오지 않는다."

김산이 자르듯 말했을 때 서로의 얼굴을 보던 넷 중 홍복이 대표로 묻는다.

"대감, 그럼 어떻게 합니까?"

"작전을 바꿔야겠다."

목소리를 낮춘 김산이 주위를 둘러보았다. 사당 주위는 조용하다. 한동안 주위를 살피다 김산의 얼굴에 쓴웃음이 번졌다.

"마을에 밀정이 많구나. 어느새 사당 북동, 북서쪽에 밀정 둘이 붙었다."

넷이 일제히 긴장한 것은 아무도 눈치 채지 못했기 때문이다. 김산이 독음으로 말을 이었다.

"조금 전에 온 것 같다. 전령 둘에게 호위대를 붙이는 기적으로 눈치를 챈 것 같다."

"제가 가지요."

채화진이 말하자 금강이 거들었다.

"저도 가겠습니다."

머리를 끄덕인 김산이 말했다.

"현청의 동쪽 개울가 토지신 비석 옆에서 다시 만나기로 하자."

그리고는 김산이 몸을 솟구쳐 사당 뒤쪽으로 사라졌고 홍복과 왕청이 뒤를 따른다.

지붕 위에 엎드린 고준은 사당 쪽에서 어지럽게 울리는 발자국 소리를 들었다. 놈들이 떠나는 것이다. 장유각에서 나온 사내 셋이 말을 12필이나 끌고 있었으니 눈에 띄지 않을 리가 없다. 더구나 깊은 밤이다. 한밤에 떠나는 여행객도 없지는 않았지만 세 사내는 허리에 칼을 찼고 짐말에는 물품 대신으로 길양식과 장비를 실었다. 긴장한 고준은 동료 양기신과 함께 놈들을 따라 이곳까지 온 것이다. 상반신을 일으킨 고준이 심호흡을 하고는 새소리를 내었다. 왼쪽 세 번째 지붕 위에 엎드린 양기신에게 신호를 한 것이다.

"찌르르륵 찌르륵."

영락없는 새 소리다. 놀란 새가 날아가는 소리다. 그 순간이다. 뒤에서 찬바람이 일어났으므로 고준은 머리를 돌렸다.

"싸악!"

그 순간 귀에 그런 소리가 들렸는데, 그것은 목을 칼이 긋고 가는 소리였다.

"퉁, 퉁퉁퉁."

다음 소리는 꽤 컸다. 고준의 몸통에서 떨어진 머리가 지붕에 떨어져 굴러가는 소리였기 때문이다. 그러나 고준의 귀는 이제 듣지 못한다.

"쿵!"

고준의 몸통이 지붕 위로 떨어졌을 때 집안에 있던 식구들이 놀라 잠에서 깨었고 어린애가 울었다.

양기신은 고준의 새소리를 듣기도 전에 채화진이 던진 독침에 맞아 엎드린 채로 숨이 끊어졌다. 그래서 새소리, 머리통이 굴러가는 소리, 몸통 떨어지는 소리까지 채화진이 들었다. 그런데 지붕 옆쪽에 쪼그리고 앉은 채화진이 숨도 쉬지 않고 석상처럼 굳어져 있다. 지붕 위의 장식물 같다. 그때 서늘한 바람이 불면서 비린내가 풍겨왔다. 채화진의 몸이 더 숙여지면서 이제는 지붕의 용마루에 흡수된 것처럼 붙여졌다. 그때 채화진은 옆쪽 지붕 위에 떠오른 물체를 보았다. 옷자락이 흔들리고 있었지만 전혀 소리가 나지 않는다. 유령 같다. 채화진은 숨을 죽였다. 고수(高手)다. 지붕 위에 서 있는 것이 아니라 떠 있는 것 같다. 그때 괴인의 몸이 이쪽으로 돌려졌다. 거리는 20보 정도, 바람은 동남풍이어서 괴인 쪽에서 이쪽으로 분다. 그런데 웬일인가? 아무 냄새가 없다. 인체라면 땀 냄새라도 맡아져야 정상이다. 그 순간 채화진이 황급히 숨을 멈췄다. 그때였다. 채화진은 20보 밖의 괴인이 이를 드러내고 소리 없이 웃는 것을 보았다. 백발이 검은 두건 사이로 드러났다. 눈의 흰 창도 보인다. 그때 채화진은 온몸에 찬 기운이 덮이는 것을 느꼈다.

"넌 냉독(冷毒)을 마셨다."

그 순간 괴인의 목소리가 울렸다. 억양 없는 목소리다. 채화진이 어금니를 물었을 때 괴인의 말이 이어졌다.

"네가 움직이면 독이 급격히 퍼진다. 일각이라도 더 연명하고 싶다면 그대로 가만있는 것이 낫다."

그 순간 채화진이 몸을 솟구쳤다. 그러고는 가슴에 든 독침 여섯 개를 한꺼번에 집어 괴인을 향해 뿌렸다. 사방 두 자 간격으로 독침이 섬광처럼 날아간다.

"앗하하!"

그때 처음으로 밤하늘에 괴인의 웃음이 터졌다. 채화진은 어느새 괴인의 몸이 밤하늘에 떠 있는 것을 보았다.

8장
황제 등극

"넌 이제 숨 세 번 쉬고 나서 죽는다."

떠올랐던 괴인이 지붕 위에 내려앉으면서 말했다. 그 순간 솟구쳐 올랐던 채화진이 떨어졌다.

"아앗!"

저도 모르게 채화진이 외친 것은 두 다리가 지붕에 닿자마자 종이처럼 구겨졌기 때문이다. 채화진의 몸이 지붕 위로 엎어졌다. 그러나 아직 두 팔에는 힘이 남아서 몸이 크게 부딪치지는 않았다. 그때 채화진은 앞쪽에 선 사내의 정체를 보았다. 백발에 붉은 얼굴의 사내다. 60대쯤 되었다.

"자, 숨 한 번 쉬어라."

사내가 웃음 띤 얼굴로 말했다. 이제 주위는 다시 조용해졌다. 채화진은 자신의 몸속에서 불길이 솟는 것을 느낀다. 불덩이가 커지면서 극심

한 고통이 밀려온다. 이를 악문 채화진의 머릿속에 김산의 모습이 떠올랐다. 낭군, 어디 계신가? 가슴이 오그라드는 느낌을 받으면서 채화진이 이를 악물었다. 독을 마셨다.

"옳지, 이젠 두 번 남았다."

사내의 목소리가 울렸지만 이제 채화진의 시야가 흐려졌다. 독이 시력을 깨뜨린 것이다. 이것이 무슨 독인가? 이미 운기를 끌어올려 필사적으로 막았지만 소용이 없다. 이런 고수를 만난 것은 처음이다. 어느 순간에 독을, 그것도 대기 속으로 화살처럼 쏘아 흡입시켰단 말인가? 듣도 보도 못했던 무공이다.

"자아, 이젠, 한 번."

사내의 목소리가 울린 순간 채화진은 절망했다. 숨을 들이켜면 대기가 마치 기름처럼 변해 가슴안의 불길이 거세지는 것이다. 이미 가슴안도 불덩이로 가득 찼다. 숨을 안 쉬면 그대로 터져 죽을 테니 똑같다. 그때 사내의 목소리만 희미하게 울렸다.

"자아, 마지막 한 번이다!"

그 순간이다.

"펑!"

귀가 막혀갔던 채화진은 엄청난 폭음을 듣고 늘어뜨렸던 머리를 들었다. 다음 순간 화약 냄새가 맡아지면서 무수한 파편이 몸 위로 떨어졌다. 지붕이 부서졌다. 그때 채화진은 자신의 몸이 떠오르는 것을 느꼈다. 그러고는 의식이 끊겼다.

눈을 뜬 채화진은 먼저 푸른 하늘을 보았다. 밝은 날이다. 하늘에는 구름 서너 뭉치가 떠 있어서 바탕 하늘이 더 선명하게 드러났다. 이어서 풀 냄새가 맡아졌다. 시각과 후각이 살아 있다. 곧 풀잎 스치는 소리가 났으므로 채화진은 머리를 들었다. 자신은 풀숲에 반듯이 누워 있는 것이다. 그러나 머리가 들리지 않는다. 시각, 후각, 청각까지 살아 있는데 몸이 움직이지 않다니, 그때 옆으로 다가와 앉은 사내가 김산이다. 김산을 본 채화진의 눈에서 왈칵 눈물이 쏟아졌다.

"대감."

그렇게 불렀지만 입만 열렸을 뿐 소리가 나오지 않는다. 성대가 막힌 것 같다. 그때 김산이 채화진의 상반신을 안아 일으키며 말했다.

"내가 그대의 독을 절반은 빨아 마셨다. 이제 시간이 좀 지났으니 나머지 반을 빨겠다."

무슨 소리인지 알 수 없었지만 채화진은 안긴 것이 기뻐 가슴만 뛰었다. 말을 뱉지 못하는 것이 다행스럽게 느껴지기도 했다. 이런 때 무슨 말을 하겠는가? 그 순간이다. 김산이 입을 맞췄으므로 채화진은 눈을 크게 떴다가 곧 감았다. 얼굴이 달아오르면서 곧 새빨개졌다. 백주 한낮에 풀숲에서 이러다니, 그러나 다음 순간 채화진이 몸을 굳혔다. 입술을 붙인 김산이 힘껏 숨을 들이마신 것이다. 그러자 가슴 안이 시원해진 느낌이 들면서 껍질이 벗겨지는 것 같다. 그때 입을 땐 김산이 머리를 돌리고는 옆쪽으로 긴 숨을 뱉었다. 그것은 채화진의 기도를 통해 빨아들인 독기를 다시 밖으로 뱉어내는 것이다. 김산의 입술이 또 덮쳐왔을 때 채화진은 눈을 감았다. 가슴안의 모든 기관에서 껍질이 벗겨지는 느낌이 온다. 독이 굳어져 있었던 것 같다. 독을 마셨을 때 몸 안이 불덩이가 되었던 것을 김산이 일단은 꺼놓고 붙여진 독기를 긁어내는 것이다. 김산이 세 번, 네 번, 여덟 번까지 빨아들이고 뱉었을 때 채화진은 다시 의식을 잃었다. 이번에는 편안한 잠을 자는 것 같다.

　다시 눈을 뜬 채화진이 옆을 보고는 상반신을 일으켰다. 무의식중의 행동이었지만 제대로 말을 듣는 몸을 느끼자 가슴이 뛰었다. 옆쪽 나무 밑에 김산이 앉아 있다. 이쪽에 등을 돌리고 있었는데 운기를 모으는지 미동도 하지 않는다. 서둘러 다가간 채화진이 김산의 옆모습을 보고는 숨을 들이켰다.

　"대감."

　다음 순간 치켜뜬 눈에서 주르르 눈물을 쏟은 채화진이 털썩 옆쪽에 무릎을 꿇었다. 김산의 얼굴이, 목이, 드러난 손까지 시퍼렇게 변해 있었기 때문이다. 독이다. 독이 배었다. 눈을 감은 김산은 마치 청동으로 만든 조각상에 옷만 입힌 것 같다.

　"대감, 대감, 저 때문에……."

　채화진이 흐느끼며 말했을 때 김산이 감았던 눈을 떴다. 그러고는 빙그레 웃었는데 푸른 얼굴에 흰 이가 드러났다.

　"그대도 한 식경만 쉬어라."

　김산이 다시 눈을 감으면서 말했다.

　"나도 한 식경만 운기를 고르면 된다."

　"어찌 된 일이오?"

　태진인이 묻자 위선사는 외면했다. 그러나 몸을 가릴 수는 없다. 옷을 벗었지만 미처 감추지 못한 핏자국이 손과 얼굴에 남았다. 그리고 태진

인의 시선이 위선사의 다리로 다시 옮겨졌다. 왼쪽 다리가 무릎 밑에서
잘려나간 것이다. 그곳에 옷을 덮어놓았지만 숨길 수가 없었다. 다가선
태진인이 옷을 걷었다. 그러자 헝겊으로 감쌌지만 절단된 무릎 밑에서
아직 피가 배어 나오고 있었다.

"아니, 위 형."

"내가 당했소."

위선사가 갈라진 목소리로 말했다.

"암기와 독물, 병장기는 얼마든지 막을 수 있었는데 그것은 폭약이었
어."

눈을 부릅뜬 위선사가 얼굴을 일그러뜨리며 웃었다.

"돌덩이가 날아오길래 가볍게 생각하고 몸만 피했더니 내 옆을 지나
면서 폭발했소. 그 위력은 번개를 열 개 합친 것 같았소."

"혹시 서역에서 쓴다고 소문으로만 듣던 포탄 아니오?"

"그건 수백 보 거리에서 대포라는 철물에 넣어 쓴다고 했는데 이것은
어느 놈이 던진 것이오."

그러고는 위선사가 다리가 아픈지 신음했다. 이곳은 궁보가현 거리
북서쪽의 광운장 안이다. 미시(오후 2시) 무렵이어서 여관 안은 점심을
먹으려고 모여든 부하들로 떠들썩했다. 길게 숨을 뱉은 태진인이 자리
에서 일어섰다.

"일은 나한테 맡기고 몸조리나 하시오."

오대산 안골 근처의 바위틈에 50여 명의 사내가 3대로 나뉘어서 몸을
숨기고 있다. 홍복, 왕청, 금강이 이끈 무리다. 오후 신시(4시) 무렵, 작

은 바위굴 안에 셋이 모여 앉았다. 이곳에서 김산을 기다리기로 한 것이다. 그들은 지난밤에 정예들만 이끌고 이곳에 도착했는데 나머지는 아직도 궁보가현에 머물고 있다. 내일 저녁에 그들은 남쪽으로 이동할 것이다. 감시를 피하기 위한 양동작전이다.

"범이 많습니다."

왕청이 놀란 표정으로 둘을 번갈아 보면서 말했다.

"한낮인데도 내가 한 시진 동안 범을 세 마리나 보았소. 여긴 아예 범굴이오."

"나도 두 마리 보았어."

금강이 말했을 때 홍복이 둘을 번갈아 보았다.

"곧 대감이 오실 테니까 수하 단속을 잘하시오. 이제는 우리 발자취가 드러나면 안 됩니다."

"알고 있습니다."

금강이 대답했을 때다. 굴 앞으로 대호 한 마리가 어슬렁거리며 지나갔으므로 셋은 긴장했다.

"허어, 저건 엄청나게 큰 놈이군."

놀란 홍복이 탄성을 뱉었을 때 김산이 굴 앞에 섰다.

"아앗, 대감."

일제히 일어난 셋이 김산을 향해 머리를 굽히면서도 시선이 옆쪽으로 흘려졌다. 바로 옆에 대호의 꼬리가 흔들거리고 있었기 때문이다. 그때 김산이 입맛 다지는 소리를 내었더니 대호가 몸을 돌려 김산에게 다가왔다. 보통 범의 두 배는 될 것 같은 대호다. 머리가 커서 김산의 몸통만 했다. 다가온 대호가 김산의 옆구리를 머리로 비벼대었으므로 셋은 입만 딱 벌렸다.

"오대산의 산신령이다."

김산이 대호의 머리를 손바닥으로 쓸면서 말했다. 그 말은 알아들었는지 대호가 셋을 향해 입을 쩍 벌려 보였다. 붉은 입안이 드러나면서 거대한 송곳니가 번쩍였다. 셋은 다시 숨을 죽였다. 범을 싫어하는 왕청은 한 걸음 뒤로 물러서기도 했다. 김산이 대호의 귀를 당기면서 말을 이었다.

"보물을 지켜온 수호신이기도 하지."

그때 김산의 뒤로 채화진의 모습이 보였다. 이제 다 모인 셈이다.

"으아앗."

인간이 놀라면 수백 가지 반응을 보이지만 비명 같은 외침 소리도 뱉는다. 이것은 왕청이 뱉은 외침이다.

"으으으"

금강은 그렇게 앓는 소리를 내었다. 기가 막힌 홍복은 입만 딱 벌렸고 숨도 쉬지 않는다. 채화진의 놀람이 독특했다. 놀람이 공포감과 비슷한지 무의식중에 김산의 몸 뒤로 숨은 것이다. 보라, 동굴 안은 금, 보석으로 휘황하게 빛나고 있다. 빛이 빛을 끌어 모으는 것 같다. 칠흑처럼 어두운 동굴 안을 1리(500m)나 더듬어 들어왔더니 점점 안이 밝아지면서 넓은 광장이 나왔고 광장 안쪽에 산더미 같은 보물이 광채를 내고 있는 것이다. 사방 2백 보 정도의 광장 안쪽이 모두 보물로 채워져 있다. 김산이 놀란 수하들을 둘러보며 말했다.

"그대들은 이곳에서 보물 짐을 꾸리도록 하라. 부하 40명에게 보물

짐을 지워야겠다."

김산의 말이 이어졌다.

"7명의 원로에게 나누어줄 보물이다."

"40짐을 덜어내도 덜어낸 흔적도 남지 않겠습니다."

홍복이 헛소리처럼 말했을 때 김산의 얼굴에 웃음이 떠올랐다.

"이곳에 있는 보물은 1할도 되지 않는다."

"예엣?"

놀란 일행이 눈을 크게 떴을 때 김산의 말이 이어졌다.

"수십 개의 동굴에 나뉘어져 있지만 모두 안전하다."

김산의 시선이 옆쪽으로 향해졌다. 그곳에는 범 여섯 마리가 모여 있었는데 뒤쪽에서 서너 마리가 어슬렁거리며 다가왔다. 그때까지 보물에 놀라 대호 하나만 보고 있던 일행이 숨을 죽였을 때 김산이 말했다.

"세월이 지날수록 보물 지킴이가 늘어난다. 그것은 범이 번식하기 때문이지. 이곳은 당분간 안전하다."

김산이 발을 떼면서 홍복에게 지시했다.

"내일 오전에 돌아올 테니 보물 짐을 꾸리도록 해라."

"대감 어디로 가십니까?"

홍복이 묻자 김산의 시선이 채화진에게로 옮겨졌다.

"나는 채 도독하고 다시 궁보가현에 돌아갈 예정이야."

"예에?"

"그곳의 추적군을 묶어두려고 한다. 짐을 진 채 추적군을 뿌리치기는 힘들 터이니 미리 뿌리를 뽑으려는 것이야."

홍복, 금강, 그리고 왕청이 제각기 머리를 끄덕이더니 허리를 굽혀 절을 했고 김산과 채화진은 몸을 돌렸다. 궁보가현에는 이제 구타이의 정예가 집결되어 있는 것이다.

저녁 술시(8시) 무렵, 태진인 태윤이 12갑사(甲士)를 모아놓고 지시했다.

"3할만 내놓고 7할은 숨긴 채 대기해라. 모두 내가 시킨 대로만 하도록."

태진인이 웃음 띤 얼굴로 갑사들을 둘러보았다. 광운장 2층, 태진인의 거처 안이다. 이미 밖은 조용해져 있다. 그러나 그 정적 속에 2백여 명이 4백 쌍의 눈을 치켜뜨고 있는 것이다. 태진인의 시선이 왼쪽 끝의 1갑사에게로 옮겨졌다.

"3갑은 나하고 둘이 남는다. 자, 가라."

태진인의 말이 떨어지자 11갑사가 제각기 눈앞에서 사라졌다. 눈 깜박하는 순간에 셋씩 여섯은 두 개의 열려진 창문을 통해 몸을 날려 빠져나갔고 나머지는 문으로 나갔지만 열고 닫는 기척도 나지 않았다. 오늘의 총지휘는 태진인이다. 태진인은 위선사의 부하 30여 명과 이미 궁보가현 시내에 잠입해 있는 태위 진천의 1백여 명 가까운 고수까지 지휘하고 있다. 따라서 총병력은 3백여 명, 김산의 수하로 추측되는 괴인들은 1백 미만이다. 방안에 둘이 되었을 때 태진인이 3갑사에게 물었다.

"오늘 4곳의 여관을 급습하면 김산은 꼭 나타난다. 어젯밤 위선사를 친 것은 김산이야."

"그자는 예측할 수 없는 인물입니다."

40대 중반의 3갑사는 책사 역할이다. 병법과 도술, 천기에 도통해서 태진인의 총애를 받아왔다. 손가락 점을 쳐본 3갑사가 시선을 들고 태진인을 보았다.

"오늘 밤 그놈이 피를 뒤집어쓰는 운세올시다."

"마침내 그놈이 내 손에 잡힐 모양이다."

태진인의 얼굴에 웃음이 떠올랐다. 이제 곧 궁보가현에 피바람이 닥칠 것이다.

그 시간에 아래층 위선사의 객실에서는 침대에 상반신을 기대고 앉은 위선사가 부하를 꾸짖는 중이었다.

"이놈아, 웅보탕을 가져오라고 하지 않았느냐? 웅환을 가져오다니 이 개 같은 놈아!"

"잘못 들었습니다."

새파랗게 질린 부하가 머리를 숙였을 때 위선사가 옆에 놓인 칼을 집어 들었다.

"이놈, 이리 가까이 오너라."

"나리."

질색을 한 부하가 오히려 한걸음 뒤로 물러섰으므로 위선사의 눈이 뒤집혔다. 다리 하나를 잃었지만 다섯 발짝 떨어진 부하 한 놈 죽이는 것은 날개 없는 파리 잡는 것이나 같다. 위선사가 몸을 세우면서 칼을 뽑아든 순간이다. 열려진 창문으로 검은 연기가 들어오는 것 같았다. 다음 순간 그 연기 뭉치가 방안에서 사람으로 바뀌어졌다.

"악!"

짧고 둔탁한 비명이 들린 것은 그다음이다. 비명은 바로 위선사의 입에서 터져 나온 것이다. 머리를 꺾은 위선사가 앞으로 엎어지면서 구겨지듯 바닥에 쓰러졌다. 어느새 머리의 7공에서 피가 쏟아져 나오고 있다.

"억!"

다음 비명은 넋을 잃고 서 있던 부하의 입에서 터졌다. 또 다른 연기 뭉치가 방안으로 휘몰아치듯 들어오면서 부하를 덮친 것이다. 뒤로 넘어지는 부하의 몸을 잡아 소리 나지 않고 눕힌 사람은 바로 채화진이다. 그때 김산이 눈으로 위쪽을 가리키며 말했다.

"위에 괴물이 있어."

김산이 입을 꾹 다문 채로 말했다.

"이미 놈도 알고 있는 것 같군. 피 냄새를 맡았어."

문짝이 부서지면서 김산이 덮쳐왔을 때 태진인은 이미 대비하고 있었다. 아래층 위선사의 피 냄새를 맡은 순간 마당으로 뛰어내릴까 또는 마루로 나갈까 궁리했지만 방에서 김산을 맞기로 한 것이다. 방은 넓은데다 태진인에게 이로웠다. 사방이 막힌 공간에서 신공을 펼치는 것이 몇 배나 효과적이다. 밖은 반응이 퍼지고 도망칠 곳이 많다.

"이얏!"

배에 힘을 넣은 태진인이 닥쳐온 김산을 향해 두 손바닥을 펼쳤다. 천력장(千力掌)이다. 그 순간 두 줄기의 바람이 일어났다. 보이지 않는 대기의 소용돌이다. 그 순간 김산이 몸을 솟구치면서 한 손을 뻗었다. 손이 닿은 곳은 천장의 서까래였고 다음 순간 서까래가 굉음을 내면서 무너져 내렸다. 김산이 치솟아 장력으로 서까래를 두 동강 낸 것이다.

"앗"

놀란 태진인이 몸을 비낀 순간 장력이 지워졌다. 서까래와 함께 지붕이 무너졌고 벽이 허물어졌다.

"으음."

머리 위로 떨어진 거대한 서까래와 지붕을 쳐내면서 태진인이 허공으로 솟아올랐다. 엄청난 굉음과 함께 여관의 2층 한쪽이 무너져 내리고 있다. 김산은 태진인과 동시에 어두운 밤하늘로 솟아올랐다. 이제 방은 못 쓰게 되었다.

"이놈, 과연 대단하구나."

부서진 지붕 끝 쪽에 착지한 태진인이 말한 순간이다. 이번에는 주먹 덩이만 한 물체가 날아왔으므로 태진인은 질색을 했다. 위선사가 당한 폭죽탄이다. 다시 껑충 뛰어올랐던 태진인은 또다시 날아온 폭죽탄을 향해 천력장을 터뜨렸다.

"펄썩!"

충격음은 그렇게 들렸다. 충격음과 함께 파편이 사방으로 퍼지면서 태진인은 물벼락을 맞았다. 어쩔 수가 없는 노릇이었다. 천하의 고수, 전설의 영웅 고산천인도 비를 피하지는 못했다.

"으윽."

다음 순간 지붕 위로 다시 발을 디딘 태진인은 이를 악물고 신음했다. 물을 뒤집어쓴 것이 아니라 걸쭉한 액체, 바로 인분, 곧 사람의 똥을 뒤집어쓴 것이다. 놈은 가죽주머니에 담은 사람의 똥주머니를 던진 것이다.

"으으윽!"

온몸이 똥투성이가 되었고 냄새가 진동을 했으므로 태진인이 신음했다. 이런 수모가 없었다. 70 가까운 자신에게 누가 똥을 던진단 말인가? 생사를 가르는 결전장에서 똥을 던지는 인간이 어디 있는가? 온몸을 찢어 죽여도, 찢어 먹어도 시원치 않을 놈, 태진인이 눈을 치켜뜨고 다시 뛰어올랐다. 그야말로 눈이 뒤집혔다고 표현해야 맞았다.

"이놈!"

김산은 바로 10보 앞에 내려앉아 있었다. 1장(3m)이나 솟아오른 김산이 다시 태진인을 향해 가죽주머니를 던졌다. 또 똥이다. 주머니에서 똥냄새가 난다. 태진인은 허공에서 가슴에 품은 열 자루의 단검을 꺼내 쥐었다. 그러고는 가죽주머니가 옆으로 날아왔지만 놔두었다. 저걸 터뜨리면 인분 냄새가 진동을 하니 터뜨리지 않고 스쳐 지나도록 보내면 된다. 다음 순간이다. 태진인의 양손에 쥔 열 자루의 단검이 마악 손을 떠나려는 그 빛발같이 짧은 순간이었다.

"꽝!"

태진인의 옆구리에서 두 자(60cm)쯤 거리로 스쳐 지나가던 주먹만 한 가죽주머니가 굉음을 울리면서 폭발했다.

"허억!"

엄청난 폭풍에 휩쓸려 태진인은 자신의 몸이 산산조각으로 흩어져 나가는 것을 느끼지도 보지도 못했다. 다만 떼어져 간 어깨 위쪽, 목과 머리가 허공으로 솟구쳐 오르면서 입으로 그런 외침을 뱉었을 뿐이다.

잠시 후에 김산과 채화진은 불에 타오르는 광운장에서 2백 보쯤 떨어진 개울가에 서 있었다.

"대감, 태진인을 죽인 술법은 무엇입니까?"

개울에서 손을 씻는 김산의 등 뒤에서 채화진이 불쑥 물었다. 주위는 어두웠지만 언덕 너머의 광운장에서 타오르는 불기둥이 이곳까지 비치고 있었다. 이곳은 숲에 둘러싸인 개울가다. 광운장에서 사람들의 소음이 희미하게 울리고 있다. 몸을 돌린 김산이 채화진을 보았다. 불빛을 받은 김산의 얼굴에 웃음이 떠올라 있다.

"인간은 온몸을 무기로 사용할 수가 있어. 입으로 나온 말이 무기가 되고 가슴에 품은 감정, 또는 자존심이 무기가 되고 허점이 되는 법이야."

채화진은 시선만 주었고 김산의 말이 이어졌다.

"태진인의 자존심은 하늘을 찌를 정도라고 들었어. 60여 년의 세월 동안 무림선사, 진인의 칭호를 듣고 황제 시위역의 회장으로 천하 무인을 굽어보는 위치 아니었던가?

"……."

"폭탄으로 알았던 가죽주머니의 인분을 뒤집어쓰자 분이 치밀어 이성을 잃은 것이야. 그것은 지존의 자존심을 건드린 것이지. 그것이 제일의 무기였다."

"대감."

부르고 난 채화진이 어깨를 늘어뜨리면서 길게 숨을 뱉었다.

"대감이야말로 천하제일인입니다."

"그대도 내 자존을 세워놓고 허점을 찾을 셈이냐?"

"언제 대감을 모시게 될까요?"

채화진의 두 눈이 불빛을 받아 반짝였으므로 김산이 이를 드러내고 웃었다.

"그렇지, 그대와의 육정도 내 허점 중 하나가 될 것이다. 기억해둬라."

광운장의 폭음은 궁보가현 전체를 울리고도 남았으므로 1갑사 지휘하에 현의 여관으로 흩어졌던 고수들은 모두 들었다. 광운장에는 총지휘관 태진인이 도사리고 있는 것이다. 그래서 전령을 보냈더니 광운장은 이미 불덩이가 되었고, 졸개 둘만 살아남아 있었다. 마구간의 말을 지키던 졸개들이었다. 그것을 들은 일당백의 정예 고수들은 사분오열되었다. 포위했던 여관에서 가장 먼저 이탈한 것이 태자당 태위 진천과 휘하의 병력이다. 여관에서 먼저 발견된 것은 위선사의 시체였다. 태진인은 실종 상태였으므로 한동안 갑사(甲士)들은 우왕좌왕하였다. 그러다 한식경(30분)쯤 지났을 무렵에야 지붕 끝에서 태진인의 한쪽 팔과 머리통까지 매달려 있는 것을 찾아내었다. 무너진 지붕 뼈대인 줄 알았다가 불빛에 드러난 것이다. 그 처참한 형체에 부하 갑사들은 분기를 터뜨리기보다는 되레 위축되고 말았다.

"갑사들이 수하들을 이끌고 서북 방향으로 이동합니다."

채화진이 그렇게 보고했을 때는 해시 끝(오후 11시) 무렵이었다. 이미 광운장의 불길은 잡혔고 현장에 모인 구경꾼들도 다 흩어져서 주위가 다시 조용해진 때였다. 개울가 풀숲에 앉아있던 김산이 잠자코 머리를 끄덕이며 말했다.

"태자당 태위 진천은 지금쯤 양주현의 도곡산 골짜기를 지나겠군."

"골짜기 안에서 오늘 밤을 지내겠지요."

"그럼 잠시 쉬었다가 도곡산으로 가지."

그때 채화진이 김산 옆으로 다가와 앉았다. 채화진에게서 옅은 체취가 풍겨왔다. 여인의 체취다. 머리를 돌린 김산이 채화진을 보았다. 잠자코 나무 기둥에 등을 붙이고 앉아 있던 채화진이 시선을 느꼈는지 머리를 들었다.

"그대한테서 여인의 냄새가 난다."

눈을 크게 떴던 채화진이 곧 말뜻을 알아차리고는 머리를 숙였다.

"이리 오라."

"싫어요, 오세요."

싸늘하게 뱉었지만 채화진의 목소리는 떨렸다. 교태가 섞여 있는 것이다. 쓴웃음을 지은 김산이 자리에서 일어나 채화진의 옆으로 다가가 앉았다. 앉으면서 어깨를 당겨 안았더니 채화진이 머리를 가슴에 묻는다.

"그 냄새가 어떤 냄새인 줄 아나?"

김산이 다시 묻자 채화진이 대답 대신 김산의 바지 끈을 풀었다. 숨소리가 거칠어져 있었고 달빛을 받은 두 눈이 반짝이고 있다. 김산도 채화진의 바지를 벗긴다. 가죽조끼를 벗어 풀숲 위에 펼친 김산이 곧 채화진을 눕혔다.

"그래요, 낭군을 그리는 냄새예요."

채화진이 헐떡이며 말하더니 다리를 벌려 맞을 채비를 한다. 이제는 부끄러움도 타지 않는다. 김산은 채화진의 몸 위에 올랐다. 냄새를 맡기도 전에 채화진의 눈빛만 보고도 욕정을 읽었던 것이다.

"아아아."

둘의 몸이 합쳐졌을 때 채화진의 입에서 커다랗게 신음이 터졌다. 거침없는 탄성이다. 소리에 놀란 산새 한 마리가 날갯짓을 하며 날아갔다.

"아아, 낭군."

알몸의 흰 다리로 김산의 허리를 감아 안으면서 채화진이 소리쳤다.

"으앗!"

막사 밖으로 뛰며 나온 위사가 소리쳤다.

"습격이다! 아니, 살인이다!"

오전 진시(8시)쯤 되었다. 아침식사를 들고 들어갔던 위사였다.

"뭐냐!"

놀란 위사장 목견이 위사를 밀치고 진막 안으로 뛰어 들어갔다. 곧 진막 밖으로 수십 명의 위사, 10인장, 경호군, 첩자들이 모여들었지만 안으로 들어가지는 못했다. 위사장 목견이 밖으로 나왔을 때 숨 두 번 쉴 동안밖에 안 되었다. 그것은 어느 누구도 위사한테 무슨 일이냐고 물을 틈도 되지 않는다는 뜻이었다. 밖으로 나온 목견이 눈을 치켜뜨고 말했다.

"셋만 들어가 시신을 치워라."

그러자 위사 셋이 서둘러 안으로 들어갔다. 머리를 든 목견이 둘러선 사내들에게 소리쳤다. 이제는 목견이 지휘자다.

"무엇 하느냐! 짐을 꾸리고 당장 이곳을 떠나야겠다."

그러더니 생각난 듯 다시 소리쳤다.

"전령 둘을 카라코룸에 보낼 테니 어서 나서라!"

목견의 눈동자에는 초점이 없고 명령에도 두서가 없다. 당연한 일이다. 진막 안에는 태자당 태위 진천이 몸통에서 목이 떼어진 시체가 되어 있었던 것이다.

황야를 2백여 필의 말이 달려가고 있다. 그중 1백여 필은 빈말이다. 50여 인의 기마인이 짐 실은 말 50여 필과 예비마를 끌고 달려가는 것이다. 저녁 무렵, 아직 태양은 서산에 걸려 있었지만 황야에 그늘이 덮였다. 유시(오후 6시)가 되어가고 있었다. 그때 대열 복판에서 달리던 사내가 옆에 대고 말했다.

"저기 산기슭에서 오늘 밤을 지내도록 하지."

홍복이다. 오대산을 나와 사흘째 북상하고 있던 중이다. 사흘간 지친 말을 바꿔가며 2천 2백 리를 주파했다.

"이틀만 달리면 초원이 나옵니다."

금강이 대답했다. 주위는 잡초만 우거진 황야다. 자갈투성이의 척박한 땅이어서 인간의 자취는 보이지 않는다.

"대감께서 따라 붙으셔야 할 텐데요."

금강이 말하자 홍복은 쓴웃음을 지었다.

"여보시오, 대감을 잘 아신다는 분이 왜 이러시오? 초원에 닿기 전에 찾아오실 것이오."

오는 도중에 김산과 약속한 대로 흔적을 남기면서 왔으니 일이 끝나면 찾아올 수는 있을 것이었다. 말은 그렇게 했지만 홍복도 은근히 걱정이 되었다. 김산의 상대는 구타이가 보낸 거물급 고수들인 것이다. 쿠릴타이가 임박한 상황이어서 오고데이 가문과 황실 측은 전력을 다해 방해 세력을 처단하는 중이다. 그중 가장 위험한 상대가 김산인 것이다.

그러나 홍복과 금강의 걱정은 기우가 되었다. 황야를 건너 산기슭에 진막을 친 지 한 식경도 되지 않아서 김산이 찾아온 것이다. 김산은 채화진과 함께 말을 타고 찾아왔다.

"대감, 오실 줄 알았습니다."

펄쩍 뛰며 반긴 홍복이 자리를 권했고 곧 진막 안에는 채화진과 홍복, 금강, 왕청까지 모두 모였다. 이제 이 무리는 보물 호송대가 되었다. 김산이 일행을 둘러보며 입을 열었다.

"나는 먼저 초원으로 들어갈 테니 그대들은 뒤를 따르도록 하라."

김산이 머리를 돌려 홍복을 보았다.

"구타이가 대군을 이끌고 초원으로 들어가 족장들을 만났다는 정보를 받았다. 구타이가 키실릭을 만나 회유하려다가 실패했다는 것이야."

모두 긴장했고 김산의 말이 이어졌다.

"그래서 나는 먼저 키실릭을 찾아갈 테니 그대도 키실릭의 영지로 오도록."

"예, 대감."

머리를 숙여 보인 홍복이 물었다.

"구타이가 대군을 이끌고 있다는데 괜찮겠습니까?"

"우리는 적을수록 좋다."

쓴웃음을 지은 김산의 시선이 금강과 왕청을 하나씩 거쳤다.

"구타이가 몽케 전하의 오랜 지지자인 키실릭님한테 찾아갔다는 것은 그만큼 다급해졌다는 증거다. 너희들도 서두르도록."

그러고는 김산이 자리에서 일어섰으므로 모두 따라 일어섰다.

"대감, 어디 가십니까?"

홍복이 놀란 표정으로 물었다.

"해시(오후 9시)가 다 되어갑니다. 오늘 밤은 이곳에서……."

"나는 몇 시간 더 달리다가 쉬겠다."

몸을 돌린 김산이 진막을 나갔고 뒤를 채화진이 따른다. 밖으로 나온 김산이 어둠 속에서 둘러선 일행을 향해 말했다.

"채 도독은 태자당과 인연이 있어서 정보 수집이 빠르다. 나하고 동행한다."

누가 뭐라고 하는가? 홍복과 금강, 왕청은 머리만 숙였다.

"대감, 몸을 보중하시오."

말에 오르는 김산을 향해 셋이 입을 모아 말했다. 머리를 끄덕인 김산이 말고삐를 채었고 채화진은 박차를 넣었다.

"족장, 몽케가 황제가 되면 우리는 다 죽습니다. 그것을 기억하시오."

술기운으로 얼굴이 달아오른 구타이가 말을 이었다.

"족장하고 나하고는 공생공사(共生共死), 같이 살고 같이 죽는 입장이오. 아핫핫."

"그렇군."

쓴웃음을 지은 우겔렌이 벌컥이며 마유주를 삼키고 나서 트림을 했다. 우겔렌은 60대 후반으로 칭기즈칸을 따라 서역까지 다녀온 후에 10년 전쯤, 이곳, 고향인 초원으로 돌아왔다. 부족원은 2만 7천, 그중 장군급인 1만인장에 오른 자가 우겔렌의 아들, 조카를 포함해서 4명, 5천인장 8명, 3천인장 21명, 1천인장급은 1백여 명에 이르는 무사족이다. 몽골군 지휘관이 된 부족원 대부분이 북방군과 중부군 소속이지만 그중 일부가 몽케 휘하의 남부군에서 근무하고 있다. 우겔렌이 말을 이었다.

"쿠릴타이가 늦어져서 우리 초원의 족장들도 걱정이 많소. 위대한 대칸 칭기즈칸과 함께 목숨을 걸고 제국을 세웠는데 3년 동안이나 무주공산이라니, 돌아가신 칭기즈칸께서 매의 눈으로 내려다보실 것이오."

우겔렌은 매사냥의 명수다. 술잔을 든 구타이가 커다랗게 머리를 끄덕였다.

"그렇소, 빠른 시일 내에 쿠릴타이를 개최하는 것이 대칸의 걱정을 덜 어드리는 것이 될 것입니다."

술에 취한 구타이가 제 막사로 돌아갔을 때 우겔렌의 셋째아들 상쿠가 바짝 다가앉으며 말했다.

"아버님, 구타이가 저렇게 서두르는 것은 다급하기 때문입니다. 제가 듣기로는 중원에서 구타이의 부하들이 몽케칸이 보낸 자객에게 당하고 있다는 것입니다."

"자객이 아니다."

우겔렌이 주름진 얼굴을 펴고 웃었다.

"바투칸 밑에서 폴란드 총독을 지낸 김산이라는 고려인이지. 그자는 몽케칸에게 돌아와 대장군 겸 집행관이 되어서 반대파를 청소한다고 들었어."

"아버님은 어찌 그리 잘 아십니까?"

"카오가 내 대신 보지 않느냐? 나는 카오의 눈으로 본다."

카오란 우겔렌이 가장 아끼는 사냥매다.

3천 자 높이의 허공에 떠서 한 번 본 여우도 놓쳐본 적이 없는 커다란 매인 것이다. 게르 안에는 우겔렌과 상쿠, 그리고 원로 둘뿐이다. 우겔렌이 혼잣소리처럼 말했다.

"나는 오고데이 가문의 후계자가 아니라 구타이가 대칸이 되려는 것 같다."

북행 사흘째 되는 날 밤, 김산과 채화진은 초원 복판에서 밤을 맞는다.

308

2인용 양가죽 덮개로 위쪽만 가리고 땅바닥에는 양털을 깔아놓은 양치기 잠자리다. 김산이 옆에 누운 채화진의 어깨를 당겨 안았다. 이제는 익숙해져서 채화진이 먼저 바지를 벗는다. 몸을 세운 김산이 바지를 벗고는 곧 몸을 합쳤다. 초원 위로 두 남녀의 숨 가쁜 호흡과 탄성이 한참 동안이나 이어지고 있다. 별이 가득 걸린 하늘로 두 몸이 솟아오르는 것 같다. 이윽고 둘의 몸이 떼어졌을 때 김산이 가쁜 숨을 고르면서 말했다.

"곧 쿠릴타이가 열릴 거야."

채화진은 듣기만 했고 김산의 말이 이어졌다.

"그래서 이번의 내 임무가 막중해."

"대감의 꿈은 무엇입니까?"

불쑥 채화진이 물었으므로 김산이 우두커니 밤하늘을 보았다. 앞뒤가 트인 잠자리여서 둘의 머리는 밖으로 나와 있는 것이다. 이윽고 김산의 목소리가 어둠에 덮인 초원 위로 덮여졌다.

"고려 땅을 밟는 것."

채화진은 숨을 죽였고 김산의 말이 이어졌다.

"정착하기에는 이미 내 시야가 너무 멀어졌어. 고려 땅을 밟아 흙이 되어 있는 내 아버지, 내 형제, 내 조상에게 알려드리는 것이지."

"……."

"그러기 전에 내 한을 풀어야 할 것이고."

머리를 돌린 김산이 다시 채화진의 어깨를 안았다. 그러고는 귀에 입술을 붙이고 말했다.

"서역 땅 총독을 지내면서 세상이 얼마나 넓은가를 보았어. 몽골제국도 세상에 비교하면 손바닥 위의 벌레야. 나는 좁은 땅에서 모욕을 받았던 고려인의 한을 풀 테다."

그러고는 김산이 다시 채화진의 몸 위로 올랐으므로 말이 이어지지 않았다.

"누구라구?"

눈을 치켜뜬 주르곤이 위사를 노려보았다. 40대 중반의 주르곤은 차분한 성품이지만 오늘은 눈이 뒤집힐 정도로 정신을 차리지 못하고 있다. 고함을 치고 같은 말을 또 한다. 그때 위사가 더듬대며 말했다.

"글쎄, 단 둘이 밀행을 해온 5만인장 대장군이라는군요. 김산이라 하는데, 남부군 몽케칸의 집행관이라고……."

"들라 해라. 아니, 내가 간다."

말이 끝나기도 전에 주르곤이 자리를 차고 일어섰다. 주위에서 수군거리는 소리가 들렸고 동생 수기렉이 나섰다.

"형님, 제가 나가보지요."

"아니, 내가 나간다."

사흘 전 저녁에 족장 키실릭이 좋아하는 1년생 양다리 한쪽을 먹고 나서 식중독이 걸린 것이다. 그날 밤은 별일 없더니 아침이 되자 키실릭은 온몸이 붓고 고열로 일어나지 못했다. 어제 아침부터는 몸에 푸른 반점이 생기더니 의식을 잃은 것이다. 부족 분위기가 흉흉해졌고 양고기를 만든 요리사를 추궁했지만 고기를 먹은 다른 사람은 이상이 없었으므로 키실릭이 토지신의 저주에 걸렸다는 소문이 났다. 매사냥을 하다가 산 위의 신성한 물건을 건드리면 그렇게 급사를 한다. 칭기즈칸도 그렇게 죽었다는 소문이 난 것이다. 주르곤이 서둘러 1백 보쯤 떨어진 대기소

310

용 게르로 들어섰다. 그러자 안쪽 의자에 앉아 있던 젊은 사내가 자리에서 일어섰다. 장신에 육중한 체격이다. 그리고 눈이 매의 눈이다. 키실릭을 따라 자주 사냥을 나갔던 주르곤은 아버지의 영향을 많이 받았다. 사람을 볼 때 맨 처음 눈을 보라고 키실릭이 가르쳤다. 눈이 맑고 깊으면 믿을 수 있다는 것이다. 바로 이자가 그렇다.

"내가 대장군 김산이오."

사내가 그렇게 말하더니 품에서 보석이 박힌 명패를 꺼내 내밀었다.

"몽케칸 전하의 집행관이기도 하오."

이미 사내의 눈을 응시한 터라 주르곤은 건성으로 명패를 보고는 두 손으로 돌려주었다.

"키실릭의 아들 주르곤이오."

키실릭 가문은 대장군 앞에 무릎을 꿇지 않는다. 키실릭의 직계 자손은 다 그렇다. 대칸을 선출하는 쿠릴타이의 귀족이며 11명 귀족 중 서열 6번째인 대족장이다. 칭기즈칸의 4형제 가문, 우겔렌 가문에 이어 6번째의 위대한 부족인 것이다. 그때 김산이 주르곤에게 물었다.

"부족장께서 병환이시오?"

"그렇소, 그래서 대장군 접대가 소홀했소이다."

겨우 인사를 차린 주르곤이 자리에 앉았을 때 김산이 머리를 기울였다.

"혹시 부족장께서 식중독이시오?"

"들으셨습니까?"

심드렁한 표정으로 주르곤이 묻자 김산이 머리를 끄덕이며 말했다.

"내가 중독증을 좀 봅니다. 부친을 뵙게 해주시오."

그러고는 발을 떼었으므로 동행해왔던 수기렉이 이맛살을 찌푸렸다.

"이보십시오 대장군, 우리는······."

"괜찮다."

주르곤이 수기렉의 말을 막더니 앞장을 섰다.

"자, 봐 주신다니 고맙습니다. 가십시다."

"족장께서는 독을 드셨소."

키실릭을 본 김산이 대번에 말했다. 순간 게르 안은 벼락이라도 맞은 것처럼 조용해졌다. 주르곤은 물론 키실릭의 아들 다섯 명이 모여 있는 게르 안이다. 부족의 원로 10여 명까지 모여 있었지만 잠깐 동안 숨소리도 나지 않았다. 그것은 족장이 독을 먹었다는 말인 것이다.

"대, 대장군,"

겨우 입을 연 것은 주르곤이었다. 눈을 치켜뜬 주르곤이 김산을 노려보았다. 그때서야 이쪽저쪽에서 웅성거렸으나 주르곤이 손을 들자 조용해졌다.

"그 말씀은 누가 독을 먹였단 말씀이오?"

"그렇소."

거침없이 대답한 김산이 키실릭 옆에 털썩 앉았다. 그러고는 가죽조끼를 벗어 던졌다.

"여진 땅에서 서식하는 독사의 독에다 독초를 섞어 말린 독인데 음식에 묻히면 무색, 무취, 무미요. 그러나 먹고 난 지 이틀 후의 몸이 푸르게 변하면서 오장이 녹아 닷새를 넘기지 못하오."

"대, 대장군께서 어찌 그리 잘 아시오?"

주르곤이 비명처럼 묻자 김산이 자리를 고쳐 앉으면서 대답했다.

"내가 여진의 사냥꾼으로부터 온갖 독에 대한 시험도구로 쓰였소. 그래서 독을 다 마셨소."

그러더니 김산이 주르곤에게 말했다.

"큰 그릇에 어린 양 피를 가득 담아 오시오. 방금 잡은 양 피여야 하오."

"그, 그러지오."

실오라기 한 올이라도 희망의 끈이 보이면 잡고 싶었던 주르곤이다. 주르곤이 소리쳐 지시하자 서너 명이 뛰어 나갔다.

"빈 그릇을 옆에 놓으시오."

김산의 말이 떨어지기가 무섭게 옆에 빈 그릇이 놓여졌다. 그때 김산이 심호흡을 하더니 뒤에 서 있는 채화진에게 말했다.

"그대는 족장의 다리를 누르고 있으라."

채화진이 바로 키실릭의 다리 쪽으로 가서 앉는다. 그때 김산이 두 손으로 키실릭의 입을 벌리더니 자신의 입을 붙였다. 그러고는 힘껏 숨을 뿜어 넣는다. 키실릭은 미동도 하지 않는다. 숨을 뱉은 김산이 다시 키실릭의 입에 입을 붙이고는 이번에는 숨을 빨아들였다.

"오오,"

옆에 서 있던 원로 두어 명의 입에서 놀란 외침이 터졌다. 김산의 얼굴이 시퍼렇게 변해졌기 때문이다. 놀란 주르곤은 들고 있던 말채찍을 떨어뜨렸다. 그때 김산이 옆에 놓인 빈 그릇에 입안에 든 액체를 뱉었다. 검은 액체다.

"아아, 독이 나간다!"

누군가가 감동을 참지 못하고 소리쳤고 원로들이 한 마디씩 거드는 바람에 게르 안이 떠들썩해졌다. 시퍼렇게 부어 있던 키실릭의 얼굴에서 푸른 기운이 빠져나가는 것이다. 대신 김산의 얼굴이 푸르게 번졌다.

"입을 다물라!"

주르곤이 벽력같이 소리치고는 허리에 찬 칼을 빼들었다. 무서운 형상이다.

"대장군께서 독을 먹고 계시지 않은가! 조용히 하라!"

김산이 키실릭의 독을 대신 빨아먹고 있는 것이다. 게르 안은 다시 숨소리도 들리지 않았고 김산의 움직임만 계속되었다. 그렇게 한 식경쯤이 지난 후였다.

"아앗!"

이번에는 주르곤의 입에서 외침이 터졌다. 죽은 것처럼 숨도 희미해져 있던 키실릭이 번쩍 눈을 뜬 것이다. 얼굴은 이미 붉은 기운에 덮여 평상시 같다. 그때 키실릭이 누운 채 말했다.

"아니, 내 앞에 앉은 이 자는 누구냐?"

김산이 누구냐고 묻는 것이다. 김산은 이제 얼굴이 시퍼렇게 변한 채로 앉아 있다. 그때 김산이 그 얼굴로 말했다.

"자, 양 피를 주시오. 내 몸속의 독을 양피로 씻어야겠소."

주르곤이 직접 큰 그릇에 담긴 양피를 건네주자 김산은 벌컥이며 마시기 시작했다. 갈증이 난 것처럼 끝없이 마신다.

한 시진이 지났을 때 김산은 족장 키실릭의 게르에서 주르곤을 포함한 아들 다섯 명, 원로들과 함께 앉아 있다. 이제 독에서 깨어난 키실릭도 김산의 옆에 비스듬히 앉아 있었는데 얼굴에 웃음까지 떠올라 있다.

한 시진 전에 온몸이 퍼렇게 되어서 죽어가던 사람이었다고 하면 아무도 믿지 않을 것이다.

"대장군, 내가 명성을 들었으나 이런 신술(神術)은 처음 겪습니다."

키실릭이 말했을 때 김산이 쓴웃음을 지었다.

"기공으로 독기를 빨아 뽑고 원기를 불어넣은 것뿐이오. 신술이랄 것도 없습니다."

"겸손하신 말씀이오."

손을 저은 키실릭이 정색했다.

"대장군께선 내 생명의 은인이시오, 우리 부족은 대장군을 혈형(血兄)으로 모시겠소."

"영광입니다."

"그런데 혈형께 또 청을 드리겠소."

"무엇입니까?"

"나한테 독을 먹인 놈이 누굽니까?"

그 순간 30여 명이 둘러앉은 게르 안에 숨소리도 나지 않았다. 모두 석상처럼 몸을 굳힌 채 김산을 주시하고 있다. 그때 김산이 입을 열었다.

"내가 양 피를 마신 후에 몸 안에 배인 독기를 배설하려고 부족의 게르 사이를 달렸습니다."

김산의 목소리가 게르 안을 울렸다.

"그런데 그중 게르 한 곳에서 족장이 마신 독 냄새가 맡아졌습니다."

"무, 무엇이?"

키실릭의 입에서 비명 같은 외침이 터졌고, 주르곤은 어금니를 꽉 깨물었다. 키실릭이 갈라진 목소리로 물었다.

"독 냄새를 맡다니, 내가 마신 독이 분명하오?"

"독을 가져와 시험해 봐도 될 것이오."

"그, 그 독이 어디에 있었소?"

"게르 안에는 들어가지 않았으나 안쪽 말안장에 숨겨져 있는 것 같았습니다. 안장 냄새가 섞여 맡아졌으니까."

"어떤 게르요?"

"게르 위에 노란색 깃발이 꽂혀 있어서 찾기가 쉬울 것이오."

"무엇이?"

키실릭이 펄쩍 뛰듯이 놀라 소리쳤고 게르 안은 다시 기침 소리도 나지 않는다. 노란 깃발이 꽂힌 게르는 바로 키실릭의 다섯 번째 아들 수기렉의 게르였기 때문이다.

"아니, 이보시오……."

그때 수기렉이 나섰지만 얼굴이 하얗게 굳어져 있었다. 수기렉이 눈을 치켜뜨고 김산을 보았다.

"내, 내 게르에 무엇이 있다고 그러시오? 나는 모르는 일이오……."

"당장 게르에 가서 안장을 가져와라!"

키실릭이 소리쳤으므로 수기렉의 말이 끊겼다. 위사장과 원로 서너 명이 뛰듯이 일어났고 바람을 일으키며 게르를 나간다. 그때 키실릭이 주르곤에게 말했다.

"수기렉을 잡아라."

"아버님."

주르곤이 입을 열었다가 키실릭의 표정을 보고는 자리에서 일어섰다. 키실릭의 말이 이어졌다.

"탕구, 위사들을 이끌고 수기렉 일당을 모두 잡아라. 한 놈도 놓쳐서는 안 된다."

탕구라고 불린 장수가 뛰쳐 일어났을 때 키실릭이 그때서야 머리를 돌려 김산을 보았다.

"구타이가 이곳에 왔을 때 구타이의 부하 이투르겐이 수기렉을 은밀하게 만나고 돌아갔소. 나는 그것이 내내 가슴에 걸렸소."

그러고는 얼굴을 일그러뜨리며 웃었다.

"쓰러져 누워 있었지만 머릿속은 맑았소. 수기렉은 구타이와 밀약을 맺었을 것이오."

다음날 오후에 홍복이 이끈 보물 수송단이 도착했으니 때맞춰 온 셈이다. 키실릭 부족은 놀라 손님을 맞았는데 그것이 보물 수송단이라는 것을 알자 더 놀랐다. 그날 밤, 키실릭의 게르 안에는 10개 상자에서 쏟아놓은 보물이 작은 산만큼 쌓여졌다. 65세가 된 키실릭도 지금까지 수백 번 전리품을 챙겼지만 이런 보물은 처음이다.

"이것으로 우리 부족이 10년은 먹고 살겠다."

어느덧 다섯째 아들 수기렉을 처형한 상처를 말끔히 씻은 얼굴로 키실릭이 말했다. 둘러선 아들들, 원로들은 벌어진 입을 다물지 못하고 있었다.

"이 보물들이 카라코룸의 영빈관주 홍경의 보물들이란 말이오?"

겨우 진정한 키실릭이 묻자 김산이 머리를 끄덕였다.

"몽케칸께서 가장 먼저 족장께 드리라고 했습니다."

"쿠릴타이에 참석할 나머지 족장분도 있소?"

"족장 여섯 분에게 각각 보물 5상자씩을 나눠줄 작정입니다."

"옳지."

키실릭이 머리를 끄덕였다.

"내가 동행하리다. 그러는 것이 더 나을 것이오."

족장 7명에게 각각 7상자씩 나눠줄 요량으로 50상자를 가져왔지만 키실릭이 가장 선임이다. 10상자를 내주고 협조를 얻는 것이 나을 것이었다. 이것도 김산의 재량인 것이다.

"키실릭."

키실릭을 본 우겔렌이 얼굴을 펴고 웃었다. 둘은 60대 후반으로 나이가 비슷한데다 칭기즈칸을 따라 초원을 나온 것도 같다. 그 자손대에 와서 키실릭은 막내아들 톨루이, 우겔렌은 셋째아들 오고데이 가문 쪽으로 갈라섰지만 다시 초원에 돌아온 둘은 여전히 친구다.

"이 빌어먹을 영감! 뭐 하러 여기 온 거야?"

우겔렌의 시선이 키실릭 옆에 서 있는 김산에게로 옮겨졌다. 족장 옆에 당당히 서 있는 젊은 사내가 궁금하지 않을 리가 없다. 초원에서는 엄격하게 질서가 지켜진다. 족장 아들이라고 옆에 설 수는 없다. 족장 옆에는 족장만이 서는 것이다. 그것도 같은 급 족장이라야 한다. 그렇다면 저 젊은 놈은 누구인가? 우겔렌의 표정에 그렇게 쓰여 있었다. 그때 키실릭이 말했다.

"우겔렌, 이분은 몽케님의 집행관, 대장군, 5만인장이며 바투님 휘하에서 폴란드 총독을 지낸 고려인."

키실릭이 쏟아 붓듯 말을 하다가 숨이 찬지 잠깐 쉬었고, 우겔렌의 얼굴은 점점 놀람으로 굳어졌다. 우겔렌은 셋째아들 상쿠, 그리고 원로 두 명과 위사 셋만을 데리고 초원의 우물가로 나와 있다. 키실릭이 이곳에서 만나자고 불러내었기 때문이다. 키실릭은 김산, 그리고 아들 주르곤과 원로 셋, 위사 다섯을 데리고 왔는데 뒤에 짐말이 10여 필 세워져 있었다. 그때 키실릭의 말이 이어졌다.

"또는 고려귀, 마물, 마왕, 도살자로도 알려진 인물이기도 하지."

"그 명성은 귀가 따갑도록 들었는데 이제 뵙게 되는군."

어깨를 편 우겔렌이 시선을 김산에게 준 채로 대답했다. 우겔렌이 눈을 치켜뜨고 김산을 보았다.

"대장군, 몽케님이 보내셨구려. 그렇지 않소?"

그러자 김산이 목례를 하고 나서 말했다.

"그렇습니다. 몽케칸 전하께서 보내신 보물을 가져왔습니다. 카라코룸의 영빈관주 홍경님께서 숨겨 놓으셨던 보물이지요."

김산이 손짓을 하자 짐말이 앞으로 끌려왔고 곧 보석상자가 앞바닥에 놓이더니 뚜껑이 열렸다. 한낮의 햇볕을 받은 보석이 찬란하게 광채를 내었다. 그때 김산이 말을 이었다.

"천하에는 황제가 계셔야 되는 법, 칭기즈칸께서 오고데이 가문으로만 황제를 이으라고 하지는 않으셨습니다. 그런 만큼 톨루이 가문의 몽케님, 쿠빌라이님, 훌라구님을 무시하고 오고데이 가문에서만 계속 황제를 이어야 할 이유는 없습니다. 더욱이……."

"그만."

손바닥을 펴서 김산의 말을 막은 우겔렌이 뒤에 선 상쿠에게 물었다.

"어떠냐? 구타이보다는 더 설득력이 있지 않느냐?"

"예, 아버님, 그것은……."

"더구나 보물도 가져왔고 말이다."

우겔렌의 시선이 보물 상자로 옮겨졌다. 그러더니 머리를 기울였다가 키실릭을 보았다.

"족장, 그대는 몇 상자를 받았소?"

대초원에 킵차크칸국의 황제 바투가 나타나리라고 생각한 사람은 아무도 없다. 저 멀리 남쪽 남송 전선에 있던 몽케도 마찬가지였을 것이다. 그만큼 바투의 등장은 충격적이었다. 바투는 칭기즈칸의 장남인 주치의 차남으로 상속자다. 중원이라 불린 중국 대륙이 좁다면서 스스로 서역에서 기반을 굳힌 대정복자, 바투의 킵차크칸국은 이미 서역 제1의 강국이 되어 있다. 그 바투가 기마군 7만을 이끌고 그야말로 혜성처럼 몽골초원에 나타난 것이다.

카라코룸에 도사리고 있던 오고데이 가문의 왕자, 공신, 장군, 관리들은 대경실색을 했다. 병부대신 구타이는 그 소식을 듣자 전군에 비상소집을 지시할 정도였다. 황궁에 있던 구유크의 미망인 오굴 카이미쉬 황후는 피난 준비를 했고 후계자 물망에 오르내렸던 아들과 조카는 제각기 경호병을 모으느라 정신이 없었다는 것이다. 바투의 전술은 꼭 칭기즈칸을 닮았다. 전령보다도 빠르게 전진, 자신의 부하도 속이고 공격했던 바투의 조부 칭기즈칸, 바투는 지금 그 칭기즈칸이 테무진으로 거병했던 옛 고향의 초원에 진막을 쳐놓았다.

"앞으로 15일이다. 이곳에서 15일 후에 쿠릴타이가 열리는 것이다."

바투가 앞쪽에 엎드린 1백여 명의 전령에게 말했다. 주위에는 수백 명의 장군, 원로들이 둘러서 있었지만 기침 소리 하나 들리지 않는다. 바투의 목소리가 초원 위로 솟구쳐 오른다.

"15일 후에 참석하지 못한 귀족은 황제의 선출에 나설 자격을 상실하게 될 것이다. 내가 위대한 칭기즈칸님의 대리인으로 선언한다고 전해라."

전령들이 일제히 머리를 숙이더니 제각기 몸을 돌렸다. 쿠릴타이에 참석할 12명의 왕족, 족장들에게 떠나는 것이다. 쿠릴타이 참석 귀족은 모두 13명, 바투까지 포함한 13명이니 12명의 귀족에게 전령이 떠나는 것이다.

"왔느냐?"

위사장 자크바는 근래 수년간 이토록 바투가 반갑게 사람을 맞는 것을 본 적이 없다. 바투가 자리에서 일어나더니 두 팔을 벌리고 다가갔다. 그 상대가 바로 김산이다. 게르 안에 모인 수백 명의 장군, 원로들이 모두 그것을 보았다. 김산이 무릎을 꿇으려고 했지만 바투가 잡아 일으키는 바람에 엉거주춤 섰다. 그때 바투가 김산의 어깨를 안더니 양쪽 볼에 입술을 붙였다. 자식을 맞는 부모의 포옹이다.

"네가 초원에 있었다니, 쿠추."

쿠추는 킵차크에서 불리던 김산의 이름이다. 장군 쿠추, 총독 쿠추로 킵차크칸국은 물론 서역 땅 헝가리, 콘스탄티노플까지 명성을 떨쳤던 그 이름.

"폐하, 이렇게 뵙게 되어서 기쁘기 그지없습니다."

감격한 김산이 떨리는 목소리로 말했다.

"소인이 마침 족장 키실릭과 우겔렌을 대동하고 왔나이다."

"무어, 키실릭과 우겔렌을?"

머리를 든 바투가 몸을 돌려 앞쪽을 보았다. 방바닥에 두 노인이 엎드려 있다. 키실릭과 우겔렌이다.

"어허, 두 영감이 나란히 있다니."

거드름을 피운 바투가 다가가 둘을 내려다보면서 마침내 웃었다.

"영감들을 보니 옛 생각이 나네."

"과연 그렇습니다."

우겔렌이 엎드린 채 말하자 바투가 팔을 끌어 일으켰다. 키실릭도 일으킨 바투가 둘의 어깨를 감싸 안고 발을 떼었다.

"허어, 쿠추가 우겔렌을 끌고 오다니."

바투가 웃음 띤 목소리로 떠들썩하게 말했다. 게르 안의 분위기가 밝아졌다.

"쿠추가 폴란드를 점령한 것보다 더 큰 공을 세웠구나."

우겔렌이 오고데이 가문의 대들보 역할이라는 것은 세상 사람들이 다 아는 것이다. 그때 우겔렌이 시치미를 뚝 뗀 얼굴로 말했다.

"전하, 대군을 이끌고 오시다니, 혹시 쿠릴타이에서 송과 금의 뒤를 잇는 중원의 황제가 되시려는 것은 아니시지요?"

"앗핫핫."

소리 내어 웃은 바투가 두 족장과 함께 자리에 앉는다. 바투가 말을 이었다.

"난 중원의 황제 자리에는 아무 미련도 없소. 미련이 있었다면 이 대군을 이끌고 카라코룸으로 남진했겠지."

그렇게 되면 남쪽의 몽케군과 함께 대륙을 석권할 수 있을 것이다.

12일째가 되는 날, 남송 전선에서 남부군총사령관 몽케칸이 쿠빌라이, 훌라구 두 동생을 데리고 초원으로 진입했다. 몽케가 이끈 병력은 1만여 기, 여분의 말이 10여 필씩이나 되어서 10여만 기의 말떼가 지진이 난 것 같은 굉음을 일으키며 다가왔다. 게르 밖에서 기다리고 있던 바투가 다가오는 기마군을 바라보며 웃었다.

"여기, 중국 대륙의 황제가 오시는군."

이제 바투는 중원을 중국 대륙으로 부른다. 바투가 뒤에 선 김산에게 물었다.

"쿠추, 몽케가 중국 대륙의 황제가 되면 나에게로 돌아올 테냐?"

"폐하, 소인은 이곳에 남겠습니다."

김산이 낮게 말하자 바투는 쓴웃음을 지었다.

"네가 태어난 고려는 이미 속국이 되었다. 곧 왕은 섬에서 나와야 될 것이다."

"……."

"더 넓은 땅에서 새 영지를 개척하지 않겠느냐? 너에겐 서역 땅이 맞다."

"폐하, 소인은 이곳에서 할 일이 남아 있습니다만."

그때 붉은색 기수를 앞세운 기마대가 달려왔다. 몽케다.

사흘 후에 초원에 세워진 거대한 식장 안에서 쿠릴타이가 열렸다. 쿠릴타이에 참석한 귀족은 모두 9명, 정원 13명 중 4명이 참석하지 않았다. 그것은 현 황제 가문인 오고데이가(家), 그리고 오고데이가와 동맹인 차가타이가, 거기에다 두 가문의 혈족으로 구성된 2개 귀족 가문이 빠진 것이다. 고의로 오지 않았다.

"그럼 쿠릴타이를 시작하겠소."

먼저 조상이며 대칸이었던 조부 칭기즈칸의 영혼에 제사를 지낸 후에 주관으로 추대된 바투가 개최를 선언했다. 단 아래에는 9명의 족장이 둘러앉아 있었는데 뒤쪽에는 족장을 수행한 원로 10인씩이 이어 앉았으며 좌우에는 준(準)귀족 가문 25개에서 차출된 1백여 명의 참관인이 늘어섰다. 사방 5백 보 거리인 식장 주위는 흰 예복으로 갖춰 입은 2만여 명의 근위군이 빈틈없이 늘어서 있다. 오전 신시(10시)쯤 되었다. 하늘은 푸르렀고 흰 구름 몇 점이 흘러가고 있다. 흰 천으로 막아놓은 식장 주위에는 수백 개의 깃발이 펄럭였는데 아침 인시(5시)경에 무당이 굿을 한 결과 오늘이 1백 년 만에 맞는 가장 좋은 길일이라고 했다. 바투의 선언이 끝나자 기단 밑의 고수 1백여 명이 일제히 북을 쳤다. 북소리가 끝났을 때 바투가 이번에는 크게 외쳤다.

"몽골제국의 황제는 누가 되려는가?"

그때 키실릭이 맞받아 소리쳤다.

"위대한 조상 칭기즈칸의 손자시며 위대한 부친 톨루이칸의 아들이신 몽케칸이 적합하오!"

그러자 키실릭의 아들 주르곤이 벌떡 일어서더니 부족 깃발을 들고 기단 밑에 섰다. 그것을 본 다른 가문의 기수들이 이곳저곳에서 일어섰다.

"오르발 가문이 몽케칸을 지지하오!"

소리치며 깃발 하나가 달려가 주르곤 옆에 섰다.

"우겔렌 가문이 몽케칸을!"

그 순간 주위에서 웅성거리는 소음이 일어났다. 우겔렌은 오고데이 가문의 방패 역할이었던 것이다. 그런 우겔렌이 배신했다. 그때다.

"쿨란 가문이 몽케칸을!"

"메게토 가문이 몽케칸을!"

거의 동시에 두 가문의 기수가 외치더니 앞으로 달려간다.

"토르비 가문이오!"

"유쿠난 가문이오!"

이 두 가문은 본래부터 몽케의 계보다. 이제 쿠릴타이에 참석한 9개 가문 중 7개 가문이 몽케칸의 지지 가문이 되었다. 그때 주관석에 앉아 있던 바투가 빙그레 웃었다.

"주관도 선택권이 있소. 위대한 대칸 칭기즈칸의 장남, 주치 가문의 바투가 몽케칸을 중국 대륙의 대칸으로 추대하오!"

그러자 킵차크칸국의 대장군 요르치가 거만한 태도로 깃발을 들고 나가 7명 옆에 섰다. 이제 지지 귀족은 여덟, 나머지는 몽케칸이다. 그때 몽케칸의 동생 쿠빌라이가 소리치며 일어섰다.

"몽케칸은 오고데이 가문의 시레뮌을 중국 대륙의 황제로 추대하오!"

쿠빌라이가 깃발을 들고 나가더니 반대쪽에 혼자 섰다. 그때 바투가 머리를 끄덕이며 소리쳤다. 쿠빌라이는 겸손의 덕을 보인 것뿐이다.

"이제 천하의 칸이 정해졌다. 쿠릴타이는 9개 귀족이 모여 8개 귀족이 칭기즈칸의 4남 톨루이의 아들 몽케를 중국 대륙의 황제로 임명할 것이다. 고수는 북을 쳐서 만방에 알려라!"

그 순간 고수가 일제히 북을 쳤고 귀족은 물론 수행원들이 함성을 질렀다. 기단 밖의 군사들까지 따라서 외쳤으므로 천지가 진동을 하는 것 같다. 김산은 몽케칸의 뒤 열에 서 있었는데 다른 원로들과 같이 두 손을 치켜들고 함성을 질렀다. 한 번, 두 번, 세 번, 다섯 번째가 되었을 때 갑자기 가슴이 메이더니 두 눈에서 눈물이 흘러내렸다. 그때였다. 앞에 서 있던 몽케가 몸을 돌렸다가 김산의 얼굴을 보았다. 그러더니 눈을 크게 떴다. 김산의 눈물을 본 것이다. 그때 몽케가 김산을 향해 머리를 끄덕였다. 시선을 준 채로 한 번, 두 번, 세 번이나 끄덕였다.

자, 대이동이다. 쿠릴타이가 끝난 다음날 아침 9개 부족장은 제각기 선발한 부족원 1천 기씩을 거느리고 몽골제국의 수도 카라코룸으로 남하하기 시작했다. 새 황제 몽케칸의 등극을 다시 한 번 제국의 수도 카라코룸에서 치르기 위해서다. 이미 선출이 끝난 즉시 카라코룸의 행정청에는 전령을 보냈으니 준비를 하고 있을 터였다. 행정청 재상은 제국의 457개 현과 12개의 군사령부 13개의 인접국에 새 황제의 즉위를 알려야만 할 것이다. 몽케 황제의 남하 대열은 웅장했다. 9개 부족의 공식 수행원은 1만 명 정도였지만 비공식으로 따라온 군사, 수행원 보좌역, 자발적으로 따라나선 부족원이 그 10배 가깝게 된데다가 바투칸이 데려온 군사가 7만여 기다. 거기에다 각 지방의 호족들이 황제의 즉위식에 참여하려고 군사와 축하 사절을 이끌고 모여들고 있었으니 남하 3일 만에 몽케 황제의 주변에 30만 인파가 뒤덮었다.

"이대로 가면 카라코룸에 입성할 때 백만 축하사절이 모이겠소."

몽케 황제의 동생이며 최측근인 쿠빌라이가 웃음 띤 얼굴로 말했다. 이제 몽케 황제의 대군은 카라코룸과 이틀 거리로 접근해 있다. 저녁 무렵이어서 대군은 오르콘 강 가의 초원지대에 야영 준비를 하는 참이다. 초원 서쪽으로 지는 석양을 바라보던 쿠빌라이가 문득 머리를 돌려 옆에 선 김산을 보았다.

"김산, 네가 제1등 공신이다."

김산은 머리만 숙였으므로 쿠빌라이가 다가와 섰다. 이제 둘은 어깨를 부딪칠 정도가 되었다. 주위의 원로, 대장군들은 시선만 주었고 쿠빌라이가 낮게 말을 잇는다.

"황제 폐하께서도 말씀하셨다."

"황공합니다. 소직은 은혜만 입었습니다."

김산이 낮게 말했지만 쿠빌라이가 머리를 저었다.

"사흘 후에는 몽케 황제께서 대몽고제국의 황제로 등극하신다."

쿠빌라이가 번들거리는 눈으로 김산을 보았다.

"그러면 세상이 달라진다, 김산."

김산이 잠자코 쿠빌라이의 시선을 받는다. 그 순간 김산의 머릿속으로 섬광처럼 스쳐 지나는 얼굴이 있다. 북부군총사령 구타이다. 구타이는 지금 무엇을 하고 있는가?

냉혈자 ❷

초판 1쇄 : 2014년 5월 20일

지은이 : 이원호
펴낸이 : 박연
펴낸곳 : 도서출판 한결미디어

등록일자 : 2006년 7월 24일
등록번호 : 제 313-2006-000152호
주소 : 서울시 마포구 성산동 173번지, 한올빌딩 6층
전화 : 02 · 704 · 3331
팩스 : 02 · 704 · 3360

ISBN 978 - 89 - 93151 - 57 - 2   04810
ISBN 978 - 89 - 93151 - 55 - 8   (세트)